스파이더맨 백과사전

SPIDER-MAN
INSIDE THE WORLD OF YOUR FRIENDLY NEIGHBOURHOOD HERO

1판 2쇄 발행 2019년 4월 30일

글 매슈 K. 매닝 Matthew K. Manning, 톰 데팔코 Tom DeFalco
번역 최지원
감수 김종윤(김닛코), 최선미(레거시)
펴낸이 하진석
펴낸곳 ART NOUVEAU
주소 서울시 마포구 독막로3길 51
전화 02-518-3919
팩스 0505-318-3919
이메일 book@charmdol.com
신고번호 제313-2011-157호
신고일자 2011년 5월 30일

ISBN 979-11-87824-05-3 04840

© 2017 MARVEL

A WORLD OF IDEAS:
SEE ALL THERE IS TO KNOW

MARVEL
SPIDER-MAN

™

스파이더맨 백과사전

글 **매슈 K. 매닝**
보충 설명 **톰 데팔코**

Contents

수백 명의 아티스트가 스파이더맨에 예술적인 재능을 쏟아부었다. 그들은 저마다의 해석으로 세계적인 슈퍼 히어로로 스파이더맨을 새롭고 참신하게 가꾸어갔다.

FOREWORD 서문

인생은 참 재미있다. 당신도 모르진 않겠지만, 내 말은 '아, 진짜 재미있다'가 아니라 놀랍고 기이하고 얄궂다는 뜻이다.

그게 스파이더맨과 무슨 관련이 있다는 건지 의아할 텐데, 대답할 기회가 있어 기쁘다.

스파이더맨이라는 아이디어를 떠올리기 전에 나는 이미 판타스틱 포와 인크레더블 헐크 등을 발표한 상태였다. 그리고 스파이더맨을 내놓은 후에도 마블과 함께 수많은 캐릭터가 북적이는 세계를 펼쳐 보였다. 엑스맨, 데어데블, 아이언맨, 어벤저스 등등. 무슨 말인지 다들 알리라 믿는다.

내 말의 요점은 이거다. 왜 나를 만나는 사람마다 이렇게 묻는걸까? "어머, 스파이더맨을 만든 분 맞죠?" 헐크나 실버 서퍼, 닉 퓨리와 하울링 코만도스(기억력이 특별히 좋은 사람이라면)를 만들었느냐고 묻는 법은 거의 없다. 질문은 늘 한결같다. "스파이더맨을 만든 분 맞죠?"

그래서 생각을 조금 해봤다. 사람들이 마블이나 나를 언급할 때 왜 스파이더맨을 제일 먼저 떠올릴까? 몇 년간 고민한 결과 어떤 결론에 도달했는데, 내가 워낙 인심이 좋은 사람이라 지금부터 그 비밀을 공개하고자 한다.

먼저, 스파이더맨이라는 캐릭터가 오랫동안 사랑받는 이유는 아무래도 슈퍼 히어로 중 가장 현실적인 존재이기 때문인 것 같다. 늘 돈에 쪼들리고, 개인적인 문제로 끊임없이 시달리며, 세상은 그의 행동을 딱히 환영해주지도 않는다. 사람들 대부분이 그를 의심하고 수상하게 여긴다. 한마디로 나를 비롯해 보통의 독자들과 비슷한 사람인 것이다.

그리고 피터 파커와 스파이더맨의 두 자아라는 또 다른 특징이 있다. 스파이더맨 시리즈가 처음 출간된 1963년에 피터는 아직 고등학생인 10대 소년이었다. 당시 코믹북 독자들도 대부분 10대여서 자기 자신을 피터와 동일시하기 쉬웠다. 그 시절 코믹북의 슈퍼 히어로들은 전부 성인이었고, 딱 한 명 있던 10대 캐릭터는 히어로의 사이드킥이었다. 나는 스스로에게 질문했다. '10대는 사이드킥만 되라는 법 있나?' 물론 그 답은 '아니!'였고, 그래서 스파이더맨은 10대가 동질감을 느끼는 최초의 코믹북 히어로가 된 것이다.

이런, 또 한 가지 중요한 점을 빼먹은 것 같다. 눈치를 챘을지 모르지만 피터 파커는 고담, 메트로폴리스 같은 가상 도시에 거주한 적이 없

다. 처음 소개되었을 때부터 피터는 뉴욕의 한 지역인 포리스트힐스에 살고 있었고, 독자들은 피터가 뉴욕과 그 주변부의 길거리에서 거미줄을 타고 날아다니는 모습을 머릿속으로 생생하게 그려볼 수 있었다. 그래서 코믹북이라는 상상의 세계에 속해 있음에도 불구하고 피터에게 현실감이 부여된 것이다.

마지막으로 스파이더맨에게는 유머가 있다. 피터를 아무리 긴박한 상황에 부닥치더라도 재치 있는 농담이나 날카로운 응수를 잃지 않는 캐릭터로 만들려고 의식적으로 노력했기 때문이다. 이 또한 현실감을 주려는 노력의 하나였는데, 알다시피 젊은 친구들은 대개 툭툭 던지는 듯한 말투를 쓴다. 그들은 스파이더맨을 제외한 다른 히어로들처럼 예의 바르고 고상하게 행동하지 않는다. 우리끼리니까 하는 말이지만, 사실 스파이더맨의 말투는 나와 비슷하다. 아니면 내가 스파이더맨의 말투를 닮은 건지도 모른다. 이젠 누가 누구를 따라 하고 있는지 알 수 없을 만큼 오랜 시간이 흘렀으니 말이다!

이제 다들 깨달았을 것이다. 왜 스파이더맨이 수많은 독자의 머리와 가슴속에 그토록 확고부동한 자리를 차지하고 있는지. 나는 지난 세월 동안 나와 관련을 맺어 온 마블 군단의 캐릭터 한 명 한 명을 모두 똑같이 자랑스럽게 생각한다. 하지만 사람들이 나에게 코믹북 얘기를 할 때마다 왜 이 놀라운 거미 인간을 가장 먼저 떠올리는지 이제는 이해된다. 여러분들에게도 그 이유가 잘 전달됐는지 모르겠다.

혹시 내 설명이 부족했더라도 괜찮다. 그럼 오히려 딱한 우리 친구 피터와 더 큰 동질감을 느낄 수 있을 테니까. 우리 둘 다 무엇 하나 똑 부러지게 해내는 일이 없다!

하지만 우릴 걱정하느라 시간을 낭비할 필요는 없다. 이 뒤로도 여러분을 기다리는 페이지는 아주 많다. 그러니 당신의 거미줄을 쏴 그 안으로 뛰어들어 보라. 우리의 다정한 이웃 스파이더맨이 기다리기 싫어한다는 건 다들 알고 있을 테니!

엑셀시오르(더욱더 높이)!

스탠 리

이 시대를 대표하는 슈퍼 히어로
스파이더맨은 만화책에서 튀어나와
스타가 되었다. 할리우드 블록버스터부터
액션 피겨, 티셔츠와 놀이공원 어트랙션,
만화영화를 비롯한 브로드웨이
뮤지컬까지 종횡무진인 스파이더맨의
인기는 부정할 수 없는 사실이며, 이 거미
인간은 이제 마블에서 가장 유명한
캐릭터로 우뚝 섰다.

INTRODUCING···

SPIDER-MAN

스파이더맨을 소개하며

남자는 가는 거미줄 가닥에 매달려 공중을 가른다. 건물 벽면도 길을 걷는 것처럼 쉽게
기어오른다. 방사선에 노출된 거미에 물려 엄청난 힘을 얻게 된 덕분에 10톤에 가까운
물체도 손쉽게 들 수 있다. 또한 논리적으로는 설명할 수 없지만 위험이 다가오고
있음을 직감하는 예측 능력이 발달해 있다. 반사 신경, 민첩성과 지구력은 훈련밖에
모르는 성실하고 뛰어난 운동선수조차 부끄럽게 만들 정도로 엄청나다. 이 남자가
바로 어메이징 스파이더맨이다.
　　대부분의 사람은 꿈도 못 꿀 엄청난 힘을 지닌 스파이더맨이지만, 그의 또 다른 자아
피터 파커는 겨우겨우 생계를 이어가는 평범한 인간이다. 철저한 도덕관념과
강한 책임감으로 무장한 피터는 어떠한 희생이 따르더라도 늘 옳은 일을
하려고 애쓴다. 스파이더맨이 강력한 영웅으로 오랫동안 활동한 건 단순히
초능력이 많아서가 아니다. 결정의 순간마다 가면 밑의 남자가 이렇게 주문을
외운 덕분이다. "강한 힘에는 큰 책임감이 필요해!"

"버스를 기다리는 것보다 훨씬 나은데!"

스탠 리는 만화계를 떠날 생각이었다. 항상 똑같은 슈퍼 히어로 포맷에 진절머리가 난 스탠은 일을 그만두기 전에 마지막으로 자기가 원하는 스타일대로 코믹북을 써보기로 했다. 그런 단순한 아이디어에서 마블 코믹스의 시대를 연 핵심 캐릭터인 스파이더맨이 탄생한 것이다.

슈퍼 히어로 스파이더맨과 그의 10대 자아인 피터 파커를 생각해낸 스탠 리는 자신이 특별한 무언가를 발견했다는 사실을 직감했다. 그전까지 코믹북에 등장하는 10대들은 대부분 히어로의 사이드킥에 불과했다. 그들은 어린 독자들이 코믹북 스타인 히어로의 모험을 더 잘 즐길 수 있게 대변자 역할을 했다. 사이드킥 캐릭터를 싫어했던 스탠은 젊은 세대가 자신들만의 것이라고 주장할 수 있는 어린 주인공을 내세운 이야기가 성공할 것이라 예상했다. 그래서 주인공 피터를 고등학생으로 설정하고, 약간의 책벌레 기질을 더했다. 이는 피터에게 친근한 이미지를 부여했다. 피터는 풋볼팀 입단 테스트를 보는 남학생이 아니라, 그 사이드라인에 앉아서 좋은 책, 또는 만화책을 읽는 게 더 편안한 소년이었다.

대박 아이디어를 손에 넣었다는 걸 안 스탠은 어떤 아티스트와 함께 일할지를 두고 한참 고민했다. 스탠은 전설적인 인물인 잭 커비와 파트너를 이뤘지만, 잭이 그린 스파이더맨은 너무 영웅다웠다. 스탠이 묘사하고자 하는 아웃사이더의 모습이 아니었다. 잭이 표지를 그리는 동안, 스탠은 또 다른 실력자인 스티브 딧코에게 속지를 맡겼고, 그때부터 모든 것이 자연스럽게 자리를 잡았다. 그리하여 〈어메이징 판타지 #15〉가 출간된 1962년 8월, 온 세상이 스파이더맨과 만났다.

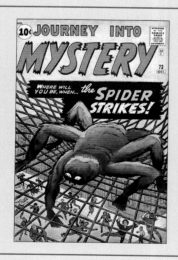

맨스파이더?

사실 마블은 그전에도 스파이더맨이라는 아이디어를 내놓은 적이 있다. 잭 커비가 그린 '당신은 어디에 있을 것인가… 거미가 공격해 올 때!'라는 만화를 1961년 10월 자 〈저니 인투 미스터리 #73〉에 소개한 것이다. 방사능에 노출되어 인간과 같은 능력을 얻게 된 평범한 집 거미의 이야기였다. 이 돌연변이 거미는 스파이더맨처럼 거미줄을 쏘기도 했지만, 우리가 사랑하는 현재의 스파이더맨 캐릭터와는 거리가 멀었다.

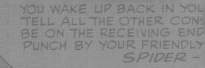

WHOP!

스티브 딧코

놀라운 디자인 감각과 세련되게 풀어 나가는 스토리텔링 기술을 타고난 아티스트 스티브 딧코는 스파이더맨에 자신만의 개성을 덧붙여, 동시대의 다른 만화보다 훨씬 더 현실적인 작품으로 만들었다. 스파이더맨의 공동 창작자로는 만족하지 못한다는 듯이 그 후로 캡틴 아톰, 퀘스천, 호크, 도브, 크리퍼 등의 다른 DC 히어로도 자신의 창작 목록에 올렸으며, 마블의 또 다른 대표 캐릭터인 신비로운 닥터 스트레인지를 탄생시키기도 했다.

THE CREATORS 창조자들

> **"이 비열한 전기 인간아,
> 감방에서 깨어나면 떠들어댈
> 이야깃거리를 만들어주마!
> 다정한 이웃인 스파이더맨의
> 주먹 한 방에 나가떨어진
> 기분이 어땠는지
> 감방 동기들한테 전해!"**
>
> — 스파이더맨이 일렉트로에게

스탠 리

스탠 리는 만화계의 최고 거물이라고 할 수 있는 '바로 그 사람'이다. 지금의 마블을 있게 한 인물이자 1960년대 코믹스 업계 전체를 바꿔버린 장본인이며, 잭 커비나 스티브 딧코 같은 거장 아티스트들과 함께 수백 명의 캐릭터를 만들어냈다. 판타스틱 포, 스파이더맨, 인크레더블 헐크, 엑스맨 등 마블을 대표하는 히어로들은 거의 다 스탠의 손에서 탄생했다. 마블의 작가, 편집자, 사장과 회장을 역임했으며, 일선에서 물러난 뒤에도 여전히 마블에 큰 영감을 주고 있다.

11

1962, August

AMAZING FANTASY
어메이징 판타지
#15

"세상아, 마음 단단히 먹어라!
스파이더맨이 나가신다!"

— 피터 파커

편집장
스탠 리

표지아티스트
잭 커비, 스티브 딧코

작가
스탠 리

원화가
스티브 딧코

선화인*
스티브 딧코

레터러*
아트 시멕

*선화인(Inker): 만화의 제작 과정에서 연필 스케치를
잉크로 마무리하는 사람.
*레터러(Letterer): 만화 속 대사를 직접 손으로 그리는
일을 하는 사람.

주요 캐릭터: 스파이더맨, 메이 파커 숙모, 벤 파커 삼촌, 강도
조연 캐릭터: 샐리, 플래시 톰슨, 크러셔 호건
주요 장소: 미드타운 고등학교, 파커 가족의 집, 뉴욕 과학 박람회, 뉴욕
레슬링 경기장, 뉴욕 TV 방송국, 뉴욕 퀸스의 애크미사 창고

BACKGROUND

외계인과 괴물이 잔뜩 등장하는 〈어메이징 판타지〉가 폐간될 위기에 처하자,
이 코믹북의 발행인은 밑져야 본전이라는 생각으로 기존에 없던 새로운 슈퍼
히어로를 소개하겠다는 스탠 리와 스티브 딧코의 제안을 받아들인다. 작가
겸 편집자인 스탠과 아티스트 스티브는 요즘 만화가들 같으면 6회에 나눠서
연재할 이야기를 고작 11페이지에 집약했다. 이것이 바로 스파이더맨의
역사에서 가장 유명한 그의 기원에 관한 이야기다.

스탠과 스티브는 스파이더맨의 활동 무대를 만들어주면서 진정한
스타인 피터 파커에게 초점을 맞추었다. 당시 대부분의 다른 코믹북은
강력한 슈퍼 히어로를 내세워 독자들을 유인했지만, 스탠은 누구나 쉽게
공감할 수 있는 평범한 고등학생을 주인공으로 쓰고 싶었다. 그러려면
범죄와 싸우는 정신없는 세상 밖에서는 다른 사춘기 소년들과 비슷한
문제와 고민을 겪어야 했다.

스탠과 스티브가 옳았다. 이 간결한 스토리텔링과 그림 안에 담긴
무언가가 독자들의 공감을 불러일으켰고, 비록 〈어메이징 판타지〉는
그 호가 마지막이었지만, 화제를 불러일으킨 벽 타기 전문가 스파이더맨은
1년도 채 안 되어 자신만의 코믹북 시리즈를 갖게 되었다. 〈어메이징
스파이더맨〉이 탄생한 것이다.

THE STORY

과학 박람회에서 방사능 거미에 물린 책벌레 피터 파커는 어메이징 스파이더맨이라는 신비로운 10대 히어로로 변해 큰 돌풍을 일으킨다.

같은 반 친구들은 피터를 '타고난 왕따'라고 불렀다. 여학생들은 이 소년을 무시했고 남학생들은 기회가 있을 때마다 놀리고 질타했다. 미드타운 고등학교 아이들은 조만간 그런 피터를 자기들 입으로 "어메이징하다"고 칭송하게 될 줄은 꿈에도 생각 못 했다.

하지만 피터의 인생이 항상 비참했던 것은 아니다. 포리스트힐스의 평범한 가정집에 사는 이 소년에게는 벤 삼촌과 메이 숙모라는 든든한 울타리가 있었다.[1] 친절한 노부부 두 사람은 피터에게 세상의 전부와도 같았고, 그들의 가르침을 받은 피터는 학교 아이들의 잔인한 괴롭힘을 최대한 무시하며 학업에만 전념한다.[2]

그러던 어느 날, 피터는 머리를 식히러 뉴욕에서 열리는 방사선 과학 박람회로 견학을 간다. 그런데 거미 한 마리가 실험 중이던 기계에 매달려 있다가 방사선을 흠뻑 쬐고는 피터의 손을 물었다.[3] 기분이 이상해진 피터는 박람회장을 나와 거리를 배회하다가, 자신을 향해 전속력으로 달려오는 차를 미처 보지 못한다. 하지만 본능적으로 몸을 피해 옆에 있던 건물 벽면에 달라붙는다.[4]

손에 쥔 쇠파이프가 마치 종잇장처럼 구겨지자, 피터는 방사선 때문에 죽어가던 거미가 자신에게 놀라운 능력을 넘겨줬다는 사실을 깨닫게 된다.[5] 평생 기다려온 기회가 그에게도 찾아온 것이다. 재빨리 공개 레슬링 시합에 출전한 피터는 크러셔 호건이라는 짐승 같은 거구를 상대로 새로 생긴 능력을 발휘하러 나선다.[6] 관중에게 자신의 실체를 밝히기 싫었던 피터는 싸구려 마스크로 변장하고, 상대 선수를 너끈히 제압하며 실력을 과시한다. 상금을 받은 피터에게 홍보 에이전트가 생기고, 인생에 완전히 새로운 장이 열린다.

피터는 알록달록한 의상을 만들고, 과학 지식을 바탕으로 손목에 차는 거미줄 발사기, 웹슈터와 거미줄과 유사한 혁신적인 접착제를 개발한다.[7] 스스로를 스파이더맨이라고 이름 지은 피터는 얼마 안 돼서 자신이 주인공인 TV 쇼까지 출연하게 된다. 첫 녹화를 끝내고 기분 좋게 무대 뒤를 어슬렁거리던 피터는 도와달라고 외치는 경찰관의 목소리를 무시하고, 강도가 자신의 앞을 지나가도 아무런 제재 없이 도망가게 내버려 둔다.[8] 별로 대수롭지 않은 사건이고, 자기가 관여할 일이 아니라고 생각한 것이다.

피터는 스파이더맨으로 방송을 해, TV 스타가 되어 전국적으로 유명해진다. 하지만 어느 날 밤, 방송을 마치고 집으로 돌아온 피터는 집 앞에 경찰차가 세워져 있는 것을 보고 놀란다. 그리고 곧 벤 삼촌이 살해당했으며,[9] 용의자가 해안가에 있는 애크미사의 창고에 숨어 있다는 사실을 알게 된다. 분노에 찬 피터는 스파이더맨 의상을 입고 도심을 가로질러 낡아빠진 건물에 다다른다. 창고 주위를 포위하고 있던 경찰은 속수무책이었다. 창고 안에는 살인범이 몸을 숨길 장소가 많아서 경찰이 진입하면 오히려 한 명씩 공격을 당할 위험이 컸다. 조만간 어둠이 깔리면 체포하기 더욱 힘들어질 것을 안 피터는 직접 행동에 나선다. 놀라운 힘으로 신속하게 범인을 잡아 때려눕힌 피터는,[10] 살인범이 다름 아닌 자신이 며칠 전 방송국에서 도망가게 놔둔 그 강도라는 사실을 깨닫는다.

피터는 경찰이 발견할 수 있게 거미줄로 범인을 묶어둔 후, 슬픔과 죄책감에 휩싸인 채 천천히 달빛 아래로 걸어 나온다.[11] 그리고 그의 인생에서 가장 뼈아픈 교훈을 얻게 된다. "큰 힘에는 큰 책임감이 필요해!"

"저 남자를 막을 기회가 있었는데!
하지만 난 막지 않았고,
그래서 벤 삼촌이 돌아가셨어…."
— 피터 파커

THE COSTUME 코스튬

스파이더맨의 코스튬은 원래는 단순히 무대의상으로 만든 목적이었다. 하지만 TV 스타였던 스파이더맨이 슈퍼 히어로가 되면서 그를 상징하는 빨갛고 파란 옷은 세상에서 가장 유명하고 눈에 띄는 코스튬이 되었다. 피터 파커는 자신의 과학 지식을 이용해 웹슈터와 마스크 그리고 각종 장치가 부착된 벨트 등 독창적인 코스튬을 만들어냈다.

첫 번째 스파이더맨 슈트

피터 파커가 처음 디자인한 의상은 범죄 소탕을 위한 것이 아니었다. 단지 레슬링 무대에서 멋있어 보일 의상이 필요했던 것이다. 미디어는 고등학교의 무용부가 남은 무용복을 버린다는 걸 알게 된 피터는 자제에 몰래 학교로 숨어들어 자기 몸에 맞는 옷을 찾아낸다. 그는 몇 시간 동안 의상을 게임포 무늬를 짜어 넣고 딱 맞는 장갑과 부츠까지 만들었다. 맞는 장갑과 부츠까지 만들었다. 이것이 바로 전 장망과 부츠까지 만들었던 최초의 스파이더맨이 탄생한 것이다.

현재 피터 파커는 클래식 코스튬의 강화된 버전을 입고 있다. 초기 이상의 성장적인 디자인 때문에 그대로 유지한 채 파커 인더스트리에서 개발하는 첨단 기술을 기술을 강화한 것이다.

피터 파커는 학교 연구반의 소품 상자에서 발견한 한쪽으로만 보이는 거울로 점안경을 만들었다. 이 점안경은 피터의 시야를 방해하지 않으면서 그의 정체는 숨겨주는 역할을 한다.

마스크

정체를 숨기기 위한 용도로 탄생한 스파이더맨의 마스크는 그의 코스튬에서 가장 중요한 부분이라고도 할 수 있다. 얇고 가벼운 마스크는 늘 유대성 코스튬의 다른 부분처럼 신축성 있는 합성섬유로 만들어졌다. 초경량 소재라 다운 여름날에는 유용하지만 쉽게 찢어질 수 있어서 작과 싸울 때는 늘 유의해야 한다. 가까이에서 싸우다가 라저드의 손톱이나 그레이본 하터의 칼날에 찢어져 피터의 정체가 만천하에 드러나면 그가 사랑하는 사람들의 목숨이 위험해질 수도 있기 때문이다.

머리 전체를 덮는 마스크가 피터의 얼굴을 꽁꽁 가려주기는 하지만, 사람들의 마음에 피터 자신의 씨앗을 심는 계기가 되기도 한다.

벨트

스파이더맨이 코스튬 셔츠 아래에 한 벨트에는 스파이더 시그널과 스파이더 트레이서, 소형 디지털 카메라, 여분의 거미줄 카트리지가 장착돼 있다. 몸에 꼭 달라붙는 의상이 가장 큰 단점은 파타 파커의 일상복을 넣어둘 공간이 없다는 점이다. 파커는 옷을 거미줄로 동그랗게 말아 뒤에 담고 다니거나 그냥 내버려 두고 출동한다.

스파이더 트레이서

파커 파커가 발명한 가장 유용한 장치로, 스파이더맨에게 그의 생쥐를 결정짓기 센스로만 탐지할 수 있는 파동을 발사한다.

거미줄 카트리지

여분의 거미줄 몸액을 챙기는 건 스파이더맨에게 필수적이다. 거미줄이 그의 생사를 결정짓기 때문이다.

스파이더 시그널

주로 야간 정찰을 다닐 때 이 스파이더 시그널을 사용한다. 범죄자들이 자신으로 로고에 장신이 팽팽을 때를 밝힌다.

현대 과학기술의 경이

스파이더맨의 장갑과 부츠는 벽에 달라붙는 그의 능력을 방해하지 않도록 아주 앓은 소재로 만들어졌다. 장갑 아래 감춰진 스파이더맨의 웹슈터는 노즐만 겨우 노출되어 있다. 이 정교한 장치에서 그가 잡에서 직접 만든 혁신적인 거미줄이 발사된다. 스파이더맨은 손가락으로 가볍게 두드려 거미줄의 종류를 바꿀 수 있다. 이 웹슈터에서는 한 가닥의 거미줄 혹은 여러 겹의 거미줄이 발사된다 (20~21쪽 참조).

SUIT UP! 코스튬 변천사

슈퍼 히어로 중 단연 눈에 띄는 코스튬을 자랑하는 스파이더맨이 그 상징적인 모습을 굳이 바꿀 필요가 있는지 의문을 갖는 사람들도 있을 것이다. 하지만 피터 파커는 싸움에서 유리하다면 새로운 슈트를 입는 걸 마다하지 않는다. 전기 충격을 막아주는 절연성 슈트부터 살아 있는 외계 생명체로 만들어진 슈트까지, 스파이더맨의 코스튬은 스파이더맨 자신만큼이나 수없이 변화해왔다.

아머 코스튬

피터 파커는 한때 뉴 인포서즈라는 중무장한 빌런 그룹과 맞서 싸우기 위해 판금으로 제작한 슈트를 입은 적이 있다. 피터가 엠파이어 주립대학교 연구실에서 개발한 인조 금속 소재가 사용된 의상이다. 중화기 공격을 막아내는 유용한 슈트였지만 민첩성을 크게 떨어뜨려 스파이더맨의 움직임을 둔하게 만들었다. 결국 이 코스튬은 전투 중 산성 물질에 부식되어 못 쓰게 되었다.

스텔스 슈트

스파이더맨은 호라이즌 연구소의 기술을 활용해 빛과 소리를 왜곡해서 눈에 보이지 않는 투명 슈트를 발명했다. 이 슈트에는 스파이더맨이 움직일 수 있게끔 자신의 손발을 볼 수 있는 렌즈가 장착돼 있다. 또한 스텔스 슈트는 음파 공격도 완벽하게 차단할 수 있다.

파커 인더스트리 슈트

스파이더맨의 새로운 아머 코스튬은 피터의 회사인 파커 인더스트리에서 연구한 결과물이다. 한층 강화된 시각 장치와 음성으로 작동 가능한 다양한 거미줄 옵션 등 스파이더맨 역사상 첨단 기술을 가장 많이 사용한 코스튬이다.

FF 유니폼

자니 스톰이 사망한 후, 스파이더맨은 FF(Future Foundation)라는 판타스틱 포의 새로운 버전에 그를 대신해 들어가 네 번째 핵심 멤버가 된다. 3세대 불안정 분자로 만들어진 이 코스튬은 사용자의 뜻에 따라 형태가 바뀌며, 기본적으로는 흰색과 검은색으로 구성되어 있다. 스파이더맨은 이 의상이 자신의 천적인 안티 베놈이 입은 심비오트와 너무 비슷하다고 생각한다. 하지만 이 팀의 구성원이라는 사실에 매우 만족하기에 최대한 불만을 억누르고 계속해서 FF 유니폼을 입는다.

레슬링 선수 복장

스파이더맨 코스튬과 콘셉트를 고안해내기 전에, 피터 파커가 정체를 숨기기 위해 처음으로 마스크를 쓴 건 짐승같이 큰 크러셔 호건과의 공개 레슬링 시합에서였다. 이 메시 마스크로 레슬링장에서 얼굴을 숨기는 데는 성공했지만 화려한 TV 쇼에서 쓰기에는 너무 초라하다고 생각한 피터는 스파이더맨을 대표하는 파란색과 빨간색이 섞인 의상을 만들었다.

코스믹 스파이더맨

실험실에서의 사고로 피터 파커는 정체불명의 에너지원에 노출되고, 이로 인해 그의 능력과 의상이 모두 업그레이드된다. 비행 능력을 얻고, 근력과 신체 감각이 강화됐으며, 손가락 끝에서 에너지를 쏘는 능력까지 생겼다. 알고 보니 이니그마 포스라는 외부 차원의 신비로운 존재가 스파이더맨에게 전설의 유니 파워를 부여한 것이었다. 덕분에 그는 오랫동안 대를 이어 존재한 '캡틴 유니버스'의 최신 버전으로 잠시 활동한다.

방탄 슈트

스파이더 센스를 잃고 총에 맞았던 스파이더맨은 호라이즌 연구소의 장비를 이용해 방탄 기능이 있는 코스튬을 만든다. 스파이더맨의 움직임에 방해가 되지 않도록 신축성도 좋은 이 슈트는 손목에서 전자기성 거미줄을 발사해 주위의 무선 주파수를 차단할 수 있다.

외계 슈트

피터 파커는 멀리 떨어진 배틀월드라는 행성에서 전투를 하다가 검은색 의상을 얻는다. 이 슈트는 끝없이 거미줄을 공급하고 순식간에 형태를 바꿀 수도 있었다. 게다가 마치 피터의 생각을 읽고 반응하듯이 그가 거미줄을 타러 나가고 싶어 할 때마다 저절로 입혀졌다. 하지만 피터는 이 슈트가 자신에게 영원히 기생하고자 하는 외계 심비오트라는 사실을 알게 된다. 그는 결국 이 외계 슈트를 버리고, 한동안 블랙캣이 준 이 슈트의 일반 버전을 입고 다녔다.

안티 시니스터 식스 슈트

지구온난화를 가속시키려는 닥터 옥토퍼스를 막기 위해 스파이더맨은 악랄한 슈퍼 빌런 그룹에 대항할 새 방어 장비를 갖춘 안티 시니스터 식스 슈트를 착용한다.

아이언 스파이더

토니 스타크는 선거에서 피터 파커의 지지를 얻기 위해 스파이더맨 활동에 특화된 아이언 스파이더 슈트를 제작해준다. 총알을 튕겨내고, 환경에 따라 모습을 위장하고, 무선 주파수를 포착하는 것은 물론이고, 등 뒤에서 팔처럼 생긴 부속물이 뻗어 나오는 기능은 범죄와의 전쟁에서 유용하게 사용되었다. 시빌 워에서 토니와 사이가 틀어지면서 피터는 결국 이 슈트를 포기했지만, 여기에 사용된 기술은 훗날 스칼렛 스파이더라는 정부 요원들에게로 넘어간다.

스칼렛 스파이더

오랜 여행 끝에 뉴욕으로 돌아온 스파이더맨의 복제 인간 벤 라일리는 더 이상 책임을 회피하지 않기로 결심하고 스칼렛 스파이더라는 정체성을 받아들인다. 박물관 기념품점에서 산 스파이더맨 후드티를 개조하고, 외장 웹슈터와 거미줄 카트리지 벨트까지 착용한 그는 당당하게 슈퍼 히어로로 무대로 복귀한다.

벤 라일리의 의상

피터 파커는 슈트를 입고 범죄를 소탕하던 생활을 잠시 접고 자신의 클론인 벤 라일리에게 그 자리를 물려준다. 벤은 피터의 클래식 코스튬을 바탕으로 가슴에 훨씬 큰 거미 무늬가 들어가고 바지는 아예 모양이 다른 자기만의 의상을 만들었다. 그뿐 아니라 웹슈터도 새롭게 디자인했으며, 새 무기도 개발해서 무기고에 추가했다.

슈피리어 스파이더맨

닥터 옥토퍼스는 스파이더맨과 정신을 바꿔 잠시 피터 파커의 육체를 조종할 수 있게 되었는데, 자신이 스파이더맨보다 뛰어나다는 사실을 증명하기 위해 슈피리어 스파이더맨이 된다. 슈트 디자인을 어두운색으로 바꿨으며, 손끝에 갈고리를 달고 로봇 팔까지 사용한다.

팔이 여섯 개인 스파이더맨

어느 순간 피터 파커의 모습이 심하게 바뀐 적이 있다. 평범한 삶을 살고 싶었던 피터는 자신의 능력을 없애주는 약을 개발했다. 그리고 시험도 해보지 않은 채 그 물약을 삼켜버렸다. 의식이 돌아온 피터는 등에 심한 통증을 느꼈다. 몸을 내려다보니 스파이더맨 의상을 뚫고 팔 네 개가 튀어나와 있었다! 피터는 친구인 커트 코너스 박사를 찾아가고, 박사가 치료제를 만들어주었다.

벽을 기어 올라갈 때 손과 발을 특히 많이 쓰기는 하지만, 몸의 다른 부위들도 똑같은 능력이 있다.

스파이더맨은 체구에 비해 엄청난 힘과 어떤 표면에도 달라붙을 수 있는 능력 그리고 위험을 감지하는 초능력에 가까운 감각까지 지니고 있다. 하지만 이런 것들은 그의 놀라운 능력의 일부일 뿐이다. 강화된 반사 신경과 스피드, 민첩성에 치유 능력까지 합하면 슈퍼 히어로 중에서도 상위권에 속하는 능력자라 할 수 있다.

WITH GREAT POWER…

큰 힘을 가진 자…

파워

헐크나 토르, 씽만큼 힘이 세지는 않지만, 우리의 다정한 이웃인 스파이더맨도 결코 만만한 상대는 아니다. 맨손으로 철근을 구부리는가 하면, 10톤에 가까운 무게를 들어 올리고, 주먹 한 방으로 콘크리트 벽을 부서뜨린다. 그뿐만 아니라 거미의 힘을 발휘해 펄쩍 뛰어오르면 건물 3층 높이까지 올라가거나, 고속도로를 한 번에 건널 수도 있다.

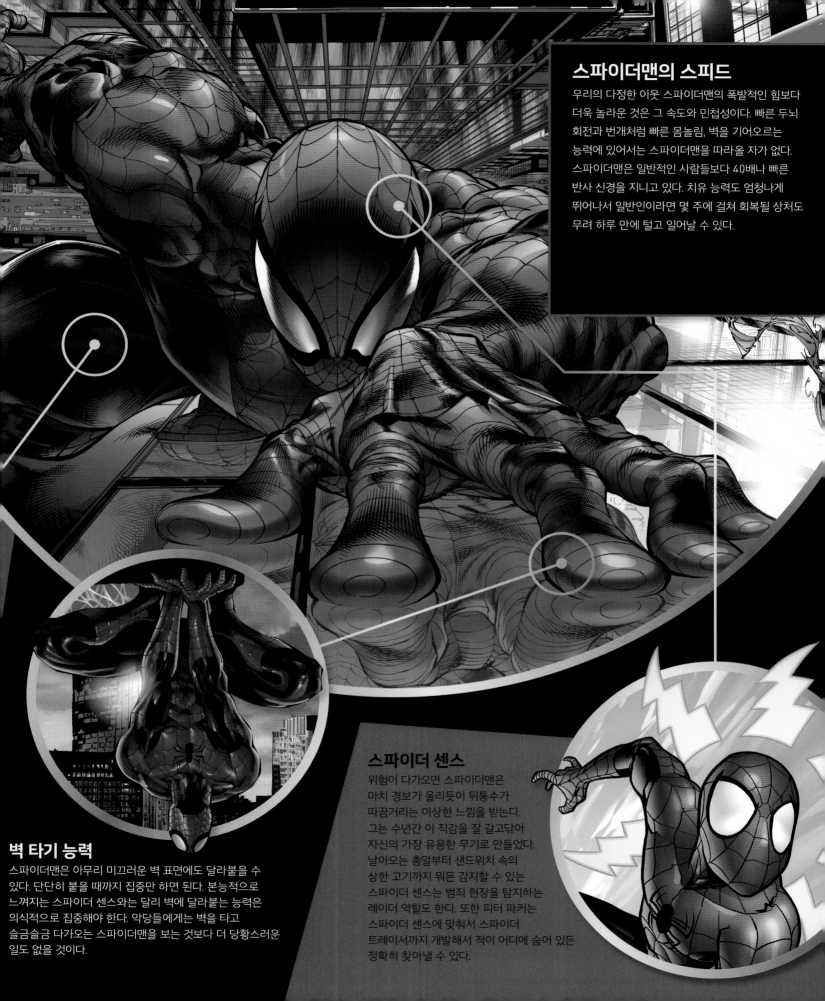

스파이더맨의 스피드

우리의 다정한 이웃 스파이더맨의 폭발적인 힘보다 더욱 놀라운 것은 그 속도와 민첩성이다. 빠른 두뇌 회전과 번개처럼 빠른 몸놀림, 벽을 기어오르는 능력에 있어서는 스파이더맨을 따라올 자가 없다. 스파이더맨은 일반적인 사람들보다 40배나 빠른 반사 신경을 지니고 있다. 치유 능력도 엄청나게 뛰어나서 일반인이라면 몇 주에 걸쳐 회복될 상처도 무려 하루 만에 털고 일어날 수 있다.

벽 타기 능력

스파이더맨은 아무리 미끄러운 벽 표면에도 달라붙을 수 있다. 단단히 붙을 때까지 집중만 하면 된다. 본능적으로 느껴지는 스파이더 센스와는 달리 벽에 달라붙는 능력은 의식적으로 집중해야 한다. 악당들에게는 벽을 타고 슬금슬금 다가오는 스파이더맨을 보는 것보다 더 당황스러운 일도 없을 것이다.

스파이더 센스

위험이 다가오면 스파이더맨은 마치 경보가 울리듯이 뒤통수가 따끔거리는 이상한 느낌을 받는다. 그는 수년간 이 직감을 잘 갈고닦아 자신의 가장 유용한 무기로 만들었다. 날아오는 총알부터 샌드위치 속의 상한 고기까지 뭐든 감지할 수 있는 스파이더 센스는 범죄 현장을 탐지하는 레이더 역할도 한다. 또한 피터 파커는 스파이더 센스에 맞춰서 스파이더 트레이서까지 개발해서 적이 어디에 숨어 있든 정확히 찾아낼 수 있다.

THE WEB HE WEAVES

스파이더맨의 거미줄

거미라면 누구나 거미줄이 필요하고, 스파이더맨도 예외는 아니다. 방사능 거미가 피터 파커를 물면서 거미의 여러 가지 능력과 힘을 주었지만, 거미줄을 생산하는 능력만은 물려주지 않았다. 따라서 피터는 성실한 연구와 놀라운 창의력으로 직접 거미줄을 만들 수밖에 없었다.

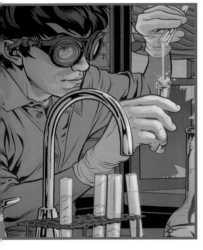

거미줄 용액

피터 파커는 거미줄을 개발하기 위해 방과 후에 학교 과학 실험실을 이용했다. 몇 년간 멀티폴리머 화합물을 연구한 피터는 거미줄처럼 사용할 수 있는 접착성 용액을 발명해냈다. 내구성이 좋은 이 초강력 거미줄은 한 시간 정도가 지나면 저절로 녹는다. 상업용으로는 적합하지 않아 화학 회사에 판매할 순 없지만, 스파이더맨이 적들을 일시적으로 묶어두거나 도시 이곳저곳을 타고 다니기에는 안성맞춤이다.

웹슈터

거미줄 용액은 그 자체로도 혁신적이고 놀라운 발견이었지만, 피터 파커는 거기서 멈추지 않았다. 거미줄을 발사할 방법이 없으면 아무 소용이 없었기 때문이다. 피터는 이 문제를 해결하기 위해 팔목에 착용하는 두 개의 웹슈터를 설계했다. 손바닥에 있는 버튼을 누르면 거미줄이 발사되는 장치였다. 하지만 주먹을 쥘 때마다 의도치 않게 거미줄을 발사하지 않기 위해 스위치를 조작해서 컴퓨터 마우스처럼 두 번을 빠르게 눌러야 작동되도록 했다.

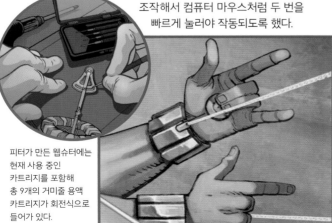

피터가 만든 웹슈터에는 현재 사용 중인 카트리지를 포함해 총 9개의 거미줄 용액 카트리지가 회전식으로 들어가 있다.

스파이더맨 코스튬 아래 착용한 벨트에는 카메라와 스파이더 시그널뿐 아니라 여분의 거미줄 용액 카트리지가 30개나 들어 있다.

스파이더맨의 거미줄은 공기에 노출되면 더욱 단단해진다. 여러 겹을 사용하면 헐크 같은 거인도 꼼짝 못 하게 붙들어놓을 수 있는 정도라서, 스파이더맨의 무게를 못 견디고 끊어질까 봐 걱정하지 않아도 된다.

거미줄 마스터

스파이더맨은 늘 새로운 기술을 개발해 스위치를 누르는 방식에 따라 다른 종류의 거미줄을 발사할 수 있게 되었다. 스위치를 두 번 짧게 누르면 거미줄 타기에 적합한 얇은 밧줄 같은 거미줄이 나온다. 길게 누르면 더 튼튼하고 두꺼운 줄이 나와서 노먼 오스본 같은 강력한 적들을 묶어둘 수 있다. 짧게 여러 번 누르면 분무기처럼 얇은 가닥을 흩뿌려서 상대의 눈을 멀게 한다. 그리고 아주 길게 누르고 있으면 접착성 액체 형태인 거미줄 용액이 뿜어져 나온다.

저절로 생기는 거미줄

불가사의한 존재인 퀸과의 결투 후에 스파이더맨은 거대한 거미로 변해버린다. 결국 다시 제 모습으로 돌아오기는 하지만 이 잠깐 동안의 변화는 예상치 못한 결과를 가져왔다. 몸에서 직접 거미줄을 뽑아낼 수 있게 된 것이다. 더는 거미줄을 제조할 비싼 화학약품 때문에 돈을 모을 필요가 없게 되자 피터 파커의 근심이 줄어들기는 했지만, 당황스럽게도 이러한 변화 때문에 자신이 인간이라는 느낌이 엷어지기도 했다. 이 능력은 최근 들어 사라졌지만 어떻게 된 영문인지는 여전히 미스터리로 남아 있다.

몇 시간 동안 훈련한 끝에 스파이더맨은 의식하지 않고도 거미줄을 자유자재로 이용할 수 있게 됐다.

스파이더맨은 최근에 새로운 거미줄을 개발했다. 전기와 열이 통하는 거미줄은 물론이고 거미줄 거품까지 만들었다.

"그들 나를 잭쌔라라고 비웃었지!? 나는 과학자도 아니며, 멍청이도 아니야! 이런 장치를 어떻게 발명해 개발했겠어!"
—피터 파커

쓰임새 많은 거미줄

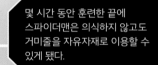

지난 몇 년간 스파이더맨은 거미줄의 활용법을 더욱 확장해왔다. 그는 거미줄을 손쉽게 공이나 방망이, 칼 모양으로 만들 수 있다. 뿐만 아니라 뗏목이나 행글라이더, 스키 같은 더 복잡한 물건까지 만들 수 있다고 알려져 있다. 일반적으로 사용하는 거미줄은 열에 강해서 섭씨 550도의 고온을 견뎌낼 수 있기 때문에 스파이더맨은 불같이 타오르는 적들을 상대할 때 주먹을 거미줄로 감싸곤 한다. 또한, 극한 상황에 대비해 섭씨 5500도까지 견딜 수 있는 거미줄을 개발하기도 했다.

PETER PARKER 피터 파커

스파이더맨의 본래 모습인 피터 파커는 어린 시절에 벌써 자기보다 나이가 3배 많은 어른이 겪을 법한 비극을 모두 겪었다. 죄책감과 압박감에 시달리는 피터는 빨간 쫄쫄이 마스크에 가려져 보이지는 않지만 요즘도 종종 허풍스러운 미소를 짓는다.

피터의 어린 시절

부모인 리처드와 메리 파커가 비행기 사고로 사망했을 때 피터 파커는 아직 어린아이였다. 그래서 삼촌과 숙모에게 맡겨졌다. 벤과 메이 파커는 자녀가 없는 노부부로, 피터를 아들처럼 키웠지만 친부모에 관한 얘기는 거의 해주지 않았다. 이에 피터는 자신이 무언가를 잘못해서 부모님이 떠나갔다고 믿게 됐다. 다시 버려질까 두려웠던 피터는 삼촌과 숙모의 인정을 받기 위해 애썼다. 하지만 그럴 필요는 전혀 없었다. 벤과 메이는 조카인 피터를 진심으로 사랑했고 그를 위해서라면 무슨 일이든 할 수 있었다.

피터는 자라면서 또래 남자아이들이 좋아하는 일에는 거의 관심을 보이지 않았다. 가끔 벤 삼촌과 야구 경기를 보러 가기는 했지만 직접 운동을 하는 일은 없었다. 사실 스파이더맨의 힘을 얻기 전에 피터는 그 나이 또래 소년들과 비교하면 힘이 약한 편이었다. 게다가 고소공포증도 있어서 도서관 서가 맨 위에 꽂힌 책을 꺼내려고만 해도 심한 현기증을 느꼈다. 피터는 혹독한 10대 생활을 견디기에는 버거워 보였다.

피터의 부모인 리처드와 메리 파커의 사망 소식을 들은 벤과 메이는 고아가 된 조카를 기꺼이 받아들였다. 형편이 넉넉지 않았던 두 사람은 피터를 키우기 위해 많은 희생을 치러야 했다.

벤 삼촌은 조카인 피터에게 자신이 모은 코믹북 컬렉션을 보여주는 것을 좋아했다. 피터는 용감한 히어로로 이야기를 몇 시간이고 읽으면서 자신도 캡틴 아메리카처럼 멋진 코스튬을 갖춘 히어로가 되어 범죄자들을 소탕하는 꿈을 꾸곤 했다.

미드타운 고등학교

피터 파커는 고등학교에서 우등생이었고 교사들에게도 칭찬받는 학생이었다. 하지만 다른 학생들은 똑똑한 체하는 '보잘것없는 피터'에게 별 관심이 없었다. 여자들은 피터가 조용하다고 생각했고, 남자들은 그를 겁쟁이 취급했다. 피터는 심각할 정도로 수줍음을 탔는데, 반 친구들은 그가 자신들을 무시해서 말을 안 한다고 오해했다. 비록 친구를 잘 사귀지는 못했지만 아예 시도를 안 했던 건 아니다. 가끔 과학 박람회나 괴수 영화를 함께 보러 가자고 먼저 말을 걸기도 했다. 하지만 돌아오는 건 조롱뿐이었고, 아이들은 피터를 자기 무리에 끼워주지 않았다. 그렇지만 비밀리에 스파이더맨으로 활동하기 시작하면서 피터는 자존감을 회복했고, 친구들도 이러한 변화를 서서히 알아보기 시작했다.

> *"나도 슈퍼 히어로가 됐으면 좋겠다.*
> *경찰과 언론이 우러러보는 사람이 되면*
> *얼마나 기분이 좋을까…"*
> — 피터 파커

대학생 피터

피터 파커는 미드타운 고등학교 역사상 가장 훌륭한 성적으로 졸업했다. 그리고 엠파이어 주립대학교에서 전액 장학금을 제안받고 뛸 듯이 좋아했다. 이제 정체성이 확고해진 피터는 스파이더맨 활동과 바쁜 사회생활을 이어가는 중에도 실험실에서 연구에 집중했다. 졸업 후에는 대학원에서 연구를 계속하며 조교로 일할 기회도 얻었다. 연구와 혁신을 게을리하지 않은 피터의 성격은 스파이더맨으로 활동하는 데도 큰 도움이 되었다.

스파이더맨이 피터의 대학 졸업을 망쳐버렸다. 졸업식 일주일 전에 그린 고블린과 로켓 레이서와 싸움을 벌이게 됐는데, 그 때문에 필수과목인 체육 수업을 빠져서 동기들과 함께 졸업할 수 없었다.

가면 뒤의 얼굴

스파이더맨으로 활동하는 내내 피터 파커는 자신이 느끼는 책임과 대중의 상반된 평가 사이에서 괴로워했다. 그를 칭송하는 사람들이 있는가 하면 대놓고 비난하는 사람들도 있었다. 이 때문에 절망 직전까지 간 그는 슈트를 벗고 스파이더맨이라는 또 다른 자아를 포기해버린다. 하지만 힘에 걸맞은 책임을 져야 한다는 생각을 떨쳐내지 못하고, 언젠가는 세상이 스파이더맨을 알아줄 거라는 희망을 품으며 다시 마스크를 쓴다.

피터는 이제 재빠르게 옷을 갈아입는 데는 달인이 되었지만, 일반인과 슈퍼 히어로 사이를 오가는 일은 늘 힘들었고 가끔은 평범한 삶을 살아가기를 소망한다.

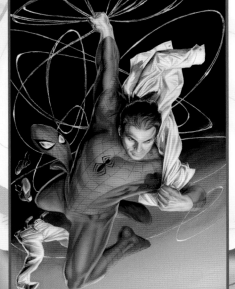

23

FRIENDS & FAMILY
가족과 친구들

스파이더맨에게 믿음직한 동료 히어로가 있다면, 피터 파커에게는 그들을 지키기 위해 어떠한 싸움도 불사할 가족과 친구들이 있다. 한때 여자 친구였다가 평생 함께할 친구가 된 베티 브랜트나 메리 제인 왓슨을 비롯해 피터의 주위에는 그를 진정으로 아껴주는 많은 이들이 있다. 그들은 피터가 힘든 시기를 겪을 때 그 곁을 든든히 지켜주었다.

벤 파커 삼촌

뉴욕 브루클린의 가난한 노동자 가정에서 태어난 벤 파커는 똑똑하고 행복한 아이였으며, 자라면서도 내면의 순수함을 잃지 않았다. 넘치는 상상력의 소유자인 그는 코믹북을 수집하고 SF 소설을 읽었는데, 이러한 취미와 열정은 동생 리처드의 아들이자 자신의 조카인 피터 파커에게 그대로 대물림됐다. 피터의 부모가 갑자기 사망한 후, 벤은 아내 메이와 함께 어린 피터를 맡아서 친아들처럼 키웠다. 사랑과 격려를 아끼지 않는 벤 삼촌은 피터에게 가장 친한 친구였다. 피터에게 큰 힘에는 큰 책임이 따라야 한다는 생각을 심어준 사람이기도 하다. 그의 끔찍한 죽음은 스파이더맨을 히어로로 만드는 데 결정적인 역할을 했다.

리처드와 메리 파커

CIA의 비밀 첩보원이었던 리처드와 메리 파커는 외아들인 피터 파커만큼은 가능한 한 평범한 환경에서 자라게 하려고 최선을 다했다. 하지만 슈퍼 스파이 닉 퓨리에게 선발되고 난 후 리처드는 평범한 삶을 영위하는 것이 거의 불가능하다는 사실을 인정해야만 했다. 수많은 히어로와 함께 전투에 참여하며 리처드와 메리는 위험한 삶을 살아갔는데, 울버린도 이들의 동지로 일했다. 하지만 피터가 아직 어린아이였을 때 비행기 사고로 부부는 짧은 생을 마감한다.

메이 제임슨 숙모

남편 벤의 동생 부부가 출장을 가 있는 동안 피터 파커를 몇 달간 맡아달라는 부탁을 받았을 때 메이 파커는 전혀 망설이지 않았다. 더욱 놀라운 건, 피터의 부모가 죽고 아이의 법적 후견인이라는 새로운 책임을 지게 되었을 때도 메이는 주저하지 않았다는 것이다. 그녀는 피터를 돌보는 것이 부모가 되고 싶었던 평생의 소원을 이룰 기회라고 생각했다. 하지만 살면서 수많은 죽음을 목격한 메이는 피터를 과잉보호했다. 피터에게 수시로 애정을 쏟아부으며 그의 건강과 행복을 끊임없이 걱정했고, 벤이 살해된 후로는 이러한 행동이 더욱 집착적으로 변해갔다. 하지만 새 남편인 J. 조나 제임슨 1세를 만난 후로는 마음의 안정을 되찾았다.

랜디 로버트슨

피터 파커가 랜디 로버트슨을 만난 건
엠파이어 주립대학교에 다니던
시절이었다. 랜디의 아버지이자
데일리 뷰글사에서 피터의 상사였던
조 로버트슨의 소개로 만난 둘은
곧바로 마음이 통했고, 계속 우정을
이어오고 있다. 사회운동가이자
열정적인 시위자였던 랜디는
시간이 지나며 성격이 많이
유해져서 사회운동을 그만두고
배우로 전업했다. 데일리 뷰글에서
피터의 동료였던 노라 윈터스와
잠시 사귀기도 했다.

빈 곤잘레스

거친 뉴욕 경찰인 빈 곤잘레스는 한때 피터 파커의
룸메이트였는데, 빈은 스파이더맨에 대해서는 그리
관대하지 않았다. 피터와 빈의 우정은 시작부터
순탄치만은 않았는데, 피터가 스파이더맨 활동을
위해 자꾸 몰래 빠져나갔기 때문이다. 게다가
빈이 스파이더맨을 함정에 빠뜨린
음모에 가담한 사실이 밝혀지며
둘의 사이는 더욱 나빠졌다. 결국
빈은 징역형을 선고받았고,
피터는 빈이 관심을 보였던
칼리 쿠퍼와 데이트를
시작했다. 빈과 피터는 너무
달랐지만, 빈은 피터의
책임감을 높이 샀고, 자신의
행위에 따른 죗값을 기꺼이
치렀다.

J. 조나 제임슨 1세

피터 파커는 스파이더맨으로 J. 조나
제임슨 1세를 처음 만났다. 빌런인 쇼커가
두 사람을 여러 무고한 시민들과 함께
지하철 안에 가뒀을 때였다. 피터는 그때 이
노신사에게 감명을 받았고, 제임슨은 계속해서
피터의 삶에 나타나 깊은 감동을 주었으며 훗날
메이 숙모와 결혼한다. 어떻게 이런 사람에게서
교활하고 자기중심적인 아들이 태어났는지
피터는 도무지 이해할 수가 없었다.
데일리 뷰글의 이전 사장이자
스파이더맨의 열성 반대자인 J. 조나
제임슨 2세말이다.
아프리카에서 엉클 벤 자선 재단 일을
마치고 돌아온 그는 희귀한
유전병으로 쓰러져 죽고 만다.

플래시 톰슨

피터 파커는 고등학교 때
친구가 거의 없었는데,
이는 피터를 가장 심하게
괴롭힌 유진 '플래시' 톰슨의
책임도 있다. 운동이라면 뭐든 다
잘하고 잘생긴 데다가 인기도 많았던
골목대장 플래시는 피터를 비참하게
만드는 걸 즐겼다. 그런 플래시가
스파이더맨의 충실한 팬이었다는 건
정말로 아이러니하다. 피터와
플래시는 사사건건
부딪쳤지만, 훗날 둘이 같은
대학에 다닌다는 걸 알게 된
후로는 증오가 우정으로
변했다. 때때로 피터를
힘들게 하기도 했지만
플래시는 피터가 믿을 만한
친구라는 걸 잘 알았다.
피터는 플래시가 음주 문제를
겪을 때나, 전쟁에서 크게
다쳐 걸을 수 없게 됐을
때도 그의 곁을 떠나지
않았다.

해리 오스본(라이먼)

피터 파커는 대학생 때 처음 해리 오스본을 만났는데, 그때 피터는 해리를
완전히 무시했다. 늘 걱정거리가 많았던 피터는 아픈 숙모를 돌보느라
대학에서 새 친구를 사귈 여력이 없었던 것이다. 하지만 해리는 피터를
함부로 판단하는 대신 기회를 주었고, 두 사람은 금방 친구가 되었다. 훗날
해리의 아버지이자 돈 많은 사업가인 노먼 오스본이
아들에게 호화 아파트를 사줬을 때, 두 사람은
룸메이트로 지내기도 했다. 피터는 해리가
여러 가지 심각한 문제를 겪는 걸 지켜봤다.
해리는 약물중독으로 고생한 것도 모자라
그린 고블린이라는 슈퍼 빌런의 자리를
물려받아야 했다. 보통 사람이라면 이미
수년 전에 해리와의 우정을 포기했겠지만,
피터는 해리가 기다릴 만큼 가치 있는
사람이라고 생각했고, 그와의 우정을
지켰다. 최근에 해리는 타락한
아버지와의 관계를 끊기
위해 해리 라이먼으로
이름을 바꿨다.

THE DAILY BUGLE
데일리 뷰글

언제나 꽉 차 있는 우편함

조 '로비' 로버트슨

신문 분류 체계

최신 주요 기사

뉴스 특보

조사 자료

세월이 흐르면서 스파이더맨만큼이나 수많은 변화를 겪은 데일리 뷰글은 세상에서 제일 신뢰받는 타블로이드 신문사다. 뉴욕에서 1897년에 설립됐으며, 사장인 J. 조나 제임슨과 사진기자 피터 파커를 비롯해 수많은 직원이 이곳을 거쳐 갔다.

스파이더맨은 악당과 결투를 벌이기 전에 카메라를 거미줄에 묶어 전략적인 장소에 설치해 사진을 찍는다.

뉴욕의 상징

원래 데일리 뷰글사 빌딩에는 신문사 이름이 9미터 높이의 간판으로 자랑스럽게 세워져 있었지만 왠지 모르게 세련미가 부족해 보였다. 이는 마치 편집자였던 J. 조나 제임슨의 편집에 대한 열정과 화려함 사이의 간극을 떠올리게 했다. 〈데일리 뷰글〉은 특종을 노리는 타블로이드 신문으로, 강한 어조의 기사에 충격적인 사진을 함께 실었다.

제임슨이 심장마비로 죽을 고비를 넘긴 후, 그의 부인이 신문사를 덱스터 베넷에게 넘겼고, 베넷은 신문 이름을 〈더 DB〉로 바꿨다. 많은 직원이 새로 생긴 〈프론트라인〉에 합류하려고 신문사를 떠났다. 무자비한 파파라치 스타일의 기사에 집중한 〈더 DB〉와 달리 〈프론트라인〉은 〈데일리 뷰글〉에 명성을 가져다준 진실 추구라는 기조를 유지했기 때문이다. 결국 〈프론트라인〉이 〈데일리 뷰글〉의 이름을 이어받게 된다.

피터 파커: 최고의 사진기자

J. 조나 제임슨은 10대인 피터 파커의 사진을 망설임 없이 사들인다. 피터에게 스파이더맨을 포착하는 특별한 재능이 있었기 때문이다. 피터의 초기 사진들은 제임슨이 운영하는 또 다른 매체인 〈나우 매거진〉에 실렸지만, 곧 〈데일리 뷰글〉로 옮겨가면서 피터의 경력에도 날개가 달렸다. 피터가 계속해서 스파이더맨의 사진을 찍어와도 J. 조나 제임슨은 그의 비밀을 전혀 눈치채지 못했다.

신문사 직원들

J. 조나 제임슨

J. 조나 제임슨은 언뜻 보면 단순히 불만투성이에 자기중심적인 지독한 구두쇠로 보이겠지만, 한 껍질 벗기고 보면 그보다 더한 사람이다. 데일리 뷰글의 사장이자 열정적인 스파이더맨 반대 운동가인 그는 지치지도 않고 떠들며 남에게 자기 의견을 피력하기 위해서 기꺼이 앞에 나선다. 지금은 데일리 뷰글을 떠났지만 머지않아 신문업계로 다시 돌아올 것이 분명하다.

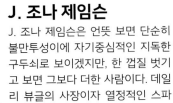

제임슨은 뉴욕 시장이 되려고 신문사를 떠났다. 시장 사임 후에는 방송사인 팩트 채널로 옮겨갔다.

조 로버트슨

공감 능력과 이성적인 판단이 뛰어난 조 로버트슨은 J. 조나 제임슨의 오른팔로, 양심적인 조언자의 역할을 하다가 신문사 편집장이 된다.

베티 브랜트

피터 파커가 처음으로 진지하게 사귄 여자 친구이며, 한때는 데일리 뷰글에서 비서로 일했다. 유능한 신문기자로, 때로는 친구 관계까지 소홀히 하며 회사에 헌신한다.

노라 윈터스

단호하고 활동적인 노라 윈터스는 신문사 내에서 승승장구하며 최고의 기자 자리에 오르지만, 홉고블린과 연관된 스캔들 때문에 직업을 잃고 만다.

프레더릭 포스웰

데일리 뷰글사의 성실한 직원인 프레더릭 포스웰은 범죄 조직의 배후 조종자이자 두목인 '빅맨'으로 이중생활을 하고 있다.

토머스 파이어하트

비밀 자경단원 '푸마'인 토머스 파이어하트는 한때 데일리 뷰글을 사들여 스파이더맨을 옹호하는 기사를 썼다. 스파이더맨에게 진 마음의 빚을 갚기 위해서였다.

벤 유릭
데일리 뷰글의 스타 기자다. 라이벌 신문사 프론트라인을 만들기도 했다. 유릭은 부패를 척결해야 한다는 입장을 견지하고 있다. 스파이더맨은 물론이고 데어데블의 동지이기도 하다.

네드 리즈

한때 베티 브랜트의 남편이었던 네드 리즈는 〈데일리 뷰글〉의 기자였지만, 홉고블린에게 세뇌당해 새로운 홉고블린이 되었다.

덱스터 베넷

〈데일리 뷰글〉 신문을 인수해 〈더 DB〉라고 이름을 바꾼 덱스터 베넷에게서는 전임 사장이었던 J. 조나 제임슨 같은 열정이 보이지 않았다.

글로리 그랜트

J. 조나 제임슨과 조 로버트슨의 비서였던 그녀는 뉴욕 시장이 된 제임슨이 사임하기 전까지 그의 보좌관으로 일했다.

랜스 배넌

피터 파커의 라이벌 기자인 랜스 배넌은 스파이더맨의 노골적인 모습을 사진으로 포착하며 J. 조나 제임슨 밑에서 성공 가도를 달리고 있다.

필 유릭

벤 유릭의 조카로, 사진은 취미일 뿐이고 사실은 밤마다 빌런인 홉고블린으로 활동했다. 하지만 그 비밀이 대중에게 알려지자 즉시 해고된다.

제이콥 코노버

데일리 뷰글의 부패 직원 목록에 이름을 올린 또 다른 기자인 제이콥 코노버는 어둠의 세계에서는 '로즈'라는 이름의 두목으로 통한다.

더 DB 빌딩
덱스터 베넷이 사장으로 있는 동안 DB 빌딩은 일렉트로라는 슈퍼 빌런에게 공격을 당해 파괴된다. 신문 사업에 흥미를 잃은 데다가 신문사를 다시 일으켜 세울 자금도 없었던 텍스터는 J. 조나 제임슨에게 회사를 되판다. 제임슨은 그답지 않은 관용을 베풀어 〈프론트라인〉 신문사에 〈데일리 뷰글〉이라는 이름을 써도 좋다고 허락해준다. 이로써 소규모 신문사였던 〈프론트라인〉은 최대 약점이었던 인지도를 단번에 상승시킨다.

사진기자로 가장 많이 알려졌지만, 〈데일리 뷰글〉에 실릴 사진을 찍는 일은 피터 파커가 꿈꾸던 직업이 아니었다. 천재에 가까운 과학적 사고력과 자신의 지식을 남들과 나누고픈 욕망을 지닌 피터에게 사진은 인생의 목적이 아니라 병약한 메이 숙모를 돌보고 공과금을 낼 돈을 버는 수단에 불과했다.

파커 선생님

피터 파커는 교사가 되고 싶은 마음을 항상 품고 있었다. 모교인 미드타운 고등학교에서 과학 수업을 맡아달라는 제안이 들어오자 피터는 완벽한 기회라고 생각하며 받아들인다. 선생님들 덕분에 자신의 인생이 달라졌듯이 장래가 촉망되는 학생들에게 자신이 좋은 영향을 줄 수 있다고 생각한 것이다. 시빌 워 때문에 주목을 받게 돼 생각보다 빨리 교사 일을 그만두게 됐지만, 스파이더맨은 칠판이 그리워질 때마다 어벤저스 아카데미에서 수업을 한다.

든든한 오른팔

과학이나 혁신가라고 하면 사족을 못 쓰는 피터 파커는 동료 슈퍼 히어로이자 어벤저스인 토니 스타크(골든 어벤저 아이언맨)를 오랫동안 존경해왔다. 서로 팽팽하게 의견이 맞선 시빌 워가 벌어지기 전에 피터는 토니의 보좌관처럼 일했다. 출장에 동행하고 호화로운 스타크 타워에 거주하며 토니의 천재성을 직접 경험한 것이다.

피터는 J. 조나 제임슨이 고작 100달러의 '수고비'만 지급한 채 허락도 없이 《웹스》를 출간한 것을 알고 충격을 받는다.

마지못해 나선 작가

사진기자로서 피터 파커의 이력은 그간 찍어온 스파이더맨의 사진을 모아 《웹스: 스파이더맨의 활약상》이라는 이름의 하드커버 사진집을 발간했을 때 정점을 찍었다. 비록 이 책이 데일리 뷰글의 사장 J. 조나 제임슨의 돈벌이 수단에 불과해 책 판매로 피터에게 들어온 돈은 없었지만, 대신 책 사인회 투어를 다니며 돈을 벌었고, 가는 곳마다 15분간 인기를 만끽할 수 있었다.

스파이더맨은 보석 도둑인 블랙 폭스를 추격한 후에 책 사인회에 깜짝 등장했다.

목표 초과 달성자

피터 파커는 학업을 계속하기로 결심하고 엠파이어 주립대학교에서 조교로 일한다. 스파이더맨과 사진기자 생활까지 병행하며 지칠 대로 지치지만, 학교에서 좋은 동료이자 친구를 많이 사귀게 되고, 특히 학부생을 가르치는 일에 큰 보람을 얻는다.

데일리 글로브의 사진 기자

J. 조나 제임슨의 데일리 뷰글사에서 수년간 말단 직원 취급을 당한 피터 파커는 데일리 글로브사로 이직해 정당한 대우를 받게 된다. 〈데일리 뷰글〉의 최대 라이벌인 〈데일리 글로브〉는 한층 균형 잡힌 시각을 유지하며 스파이더맨에 관한 기사를 내보냈다.

HORIZON LABS

호라이즌 연구소

피터 파커는 스파이더맨 슈트를 입었을 때 말고는 평생 자신의 잠재력을 최대한으로 발휘해본 적이 없었다. 하지만 J. 조나 제임슨의 부인인 말라가 그를 혁신 기술 개발 시설인 호라이즌 연구소의 맥스 모델 소장에게 소개하자 소장의 눈에 들게 된다. 피터는 호라이즌 연구소에서 모두가 부러워하는 싱크탱크에서 일해줄 것을 제안받는다.

피터는 호라이즌 연구소에 견학을 가서 자신의 가치를 증명하고, 연구소의 싱크탱크에서 일할 기회를 얻는다.

호라이즌과 함께

피터 파커가 거쳐 간 직장 중 하나인 호라이즌 연구소는 최첨단 연구 시설이다. 설계자와 기술자들에게 영감을 불러일으키기 위해 작업실 안에 직원들이 자연스럽게 모여 의견을 나눌 수 있는 사교 공간까지 배치해놓았다. 또한 최정예 직원들이 기상천외한 실험을 마음껏 해볼 수 있는 싱크탱크 조직이 있었다. 피터는 이 그룹에 속해 스파이더맨에게 필요한 기술을 개발하기도 했다. 스파이더맨의 숙적이었던 모비어스도 호라이즌 연구소에서 비밀 연구원으로 일한 적이 있다.

맥스 모델
호라이즌 연구소를 이끄는 맥스 모델은 피터 파커가 스파이더맨의 기술을 개발하고 있다고 생각했지만, 피터가 스파이더맨일 거라고는 상상도 못 했다.

그레이디 스크랩스
싱크탱크 연구원인 그레이디 스크랩스는 과학에 별로 관심이 없는 학생으로 보였지만, 보기와 다르게 놀라운 업적을 내는 반전의 인물이다.

벨라 피시백
환경친화적인 인식으로 늘 지구의 앞날을 걱정하는 벨라 피시백은 호라이즌 연구소의 환경문제 전문가로, 싱크탱크에서 근무하고 있다.

사자니 재프리
호라이즌 연구소의 싱크탱크 연구원으로, 외계 생물학과 화학, 과학기술을 연구하는 외계인학 전문가다.

우아투 잭슨
다재다능한 영재인 우아투 잭슨은 열 살에 고등학교를 졸업하고 호라이즌 연구소 싱크탱크의 최연소 연구원이 되었다.

"내가 목숨 걸고 싸울수록, 죽을 고비를 넘길수록… 상황은 더 악화되는 것만 같아!
온 힘을 다하고 모든 능력을 쏟아붓는데 왜 삶은 더 나아지지 않지?"
— 피터 파커

PARKER'S PROBLEMS 피터 파커의 고민들

슈퍼 빌런들을 상대하며 죽음의 문턱을 넘나드는 스파이더맨과 비교하면 피터 파커의 삶은 식은 죽 먹기라고 생각할 수도 있다. 하지만 피터도 스파이더맨 못지않게 하루하루가 전쟁 같은 삶을 살고 있다. '파커가의 불운'이라는 저주에 걸린 게 아닌지 의심이 될 정도다.

죄책감

부모님이 돌아가신 후로 피터 파커는 죄책감에 시달려왔다. 리처드와 메리 파커의 죽음에 아무런 책임이 없음에도 어린 피터는 무의식적으로 부모님의 부재가 자신의 잘못 때문이라고 믿었다. 세월이 흘러 피터는 더 많은 사람을 떠나보내게 된다. 특히 사랑하는 벤 삼촌의 죽음은 자신이 막을 수 있었고, 또 그래야만 했다고 자책하며 피터의 죄책감은 더욱 심해졌다.

여자 친구

피터 파커의 연애사는 결코 순탄하지 않았다. 고등학교 때 짝사랑한 여학생들에게 무시당한 경험에서부터 결혼할 뻔했던 메리 제인 왓슨과의 관계까지, 피터는 이성 관계에서 수많은 어려움을 겪었다. 더군다나 계속 스파이더맨으로 활동하는 한 비밀을 숨기기 위해 끝없이 변명을 늘어놓아야 하니, 앞으로도 고생길이 훤하다고 할 수 있겠다.

메이 숙모

어린 나이에 부모님을 여의고 벤 삼촌까지 잃은 피터는 마지막 가족인 메이 숙모를 더욱 소중히 여기게 됐다. 하지만 안타깝게도 메이 숙모는 오랫동안 병을 앓고 있었다. 이 때문에 가계 빚은 물론이고 병원비까지 쌓여갔다. 숙모의 건강을 걱정한 피터는 병간호에 최선을 다하기 위해 여러 직장을 동시에 다닐 수밖에 없었다.

스파이더맨

이상하게 들리겠지만 피터 파커의 가장 큰 고민은 스파이더맨이다. 피터가 진정으로 원했던 건 평범한 삶을 살며 행복해지는 것뿐이었다. 물론 계속되는 불행 속에서도 힘겹게 노력해서 행복을 누리기는 했지만, 절대 평범한 존재로 살아갈 수 없었다. 대의를 위해 스파이더맨이 된 그는 새롭게 나타난 슈퍼 빌런들과 싸우거나 위험에 처한 가족을 구했다. 하지만 그 대신 애인이나 친구들을 계속 바람맞혀야 했다. 거미줄을 타거나 남을 돕는 일을 사랑하는 피터지만, 이러한 이중생활이 개인적인 삶에는 큰 걸림돌이라는 사실을 잘 알고 있다.

피터 파커 말에 따르면 그의 인생에 행운이라는 건 없었다. 하지만 계속되는 불행의 희생자치고는 피터나 스파이더맨 모두 로맨틱한 연애를 제법 많이 했다. 수많은 여자들이 피터의 눈에 띄려고 안달 난 걸 보면, 스파이더맨은 우주에서 제일 운이 좋은 슈퍼 히어로라고 해도 좋을 것이다.

데브라 휘트먼

데브라 휘트먼은 대학원 동기인 피터 파커와 친구 이상의 관계가 되기를 간절히 원했지만, 피터는 데브라가 자신을 얼마나 좋아하는지 전혀 눈치채지 못했다. 두 사람은 데이트를 몇 번 했지만 데브라의 바람처럼 연인 관계로 발전하지는 못했는데, 피터가 몰래 스파이더맨 활동을 하느라 너무 바빴던 탓도 있다.

베티 브랜트

피터 파커가 처음으로 진지하게 사귄 여자 친구로, 고등학교 친구들이 모두 그를 내성적인 책벌레로만 보던 시절에 알게 되었다. 가족의 생계를 책임지기 위해 고등학교를 중퇴하고 데일리 뷰글에서 비서로 일해야만 했던 베티 브랜트는 피터의 고민을 이해하고 공감해주었다. 두 사람은 사랑에 빠졌지만 피터의 이중생활이 두 사람의 관계에 큰 타격을 주었다. 피터가 사진기자 일을 하며 위험을 무릅쓰는 걸 못마땅하게 생각한 베티는 신문기자인 네드 리즈와 만나기 시작했다.

마시 케인

피터 파커는 엠파이어 주립대학교에서 조교로 일할 때 대학원생인 마시 케인을 만나 잠시 사귀었다. 그때는 몰랐지만, 사실 그녀는 '콘트락시아'라는 별에서 온 외계인이었다. 자신의 행성을 구할 방법을 찾기 위해 지구로 파견된 것이다.

리즈 앨런

리즈 앨런은 피터 파커가 다니던 미드타운 고등학교에서 제일 인기 있는 여학생이었다. 리즈는 내성적이던 피터가 서서히 알을 깨고 나오는 모습을 보고 그에게 반했다. 서로 관심이 있었지만 두 사람은 친구로 남게 되고, 리즈는 후에 피터의 친구인 해리 오스본과 결혼해 노미라는 아들을 낳는다. 현재 리즈는 '알케맥스'라는 회사를 운영하고 있다.

실크

실크 역시 피터 파커를 스파이더맨으로 바꿔놓은 바로 그 거미에게 물렸다. 실크는 변신하고 몇 년 후에야 스파이더맨을 처음으로 만난다. 두 사람은 아직 데이트를 시작하지는 않았지만, 스파이더 토템이라는 연결 고리 덕분에 서로를 향한 제어할 수 없는 끌림을 느끼고 있다.

한때 피터 파커의 약혼녀였던 메리 제인 왓슨은 피터에게 영원히 '날 떠난 여자'로 기억될 것이다.

메리 제인 왓슨

피터 파커가 메리 제인 왓슨을 만난 건 한마디로 대박이었다. 메리는 피터의 이웃이자 메이 숙모의 친구인 애나 왓슨의 조카로, 첫 데이트를 나가기도 전에 피터의 이중생활을 알아차렸다. 그저 놀기 좋아하는 파티광인 척하지만, 피터는 오랫동안 사귄 메리 제인이 겉보기보다 훨씬 복잡한 여자라는 걸 안다. 지금은 아이언맨인 토니 스타크 밑에서 일하고 있다.

리안 탕

뛰어난 발명가인 리안 탕은 파커 인더스트리에서 스파이더 모빌을 비롯해 여러 놀라운 제품을 개발한 인연으로 피터 파커와 데이트를 시작한다. 하지만 리안이 범죄 조직인 조디악의 일원이라는 사실이 밝혀지자, 두 사람의 관계는 막을 내린다.

그웬 스테이시

한동안 그웬 스테이시는 피터 파커의 인생에서 단하나의 사랑이었다. 대학에서 싹을 틔운 피터와 그웬의 사랑은, 그린 고블린이 무고한 그녀를 브루클린 다리 위에서 떨어뜨리며 너무 일찍 끝나버리고 말았다. 그웬의 죽음으로 피터는 엄청난 충격을 받았고, 수많은 밤을 잠 못 들고 그때의 끔찍한 장면을 되새기며 자신을 괴롭혔다. 그는 아직도 가끔 멍하니 그웬과 함께했다면 지금쯤 어떤 모습이었을까 상상해보곤 한다.

피터는 자신이 꿈꾸던 여인인 그웬과 여생을 함께할 거라고 굳게 믿었다.

애나 마리아 마르코니
닥터 옥토퍼스는 피터 파커와 정신을 뒤바꿔서 잠시 그의 육체를 조종하던 시기에 애나 마리아와 사귀었다. 피터가 다시 몸을 되찾은 후, 피터와 애나 마리아는 자신들이 매우 기이한 상황에 처했음을 이해하고 헤어지기로 합의한다.

블랙캣은 스파이더맨과 사귀다 헤어지기를 반복한다. 둘 다 모험심이 크다는 공통점이 있다.

블랙캣

대를 이어 도둑이 된 펠리시아 하디는 늘 위험한 삶을 살아왔는데, 스파이더맨과의 관계도 크게 다르지 않았다. 외로운 영웅에게 유대감을 느낀 그녀는 순식간에 그에게 집착하게 됐다. 스파이더맨의 관심을 끌려고 블랙캣 의상을 입었을 뿐만 아니라 그를 숭배하는 사원까지 차렸고, 스파이더맨의 곁에 머물기 위해 한동안 범죄에서 손을 떼기도 했다. 두 사람은 서로에게 원하는 것을 얻지 못한 채 몇 년간 사귀다 헤어지다를 반복했다. 그녀는 히어로와 일반인의 삶을 동시에 살아가는 스파이더맨을 이해하지 못했다.

블랙캣은 스파이더맨의 '스파이더'인 면을 사랑했지만, '맨'에게는 크게 관심이 없었다.

릴리 홀리스터
피터 파커가 놀기 좋아하는 사교계의 명사 릴리 홀리스터를 처음 만났을 때, 그녀는 해리 오스본의 여자 친구였다. 빌런인 '메나스'로 이중생활을 하고 있던 릴리는 자신의 정체를 숨기기 위해 피터에게 키스하고, 이 때문에 피터는 친구의 여자 친구와 키스했다고 자책하며 괴로워한다.

미셸 곤잘레스
피터 파커의 예전 룸메이트였던 빈 곤잘레스의 동생이다. 미셸 곤잘레스가 갑자기 이사를 와 룸메이트가 되자 피터는 깜짝 놀란다. 두 사람은 뜨거운 사랑을 나누기도 하지만, 서로 어울리지 않는다는 걸 깨닫고 헤어진다.

캡틴 마블
어벤저스 동료인 캡틴 마블(캐롤 댄버스)는 미즈 마블로 활동하던 시절 스파이더맨을 만났다. 처음에는 한 팀이 되기를 꺼려했고, 스파이더맨이 그녀의 미션을 도와주면서 두 사람은 친한 친구가 됐다. 짧게 데이트도 했지만 진지한 관계로 발전하지는 않았다.

새라 러시먼
엠파이어 주립대학교의 학생이자 웨이트리스인 새라 러시먼은 파티에서 피터 파커를 처음 만났고, 두 사람은 바로 사귀기로 한다. 하지만 새라가 사실은 사나운 뮤턴트인 '매로우'라는 사실이 밝혀지며 두 사람의 관계는 금세 끝이 났다. 국가 정보기관인 쉴드에서 그녀를 세뇌해 새라 러시먼이라는 일반인으로 만들어놓았던 것이다.

칼리 쿠퍼

피터 파커는 한동안 뉴욕 경찰국 법의학자인 칼리 쿠퍼와도 교제했다. 두 사람은 과학과 정의를 사랑한다는 공통점이 있었다. 하지만 피터가 스파이더맨이라는 걸 알게 된 칼리는 자신을 속인 피터에게 화를 내며 결별을 선언한다. 훗날 칼리는 일시적으로 그린 고블린의 추종자인 '몬스터'로 변하기도 했다.

AMAZING FRIENDS

어메이징한 친구들

뉴욕이 혼잡한 도시라는 걸 스파이더맨보다 잘 아는 사람은 없을 것이다. 수백만 명이 살아가는 이 도시에서 오랜 세월 활동한 스파이더맨이 수십 명의 히어로를 만난 것도 그리 놀라울 일은 아니다. 그동안 다정한 이웃 스파이더맨은 여러 슈퍼 히어로들과 힘을 합쳐왔고, 한때 적이라고 여겼던 이들과 친구가 되기도 했다.

실버 세이블

실버 세이블은 스파이더맨이 여태껏 상대한 적 중에서 가장 강한 용병이었다. 현상금 사냥꾼이었던 아버지의 직업을 물려받아 한 단계 더 발전시킨 그녀는 '와일드팩' 이라는 그룹을 이끌며, 거액을 벌 수만 있다면 어떤 범죄자든 찾아내 처리해준다. 예외도 있었지만 대부분의 경우 스파이더맨의 동지였던 그녀는 시니스터 식스와의 전투에서 라이노의 손에 죽은 것으로 알려졌다.

모비어스

자신이 희귀한 혈액 질환에 걸렸다는 사실을 알게 된 마이클 모비어스 박사는 흡혈박쥐의 몸에서 찾아낸 물질을 이용해, 전기 충격요법으로 병을 자가 치료하려 한다. 이런 급진적인 치료법으로 인해 모비어스는 넘치는 힘과 피에 대한 갈망을 지닌 뱀파이어로 변해버린다. 스파이더맨과 여러 차례 격돌한 후, 모비어스는 마침내 스파이더맨의 동지가 된다.

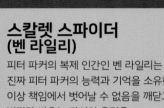

베놈

고등학교 때 피터를 괴롭힌 유진 '플래시' 톰슨은 항상 스파이더맨을 우러러봤다. 스파이더맨 팬클럽의 창시자인 플래시는 한 번의 흔들림도 없이 세계적인 히어로 스파이더맨을 지지해왔다. 그래서 군 복무 중 두 다리를 잃은 그에게 정부에서 살아 있는 외계 심비오트 슈트를 입고 두 발로 움직일 수 있을 뿐 아니라 초능력을 지닌, 에이전트 베놈이 되겠느냐고 제안했을 때 흔쾌히 받아들인다.

마담 웹

줄리아 카펜터는 신비한 약을 주입받고 스파이더맨 같은 힘이 생겼고, 결국 스파이더 우먼이라는 히어로가 되었다. 오랜 세월 범죄와 맞서 싸운 영웅이자 스파이더맨의 동지인 줄리아는 어벤저스와 포스 웍스, 오메가 플라이트 등 여러 슈퍼 히어로 팀의 멤버로 활약했다. '아라크네'를 비롯해 수많은 별명을 가진 줄리아는 최근에 예지력을 개발한 후로 '마담 웹'이라고 불리고 있다.

스칼렛 스파이더
(벤 라일리)

피터 파커의 복제 인간인 벤 라일리는 진짜 피터 파커의 능력과 기억을 소유한 이상 책임에서 벗어날 수 없음을 깨닫고 범죄와 싸우는 자신의 운명을 받아들인다. 언론에 의해 '스칼렛 스파이더'라는 이름을 얻게 된 벤은 그의 '형제'와 함께 용감히 싸우고, 심지어 스파이더맨이 잠시 은퇴했을 때 그 자리를 대신하기도 한다. 그리고 자신의 신념을 위해 고귀하게 목숨을 희생한다.

푸마

무술에 정통하며 동물적인 감각이 뛰어난 토머스 파이어하트는 세계적인 기업을 만들어 성공을 거두었으며, 현재는 자신의 힘과 능력을 이용해 용병으로 활동하고 있다. 과거에 적으로 몇 번 마주친 후로 스파이더맨을 크게 존경하게 되었다. 도덕관념이 투철하고 빚지고는 못 사는 성격인 푸마는 스파이더맨의 싸움을 여러 차례 도와주었다.

스파이더 우먼

오리지널 스파이더 우먼인 제시카 드루는 스파이더맨과 서로 완전히 다른 길을 걸었지만 종종 그의 삶에 나타나곤 했다. 정부 주도의 강력한 평화 유지군인 쉴드 요원으로 일했으며, 테러 조직인 하이드라를 위해 이중간첩이 되기도 했다. 또한 어벤저스에도 합류해 한동안 스파이더맨과 동료로 지냈다.

톡신

살인 기계인 외계 심비오트 카니지가 낳은 아기가 뉴욕 경찰관인 패트릭 멀리건의 몸에 뿌리를 내린다. 심비오트가 자신에게 사악한 영향을 끼친다는 걸 깨달은 패트릭은 노력 끝에 이를 통제할 수 있게 되었다. 그리고 거기서 멈추지 않고 자기 자신에게 범죄와 맞서 싸우는 '톡신'이라는 정체성을 부여했다. 톡신은 스파이더맨이 자신의 동지로 인정한 첫 심비오트였지만 결국 죽음을 맞이한다.

스파이더맨
(마일즈 모랄레스)

마일즈 모랄레스는 피터 파커의 세계와 비슷하지만 몇 가지 큰 차이가 있는 '얼티밋 유니버스'라는 다른 차원에서 온 친구다. '시크릿 워즈'로 자신이 스파이더맨으로 활동하던 세상이 사라지자 피터가 있는 지구로 넘어온다.

스칼렛 스파이더
(케인 파커)

스파이더맨의 악명 높은 클론 케인 파커는 세월이 지나면서 크게 변했다. 한때는 빌런이었고 퀸의 앞잡이로 일하기도 했지만, 최근에는 스칼렛 스파이더라는 용맹한 자경단원으로 활동하고 있다. 여러 차원 간의 사건인 '스파이더버스'에서 '디 아더'로 선택된 케인은 다시 한 번 부활한다.

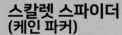

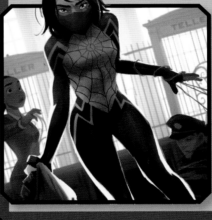

실크

10대 시절 피터 파커와 똑같은 거미에 물린 실크는 오랜 세월을 비밀 벙커에 숨어 지냈다. '스파이더버스' 사건에서 스파이더맨의 편에 서서 싸우며 처음 등장했으며, 그 후로 범죄 소탕 활동을 본격적으로 시작했다. 스파이더맨처럼 벽에 달라붙을 수 있고 스파이더 센스를 지니고 있다. 하지만 피터 파커와는 다르게 손가락 끝에서 직접 거미줄을 뽑아낼 수 있다.

스파이더걸

아냐 코라존은 '스파이더걸'이라는 슈퍼 히어로로 이름을 쓰는 건 내켜 하지 않았지만, 코스튬을 입고 범죄자들과 싸우는 일은 주저하지 않았다. 신비로운 거미 숭배 조직에서 힘을 물려받은 그녀는 초능력이 생기자마자 '아라냐'라는 이름으로 히어로 활동을 시작한다. 스파이더 히어로들을 모조리 잡으려는 크레이븐의 '그림 헌트' 때 스파이더맨과 함께 맞서 싸운 후로는 스파이더걸의 역할과 코스튬을 완전히 받아들인다.

프라울러

창문 청소원으로 일하다가 해고된 호비 브라운은 자신의 존재 가치를 증명하기 위해 프라울러 코스튬을 입고 범죄 행위를 시작하지만, 곧 마음을 고쳐먹고 스파이더맨의 편에 선다. 깨끗이 손을 씻은 호비는 실버 세이블을 비롯해 개과천선한 빌런들과 팀을 이루었다. 프라울러와 스파이더맨은 여러 차례 힘을 합쳐 싸웠으며, 한번은 프라울러가 스파이더맨의 미션에 필요한 신기술을 개발해주기도 했다.

FF

판타스틱 포의 창립 멤버 중 한 명인
휴먼 토치가 죽(은 것으로 보이)자, 네 명에서
한 명이 모자라게 됐다. 휴먼 토치는
자기 대신 스파이더맨을 팀원으로
받아달라는 유언을 남겼다. 이 제안을
받아들인 스파이더맨은 판타스틱 포에
합류하고 나서야 대장인 미스터
판타스틱이 팀을 새롭게 바꿀 계획임을
알게 된다. 새로 결성된 FF는 단순히 네
명의 히어로라는 개념에서 더 나아가
세상을 더 나은 곳으로 만들기 위한
헌신적인 청년 공동체가 되었다.

① 미스터 판타스틱
② 스파이더맨
③ 인비저블 우먼
④ 씽

KEY DATA

팀의 첫 등장
판타스틱 포 #579 (2010. 7)

창립자
미스터 판타스틱

스파이더맨의 합류
FF #1 (2011. 5)

근거지
뉴욕, 백스터 빌딩

TEAM PLAYER
팀 플레이어

대부분의 시간을 혼자 활동했지만 스파이더맨은 팀워크의 힘을 믿는다. 지금까지 여러 슈퍼
히어로 팀에 들어가 협력했고, 한때 **FF**와 어벤저스 그리고 뉴 어벤저스까지 무려 세 팀에
동시에 소속되기도 했다.

① 고스트 라이더
② 헐크
③ 스파이더맨
④ 울버린

뉴 판타스틱 포

스파이더맨은 활동 초기에 새로
결성된 판타스틱 포에 합류했지만
이 팀은 금방 해체되었다. 변신한
모습으로 나타난 스크럴 '델릴라'가
오리지널 판타스틱 포 멤버들을
납치한 후, 스파이더맨과 울버린,
헐크, 고스트 라이더를 속여 새로운
슈퍼 히어로 팀인 뉴 판타스틱 포를
만들었다.

KEY DATA

팀의 첫 등장
판타스틱 포 #347 (1990. 12)

창립 멤버
스파이더맨, 헐크, 울버린,
고스트 라이더

스파이더맨의 합류
판타스틱 포 #347

근거지
유동적

토르

스파이더 맨

호크아이

KEY DATA

팀의 첫 등장
어벤저스 #1 (1963. 9)

창립 멤버
토르, 아이언맨, 헐크, 앤트맨,
와스프

스파이더맨의 합류
어벤저스(네 번째 시리즈) #1
(2010. 7)

근거지
뉴욕, 어벤저스 타워

아이언맨

스파이더 우먼

울버린

캡틴
아메리카

어벤저스

역대 지구상에서 가장 강력한 히어로 조합이다. 어벤저스의 명단에 들어가는 것만으로도 히어로들에게는 최고의 영광이라고 할 수 있다. 스파이더맨은 벌써 몇 년 전에 어벤저스의 예비 멤버가 됐지만, 정식 멤버가 되기까지는 한참 걸렸다. 한때 기존의 어벤저스와 뉴 어벤저스에서 동시에 일하기도 했다. 이제 피터 파커는 다시 단독으로 활동하고 있고, 대신 새로운 스파이더맨인 마일즈 모랄레스가 완전히 새로워진 어벤저스 팀에 합류했다.

① 씽
② 루크 케이지
③ 미즈 마블
④ 울버린
⑤ 스파이더맨

뉴 어벤저스

뉴욕의 최고 보안 시설을 갖춘 볼트 교도소에서 탈옥 사건이 일어난 후에 결성된 뉴 어벤저스는 스파이더맨을 정식 팀원으로 받아들인 첫 어벤저스 팀이다. 이들은 비밀 조직이나 외계인, 뮤턴트 등 다양한 위험을 마주했지만, 시빌 워로 팀이 갈라지는 최대 위기를 맞는다. 정부 지원을 받는 '마이티 어벤저스'와 지하조직인 '시크릿 어벤저스'의 두 진영으로 나뉜 것이다. 스파이더맨은 시크릿 어벤저스 진영에 합류하고, 루크 케이지가 이끄는 이 조직이 새롭게 거듭나는 동안 그들과 함께한다.

KEY DATA

팀의 첫 등장
뉴 어벤저스 #1 (2005. 1)

창립 멤버
캡틴 아메리카, 아이언맨, 루크
케이지, 스파이더 우먼,
스파이더맨

스파이더맨의 합류
뉴 어벤저스 #3 (2005. 3)

근거지
뉴욕, 어벤저스 맨션

SPIDEY TEAM-UPS

스파이더맨의 협동

스파이더맨은 슈퍼 히어로 팀에 실제로 합류하기까지는 오래 걸렸지만, 활동 초기부터 다른 히어로들과 계속 협력해왔다. 퉁명스러운 울버린부터 따뜻한 파이어스타까지, 스파이더맨은 함께한 히어로들에게 신뢰와 존경을 받았다.

캡틴 아메리카의 활약상을 읽으며 자란 스파이더맨은 살아 있는 전설과 파트너가 된다는 사실이 실감 나지 않았다.

캡틴 아메리카

슈퍼 히어로를 대표하는 존재인 캡틴 아메리카와 처음 협력하게 되었을 때 스파이더맨은 약간 두려웠다. 경찰과 언론에서 스파이더맨의 명성에 흠집을 내고 있었지만, 캡틴 아메리카는 이 풋내기 히어로를 믿어보기로 하고, 시간 여행을 하는 과학자 그룹인 '로그 스콜라스'와 결투할 때 그와 손을 잡는다. 이때부터 두 사람 사이에 신뢰가 싹트기 시작했다.

울버린

이론적으로 두 사람은 서로 어울리지 않는다. 울버린은 타고난 반항아로 수 세기에 걸쳐 체제에 저항해왔으며, 언제나 주먹이 먼저 나가는 방랑자 뮤턴트다. 반면 스파이더맨은 농담을 툭툭 던지는 책벌레 타입으로, 늘 죄책감에 시달리기 때문에 자신이 위험해지더라도 옳은 일만 하려 한다. 이렇게 다른 두 사람이지만 울버린과 스파이더맨은 여러 차례 협력을 이어왔다. 일본 해안의 정글에서 빠져나와야 하거나, 맨해튼 술집에서 싸움에 휘말렸을 때, 두 사람은 환상의 팀워크를 자랑했다. 이는 울버린도 인정하는 바다. 물론 스파이더맨이 곁에 없을 때만.

파이어스타 & 아이스맨

'뉴 워리어즈'라는 슈퍼 히어로 팀의 멤버였던 파이어스타는 여러 차례 스파이더맨과 힘을 합쳐왔는데, 그중 가장 주목할 만한 건 슈퍼 빌런 카니지가 계획한 대규모 학살을 막은 일이다. 스파이더맨은 아이스맨과 여러 번 손을 잡았는데, 한 번은 그의 엑스맨 팀원들과 함께, 또 한 번은 단둘이서만 협력했다. 하지만 비디오맨 같은 악당을 물리치다 세 사람은 삼인조로 일할 때 가장 효율적이라는 사실을 깨달았다. 셋이 함께 지내다 아이스맨과 파이어스타가 연인 관계가 되기도 했지만, 뮤턴트의 성격이 너무 달라서 오래가지는 못했다.

휴먼 토치

스파이더맨과 자니 스톰은 사실 처음엔
서로를 마음에 들어 하지 않았다.
스파이더맨은 판타스틱 포의 잘나가는 막내,
휴먼 토치가 너무 거만하다고 생각했다.
하지만 수십 차례 팀을 이뤄 싸우며 함께한
세월이 쌓여가자 두 사람은 서로가 형제처럼
비슷하다는 사실을 깨달았다. 휴먼 토치는
죽어가면서 자기 대신 스파이더맨을
판타스틱 포에 받아달라는 유언까지 남겼다.

데어데블

데어데블로 알려진 시각장애인 변호사 맷 머독은 사악한 링마스터와
그의 팀 서커스 오브 크라임을 상대하기 위해 처음 스파이더맨과
손을 잡았다. 킹핀이라는 공공의 적을 둔 두 히어로는 결투 중에 종종
마주치면서 진정한 우정을 나누는 사이로 발전했다. 한 번은 각자의
최대 숙적인 벌처와 아울을 물리치기 위해 힘을 합치기도 했다.

클록 & 대거

10대 가출 청소년이었던 두 사람은 어딘가로 납치되어 강력한 약으로
실험당한 후 특이한 능력을 갖게 됐다. 이들은 젊은 슈퍼 히어로로
거듭나서, 대거가 빛의 단검으로 범죄자를 처치하면, 클록이 그들을
자신의 어둠 속으로 빨아들인다. 둘은 히어로 활동을 시작한 초기부터
스파이더맨을 만나 여러 차례 힘을 합쳤다. 스파이더맨이 대거의 가정
문제를 도와주고, 셋이 함께 슈퍼 빌런 카니지와 맞서 싸우기도 한다.
스파이더맨과 클록과 대거는 협력을 이어갔고, 셋이 함께 싸우는 게
생각보다 괜찮은 일이라는 것을 서서히 깨닫는다.

MAIN ENEMIES 주요 천적들

그저 월세나 밀리지 않으며 소박하게 살고자 애쓰는 피터 파커에게는 그 어떤 슈퍼 히어로보다 많은 적이 따라다닌다.
늘 옳은 행동을 하려고 나서는 스파이더맨을 악당들은 탐탁지 않게 여기고, 때로는 그에게 깊은 원한을 품기도 한다.

그린 고블린

스파이더맨의 삶과 가장 긴밀하게 연결된 천적은 노먼 오스본, 즉 오리지널 그린 고블린이라 할 수 있다. 그는 피터 파커의 오랜 연인인 그웬 스테이시를 죽음으로 몰고 갔으며, 자신의 아들인 해리에게 언어폭력을 행사하며 2대 그린 고블린으로 만들었다. 누가 봐도 확실한 정신병자지만 마르지 않는 은행 잔고와 광적인 추종자 무리를 가진 그린 고블린은 지구상에서 가장 강력하면서 위험한 빌런 중 한 명이다. 그리고 피터에게는 안 된 일이지만, 그런 노먼이 일생일대의 적이라고 공언한 사람이 바로 스파이더맨이다.

샌드맨

피터 파커의 천적 목록에 올라간 가장 강력한 빌런 중 한 명이지만, 스파이더맨과 맞서 싸우는 다른 악당들만큼 사악지는 않다. 샌드맨은 개과천선을 시도하며 한때 어벤저스의 예비 멤버로 이름을 올리기까지 했다. 하지만 변화하려는 노력에도 불구하고 범죄의 길로 되돌아가기를 반복한다.

닥터 옥토퍼스

반박의 여지는 있지만 여태까지 스파이더맨과 맞붙은 빌런 중에 가장 강력하다고 할 수 있다. 피터 파커 못지않은 과학 천재인 닥터 옥토퍼스는 스파이더맨의 활동 기간 내내 그에게 도전한다. 피터의 숙모인 메이와 결혼 직전까지 가기도 했으며, '마스터 플래너'라는 또 다른 범죄자 아이덴티티를 만들어냈고, 맨해튼 전체의 전자 기기를 장악하려는 계획을 세우는 등 언제나 다음 단계의 음모를 구상하고 있다. 스파이더맨과의 경쟁에서 오는 흥분이 스파이더맨에게 승리하는 상상만큼이나 그를 자극하는 것으로 보인다. 나중에 다시 싸우기 위해 스파이더맨을 죽이지 않고 살려주기까지 한다. 닥터 옥토퍼스의 육체는 최근에 사망했지만, 기술로 되살렸다.

벌쳐

뛰어난 두뇌의 소유자인 고령의 엔지니어 에이드리언 툼즈는 비행 슈트를 발명해, 자기 나이의 절반밖에 안 되는 사내들보다 훨씬 강력한 힘을 얻으면서 범죄의 세계로 빠져든다. 벌쳐는 부정하고 신뢰할 수 없는 인물로 자신과 연합한 어리숙한 빌런들을 배신해온 전력을 가지고 있다. 이 냉혹한 노장의 움직임이 포착되면 피터 파커도 긴장하지 않을 수 없다.

일렉트로

범죄자 맥스웰 딜런은 다양한 정체성을 가져왔다. 전기 보수공이었던 그는 초능력을 지닌 도둑이 되었다가, 거대한 게임의 앞잡이, 정치 운동의 선구자, 인간의 형상으로 굳어질 수 있는 살아 있는 번개로 변하기도 한다. 하지만 어떠한 변화를 겪더라도 늘 스파이더맨과 반대되는 범죄의 편에 서는 인물이다. 일렉트로는 피터 파커 덕분에 능력을 되찾지만, 새롭게 나타난 여자 일렉트로에게 힘을 빼앗기며 살해당한다.

크레이븐

정글살쾡이처럼 끈질기게 사냥감에게 접근하는 크레이븐은 자신이 세상에서 제일가는 사냥꾼이라는 사실을 증명하기 위해 스파이더맨과 대적한다. 스파이더맨에게 여러 차례 패배한 후, '마지막 사냥'에서 스스로 방아쇠를 당겨 자살한다. 하지만 신비로운 방식으로 되살아나 어둠 속에 스며드는 그는 오랜 원수를 사냥할 기회만을 노리고 있다.

베놈

베놈이라는 이름은 에디 브록에서부터 시작됐다. 어려서부터 도덕관념이 희박했던 에디는 자라서 게으르고 교활한 기자가 된다. 직업적 사명감보다 부와 명예에 우선순위를 둔 에디는 충분한 조사도 하지 않고 대충 일하다가 직업을 잃게 된다. 자신이 쓴 기사가 틀렸다는 것을 밝힌 스파이더맨에게 원한을 품고, 그 분노에 이끌려 스파이더맨이 사용하던 심비오트와 결합하여 첫 번째 베놈이 된다. 이후 여러 사람을 거쳐 현재는 한때 스파이더맨을 괴롭히던 플래시 톰슨이 그 심비오트 슈트를 입었는데, 심비오트의 근원적인 분노를 통제하며 베놈을 영웅적인 모습으로 바꾸어놓았다.

미스테리오

스파이더맨의 적 중 가장 수수께끼 같은 존재로, 후에 다른 범죄자가 미스테리오라는 이름을 이어가게 된다. '영화의 마법'과 특수 효과에 관한 방대한 지식을 바탕으로 기괴한 무기를 사용하는 불가사의한 페르소나를 만들어냈으며, 그 실체에 관해서는 정확히 알려진 바가 없다. 자신의 계획을 수없이 무산시킨 스파이더맨을 향한 복수심에 사로잡혀 여러 차례 그를 노려왔다. 연기와 거울 뒤에 숨어 정교한 덫을 놓고 사냥감을 기다리는 것이 미스테리오만의 방식이다.

카멜레온

카멜레온은 첩보 분야의 전문가이며 범죄의 대가이자 스파이더맨이 처음으로 마주친 슈퍼 빌런이다. 실물과 똑같은 마스크나 홀로그램을 이용해 모습을 즉각적으로 바꾼다. 사악한 목적을 위해서라면 때를 가리지 않고 누구로든 변할 수 있다. 목표물을 단 몇 분만 관찰해도 그의 습관과 목소리, 미묘한 표정까지 포착할 수 있어서 목표물과 아주 가까운 사람들조차 속일 수 있다.

카니지

이미 뉘우칠 줄 모르는 연쇄살인범이었던 클레투스 캐사디는 베놈의 심비오트 슈트와 결합해 슈퍼 빌런 카니지로 거듭나며 진정한 괴물이 된다. 정서가 불안정하고 피에 굶주린 카니지는 무고한 뉴욕 시민들을 상대로 여러 번 살육전을 벌였다. 강력한 힘의 소유자로, 스파이더맨조차 겨우겨우 막을 수 있었다. '센트리'라는 어벤저스 멤버에 의해 몸이 반으로 찢어지고도 죽지 않은 카니지는 계속해서 스파이더맨 앞에 나타나 끔찍한 전쟁을 벌인다.

홉고블린

그동안 여러 명이 홉고블린을 거쳐 갔지만, 이 기괴한 코스튬을 처음 입은 사람은 로데릭 킹슬리였다. 대부분의 무기를 오리지널 그린 고블린인 노먼 오스본에서 훔쳐 오긴 했지만, 로데릭은 절대 단순한 모방자가 아니었다. 그는 분별있는 고블린으로, 냉정하고 계산적인 전략을 세워 스파이더맨의 삶에 진정한 위협을 가했다. 그리고 새로운 홉고블린인 필 유릭에게 살해될 뻔하지만, 위기를 모면한 후 힘을 되찾았다.

그린 고블린 II

해리 오스본은 그린 고블린 역할을 물려받으며 아버지가 갔던 파멸의 길을 따라간다. 이는 스파이더맨 활동사를 통틀어 가장 비극적인 일이었는데, 피터 파커의 가장 친한 친구라 할 수 있는 해리가 스파이더맨의 강력한 적이 된 것이다. 해리는 마약 충동과 고블린으로서의 광기를 억누르며 끊임없이 정상적인 삶을 되찾으려 하고, 아버지인 노먼 오스본과는 달리 아들에게 제대로 된 아빠 노릇을 하려고 노력한다.

킹핀

윌슨 피스크는 지난 몇 년간 뉴욕 범죄계를 좌지우지한 악명 높은 빌런 킹핀이다. 스파이더맨과 자경단원 데어데블을 동시에 적으로 둔 그는 어둠의 세계를 꽉 잡고 있어서, 제아무리 난다 긴다 하는 범죄자들도 그를 존경할 수밖에 없다. 킹핀의 자리를 노리는 다른 두목들이나 그에게 법의 심판을 받게 하려는 히어로들에게 공격을 받아도 윌슨은 늘 아무렇지도 않게 다시 최고 거물의 자리에 앉는다. 큰 몸집에도 불구하고 싸움까지 잘해서, 필요하면 직접 나서서 일을 해결한다. 하지만 최고의 자리를 지키기 위해 더러운 일을 처리할 때는 암살자를 고용하거나 부하들을 시킬 정도로 영리한 사람이다.

리저드

커트 코너스 박사는 절단된 팔을 다시 자라게 하고, 자신과 비슷한 처지의 많은 이들을 도와주고 싶었다. 하지만 안타깝게도 실험을 하던 중 피에 굶주린 짐승 리저드가 되어버렸다. 삶의 질을 향상시키고 이 세상을 좀 더 나은 곳으로 변화시키고 싶었던 바람과는 달리, 아들을 죽음에 이르게 하고 따뜻한 인간성까지 잃어버린다. 그리고 스파이더맨과 수많은 결전을 치르게 된다.

톡신(에디 브록)

무자비한 자경단원인 베놈 에디 브록은 스파이더맨의 강력한 적 중 한 명이다. 외계 심비오트 슈트와 분리된 후 슈퍼 빌런인 미스터 네거티브를 만나면서, 에디는 신기하게도 안티 베놈의 빠른 치유 능력을 얻게 된다. '스파이더 아일랜드' 사건에서 이 능력을 잃은 에디는 톡신 심비오트와 결합하여 다시 악행을 저지른다.

스콜피온

사립 탐정 맥 가간은 스파이더맨을 물리치려는 J. 조나 제임슨에게 자신을 실험 대상으로 내주었고 상상을 뛰어넘는 변화를 겪는다. 과학자인 팔리 스틸웰 박사에 의해 스콜피온이라는 괴물이 된 맥은 새로 생긴 힘을 스파이더맨에게 쏟아붓는다. 하지만 자신이 저지르는 범죄와 거리를 두려 하는 제임슨을 보며 스파이더맨만큼이나 제임슨도 증오하게 된다. 잠시 베놈이 됐던 시절을 제외하면, 현재까지 계속 사악한 스콜피온으로 활동하고 있다.

하이드로맨

스파이더맨은 화물선 위에서 실수로 모리스 벤치를 밀어 떨어뜨리며 또 한 명의 적을 만들었다. 그때, 바닷속에는 실험용 발전기가 가동되고 있었는데, 이로 인해 모리스는 자신이 원하면 언제든지 물과 같은 액체로 변신할 수 있는 하이드로맨이 되었다. 하이드로맨은 이때부터 범죄자의 길을 가기 시작했고, 스파이더맨을 제거하기 위해 뭉친 슈퍼 빌런 그룹 시니스터 신디케이트에도 합류했다.

재칼

마일즈 워런 교수는 엠파이어 주립대학교의 다른 교수들과 다를 게 없어 보였다. 은둔형 천재인 마일즈는 제자였던 그웬 스테이시에게 집착하며 재칼이라는 신분을 만들어 혁신적인 인간 복제 실험을 감행한다. 재칼은 그웬의 죽음을 피터 파커의 탓으로 돌리며, 여러 차례에 걸쳐 피터를 복제했다. 또한 피터에게 그가 진짜 스파이더맨이 아닌 유전적 복제품이라는 거짓 확신을 심어주기까지 한다. 지구를 피터의 복제 인간으로 가득 채우고 그를 괴롭혀서, 죽은 그웬의 복수를 하는 것이 재칼의 계획이다.

라이노

코뿔소라는 뜻의 이름에서 알 수 있듯이 돌진하는 라이노를 막는 건 거의 불가능한 일이지만, 스파이더맨은 늘 최선을 다해 막아보려 한다. 라이노는 영구적인 슈트 안에 갇혀 초인적인 능력과 단단한 피부가 생겼지만, 때때로 범죄 본능을 거부하려고 노력한다. 실험에 자원했다가 기괴한 외모를 얻은 그는 수술을 통해 코스튬을 제거하고 평범한 삶으로 돌아갈 방법을 끊임없이 찾아왔다. 최근에 범죄자의 삶을 은퇴하려 했으나, 비극적인 사건을 겪고 욕망이 되살아나자 악한 본성이 드러났다. 본인은 인정하지 않더라도 평생 범죄자로 살 수밖에 없는 인물인 것이다.

쇼커

강도죄로 수감된 허먼 슐츠는 교도소 작업장에 있는 도구를 이용해 음파 발생 슈트를 개발했다. 강력한 음파를 발사해 교도소를 탈출한 그는 쇼커라는 빌런이 되었고, 이때부터 여러 번 스파이더맨에게 잡혀 교도소를 들락거렸다.

블랙캣

도둑이었던 아버지의 뒤를 이은 펠리시아 하디는 블랙캣이라는 신분을 만들어낸다. 스파이더맨과 몇 번 맞붙은 펠리시아는 마음을 고쳐먹고 자신의 '불운 능력'을 이용해 스파이더맨을 돕다가 그의 여자 친구가 된다. 하지만 슈피리어 스파이더맨에게 잔혹하게 당한 후, 스파이더맨을 향한 복수심을 불태운다. 무자비한 본능을 최대한으로 터뜨려야 상대방에게 불운을 가져오는 능력이 강해진다는 것을 알게 된 펠리시아는 자신의 운명을 스스로 개척하기 시작한다.

OTHER ENEMIES 다른 적들

수년간 범죄와의 전쟁을 치러온 스파이더맨이 그동안 상대한 빌런 수를 따져보면 놀라울 정도다. 이들과의 반복되는 결투는 스파이더맨에게 이미 일상이 되었다. 여태까지 그를 끝장내겠다고 달려든 빌런들은 스파이더맨조차 일일이 다 나열하기 힘들 것이다.

부메랑

호주 사람인 프레드 마이어스는 프로야구 선수가 되기 위해 미국으로 왔다. 하지만 금품 수수 혐의를 받고 쫓겨나자, '시크릿 엠파이어'라는 비밀 조직의 도움을 받아 범죄의 길로 들어선다. 이 조직에서 다양한 부메랑을 무기로 받고, 이를 자신의 코드 네임으로 사용한다. 훗날 암살 전문 용병이 된 그는 스파이더맨과 자주 충돌하게 되고, 다른 빌런들과 힘을 합쳐 시니스터 신디케이트를 조직한다.

그레이 고블린

노먼 오스본과 그웬 스테이시 사이에서 태어난 혼외 아들인 가브리엘 스테이시는 노먼의 최신 프로젝트로 급격히 노화가 진행되어 괴로워한다. 노먼의 고블린 혈청이 혈액에 흐르는 가브리엘은 그레이 고블린이 되어 스파이더맨을 공격하고, 후에 '아메리칸 선' 이라는 역할을 맡기도 한다. 이는 모두 자기 곁에 없는 아버지의 마음에 들기 위한 노력이었다.

몰튼맨

마크 랙스턴은 피터의 오랜 친구인 리즈 앨런의 이복형제다. 스펜서 스마이드가 유성 추출물을 이용해 개발한 액체 금속에 뒤덮이자, 랙스턴은 금빛 몰튼맨이 됐다. 마찰력이 없는 단단한 피부의 표면 온도가 섭씨 260도까지 올라가는 랙스턴은 범죄의 길로 들어서자, 스파이더맨을 위협하는 강력한 적이 된다.

비틀

애브너 젠킨스는 휴먼 토치의 천적인 비틀로 빌런 활동을 시작했다. 첨단 비행 아머를 입는 비틀은 둔중해 보이지만 사실은 아주 버거운 상대다. 계속해서 범행을 저지르며 시니스터 신디케이트의 일원이 된 그는 스파이더맨과도 여러 차례 맞붙었다. 하지만 애브너는 결국 회개하고 '마하-V'라는 코드 네임을 가진 히어로가 된다. 대신 새로운 여자 비틀이 애브너의 악명을 이어가고, 새로 결성된 시니스터 식스에도 합류한다.

잭 오랜턴

제이슨 맥켄데일은 새로운 홉고블린이 되기 전에 잭 오랜턴으로 처음 등장했다. 무시무시한 비행 도구까지 사용하는 잭 오랜턴은 스파이더맨에게 악몽 같은 존재였고, 제이슨이 잭 오랜턴을 그만둔 후로는 여러 다른 악당들이 그 자리를 차지했다.

인포서즈

언제 어디든 출동하는 세 명의 용병으로 구성된 인포서즈는 그동안 수많은 고용주를 대신해 일을 처리해왔는데, '빅맨'이라는 범죄자에게 고용되면서 처음으로 스파이더맨과 마주하게 된다. 힘이 장사인 '옥스'와 올가미의 달인 '몬태나' 그리고 무술 유단자이자 그룹 리더인 '팬시 댄'까지 세 사람은 팀 이름인 인포서즈(집행자)에 걸맞게 과격한 범행을 일삼아왔다.

스웜

스파이더맨의 천적 중 가장 기괴한 모습을 한 스웜은 나치 과학자였던 프리츠 본 메이어의 살아 있는 해골이다. 더구나 스웜의 뼈는 꿀벌 떼로 뒤덮여 있는데, 이 벌들은 스웜의 명령에 무조건 복종할 뿐 아니라 그의 일부이기도 하다. 원래 잠시 활동하다 사라진 슈퍼 히어로 팀 '챔피언'의 적이었던 스웜은 스파이더맨과 충돌한 후 그를 자기 인생 최대의 적으로 삼는다.

스파이더사이드

재칼이 만든 피터 파커의 클론 중 하나로, 탄생할 때부터 도덕관념이 결여돼 있었다. 실험실에서 나와 자기가 누구인지, 무엇인지 모른 채 아무 기억도 없이 뉴욕 거리를 헤매던 그는 자신이 피터 파커라는 것을 '깨닫는다'. 자기 권리에 대한 집착이 있고, 분자구조를 마음껏 제어할 수 있는 능력을 지닌 그는 피터로서의 '정당한' 자리를 차지하지 못하게 막는 사람은 누구든 없애버릴 각오가 되어 있다.

강도

피터 파커의 인생에 처음으로 등장했던 악당이다. 그냥 '강도'라고 불리는데, 스파이더맨이 잠시 TV 쇼에 출연하던 당시 방송국에서 도둑질을 하다가 처음 마주쳤다. 그때 피터는 이 도둑을 저지하지 않았다. 자기 삶을 챙기는 게 더 중요하고, 강도를 맞는 건 남의 일이라고 생각한 것이다. 하지만 그 강도가 피터의 집에 침입해 벤 삼촌을 총으로 쏴 죽이자 피터는 적극적으로 행동하지 않았던 자신을 책망하게 된다. 결국 강도를 직접 잡아 경찰에 넘기기는 했지만, 스파이더맨은 그를 절대 용서하지 못할 것이다.

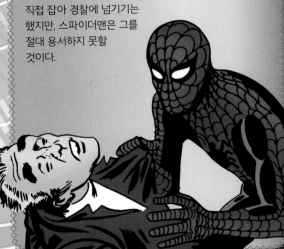

스팟

조너선 온은 킹핀이 고용한 과학자였다. 범죄계 거물인 킹핀은 클록이라는 슈퍼 히어로의 힘을 재현하려 했다. 조너선은 다른 차원으로 통하는 검은 원반 모양의 포털을 만드는 데 성공하고, 이 실험으로 피부가 검은 점으로 뒤덮이게 되자 스팟이라는 이름으로 활동하기 시작한다.

가짜 파커 부부

피터 파커의 부모는 CIA의 스파이로 파란만장한 삶을 살았지만, 적의 공작원이 고장 낸 비행기를 탔다가 사고로 죽고 만다. 당시 너무 어렸던 피터는 부모님에 대한 기억이 별로 없었는데, 그런 두 사람이 갑자기 다시 나타나자 자신의 눈을 믿을 수가 없었다. 그동안 정치범으로 수용돼 있었다고 주장하는 파커 부부는, 알고 보니 빌런인 카멜레온이 실제와 똑같이 만든 안드로이드였다.

팅커러

스파이더맨의 오래된 적 피니즈 메이슨, 일명 팅커러는 미치광이 과학자다. 다른 여러 빌런들처럼 코드 네임이 무시무시하지는 않지만 발명 능력은 뛰어나서 단독으로 범행을 저지르기도 하고, 스파이더맨의 적들에게 무기를 만들어주기도 한다.

툼스톤

어린 시절 할렘에서 유일하게 백색증에 걸린 흑인으로 자라며 단련된 로니 링컨은 뉴욕의 갱스터 툼스톤이 된다. 끊임없이 스파이더맨 앞에 나타나 그를 괴롭히며, 데일리 뷰글의 대들보인 조 로버트슨의 경력을 파탄 낼 뻔한다.

타란툴라

독침을 휘두르는 안톤 미겔 로드리게스, 일명 타란툴라는 남미에서 테러 기술을 갈고닦아 뉴욕으로 건너온다. 하지만 슈퍼 빌런 활동이 스파이더맨에게 가로막히자 그에게 앙심을 품는다. 인간에서 거대한 타란툴라로 변신한 안톤은 뉴욕 경찰에게 사살되지만, 이미 죽음을 맞이했던 스파이더맨의 다른 천적들을 재칼이 복제할 때 그도 함께 부활시킨다.

슬라이드

불만에 가득 찬 전직 화학 기술자 잘로메 비처는 프라이팬 산업에 혁신을 가져올 거라 확신하며 마찰 없는 화학 코팅제를 개발했다가 해고된다. 변변한 경력도 없던 잘로메는 범죄의 길로 들어서고, 어디든지 자신이 개발한 코팅제를 뿌려 스파이더맨의 거미줄을 무력화시킨다. 하지만 최근에 언더월드라는 범죄자의 총에 맞아 죽은 것으로 알려졌다.

실버메인

매기아 조직의 두목으로 영생에 집착하는 실비오 만프레디는 머리가 온통 은발이어서 실버메인이라고 불린다. 이미 전성기가 지난 그는 사이보그 육체를 이용해 기동성을 높이고 초인적 힘을 얻었다. 실버메인은 자신의 계획을 저지하려는 스파이더맨을 증오한다.

스피드 데몬

제임스 샌더스는 상당히 흥미로운 삶을 살아왔다. 우주 최고의 승부사인 그랜드마스터에게 게임의 말로 선택되어 초인적인 스피드를 부여받았다. 원래는 '위저'라는 이름을 썼다. 어벤저스에 이어 디펜더스라는 슈퍼 히어로 팀과 대결한 후, 2차 세계대전 때에 있었던 슈퍼 히어로와의 혼동을 피하고자 '스피드 데몬'으로 이름을 바꿨다. 그때부터 스파이더맨과 싸움을 반복해온 그는 악명 높은 시니스터 신디케이트에도 합류했다.

스콜처

노먼 오스본이 초기에 이용한 공작원이다. 스티븐 후닥은 방화 전문범으로, 자신을 감옥에 보낸 스파이더맨에게 복수할 날만 꿈꾸고 있다. 스콜처가 입는 슈트는 화염방사기가 부착돼 있지만 입은 사람의 몸은 안전하게 보호해줘서 마음껏 불을 지를 수 있다.

해머헤드

매기아 조직원이었던 그는 〈알 카포네의 갱단〉이라는 영화 포스터 아래서 공격을 당하고, 조나 해로우라는 무자격 외과 의사 덕분에 목숨을 구한다. 합금강으로 두개골을 치료한 후 해머헤드라는 이름을 붙인 그는 영화 포스터의 영향을 받아 1920년대의 갱처럼 행동한다. 자신의 앞길을 막으면 스파이더맨은 물론 그 누구도 가만히 두지 않을 사람이다.

스파이더 슬레이어

스펜서 스마이스는 스파이더맨을 무찌르기 위한 첫 번째 스파이더 슬라이스를 개발했다. 그가 죽은 후에는 정서적으로 불안정한 아들 알리스테어가 이 실험을 이어간다. 처음에는 불안했지만 결국 알리스테어는 아버지의 기술을 뛰어넘는 성과를 만들어낸다. 스파이더맨을 제거하기 위한 노력이 번번이 무산되자, 알리스테어는 자기 몸을 사이보그로 업그레이드시켜 얼티밋 스파이더 슬레이어가 된다. 슈피리어 스파이더맨과의 싸움에서 죽은 것으로 보였지만, 후에 재칼의 손에서 복제 인간으로 다시 태어난다.

캐리온

원래 재칼의 실패한 복제 인간이었던 캐리온은 자신을 만든 주인이 죽은 줄로만 알고 대신 스파이더맨에게 복수를 퍼붓는다. 죽음의 손길을 지닌 데다가 자기 몸을 비물질로 바꾸는 능력까지 있는 캐리온은 공기보다 가벼워질 수 있는 마치 유령과도 같은 존재로, 스파이더맨에게 큰 위협이 된다.

루터

과학자 지망생이었던 노턴 G. 페스터는 운석으로 실험을 하다가 초인적인 힘을 얻게 된다. 바로 범죄의 길로 들어선 노턴은 직접 보라색과 하얀색 코스튬을 만들어 루터라는 이름으로 활동한다. 자신의 범행을 막으려는 피터 파커, 벤 라일리와 결투를 벌이고 그때마다 항상 패배한다.

그리즐리

프로레슬링 선수였던 맥스웰 마컴은 〈데일리 뷰글〉의 폭로 기사 때문에 직업을 잃는다. 11년간 원한을 품어온 그는 재칼이라는 슈퍼 빌런을 만나게 된다. 재칼은 이 분노에 찬 레슬러에게 곰 모양의 외골격 코스튬을 만들어 주고, 스파이더맨의 강력한 적인 그리즐리가 되도록 도와준다.

데모고블린

제이슨 맥켄데일은 어둠의 힘과 거래해서 악마처럼 무시무시한 홉고블린이라는 존재가 되고, 그의 인격 중 절반을 차지한 악마가 나와 데모고블린이 된다. 데모고블린은 스파이더맨을 비롯한 '죄인'들을 처치해야 한다는 망상에 사로잡혀 있다.

화이트 드래곤

차이나타운 지하 세계의 두목이 되려던 화이트 드래곤의 시도는 스파이더맨의 주목을 받으며 실패로 끝나고 만다. 무술 실력이 뛰어나고 강철 발톱과 화염 방사 마스크 같은 도구까지 사용하지만 번번이 패배한 화이트 드래곤은 결국 미스터 네거티브의 부하가 된다.

TIMELINE
타임라인

• 리처드와 메리 파커의 아들 피터 파커가 태어난다.

• 파커 부부가 비행기 사고로 사망한 후, 그들이 CIA 스파이였다는 사실이 밝혀진다. 메이 숙모와 벤 삼촌은 피터를 친아들처럼 키운다.

• 퀸스의 미드타운 고등학교에 다니는 피터는 학업성적이 뛰어나고, 특히 과학에 소질을 보인다. 하지만 친구를 사귀는 일에는 영 소질이 없다. 리즈 앨런이나 자신을 괴롭히는 플래시 톰슨과의 관계가 단적인 예다.

• 방사능을 주제로 한 과학 박람회에서 피터는 방사능을 쬔 거미에게 물린다. 그리고 자신에게 거미 같은 힘과 능력이 생겼다는 것을 알게 된다. 10대 소녀인 신디 문도 똑같은 거미에 물리고, 피터와 비슷한 스파이더 파워를 지니게 된다.

• 피터가 집에서 화학 실험 도구로 자신의 트레이드마크인 거미줄 용액과 웹슈터를 개발한다. 또한 첫 번째 스파이더맨 코스튬을 만들기 위해 학교에 몰래 숨어들기도 한다.

• 스파이더맨이 TV 쇼에 출연한다. 방송이 끝나고 무대 뒤에서 도둑을 보지만 잡지 않고 그냥 도망가게 내버려 둔다.

• 벤 삼촌이 집에 침입한 강도에게 살해된다.

• 피터는 이웃의 조카인 메리 제인 왓슨이 보고 있는 것도 모르고 스파이더맨 의상으로 갈아입는다. 메리 제인은 피터의 변신을 몰래 목격한다.

• 삼촌의 살인범을 쫓아 버려진 창고로 간 스파이더맨은 범인이 다름 아닌 자신이 방송국에서 도망가게 놔뒀던 도둑이라는 걸 알게 된다. 그때부터 자신의 힘을 다른 사람을 위해 쓰겠다고 맹세하고, 큰 힘에는 큰 책임이 따른다는 사실을 깨닫는다.

• 데일리 뷰글의 사장 J. 조나 제임슨이 공개적으로 스파이더맨을 비난하기 시작한다.

• 스파이더맨이 J. 조나 제임슨의 아들인 우주 비행사 존 제임슨의 목숨을 구한다.

• 스파이더맨은 판타스틱 포에 지원했지만, 월급이 없다는 걸 알고는 포기한다.

• 스파이더맨이 카멜레온과 처음 결투를 벌여 그를 물리친다.

• 벌처와 스파이더맨이 공중에서 처음 마주친다.

• 피터 파커가 메이 숙모에게 금전적인 도움을 주기 위해 J. 조나 제임슨에게 처음으로 사진을 판다.

• 스파이더맨이 팅커러와 처음 대결하고, 자신도 모르는 사이에 외계인으로 변장한 미스테리오와 마주친다.

• 스파이더맨이 범죄자들에게 공포감을 심어줄 스파이더 시그널 벨트를 개발한다.

• 닥터 옥토퍼스가 된 오토 옥타비우스가 스파이더맨을 만나자마자 공격을 개시한다.

• 처음 등장한 샌드맨이 스파이더맨에게 패한다.

• 스파이더맨이 판다스틱 포의 최대 숙적인 닥터 둠을 상대한다.

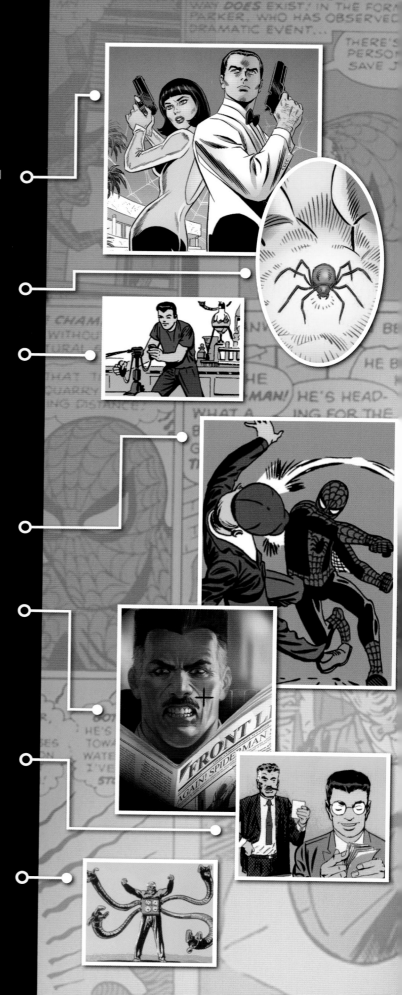

• 〈데일리 뷰글〉 취재를 위해 플로리다로 출장을 간 스파이더맨이 처음 만난 리저드를 물리친다.

• 스파이더맨은 스콜처가 노먼 오스본이 고용한 빌런이라는 사실을 모른 채 처음 만난다.

• 조지 스테이시 경찰 지서장을 만난 스파이더맨은 경찰에 지원하려 한다.

• 스파이더맨이 세간의 오해를 받고 있는 배트윙을 처음 만나 그를 도와준다.

• 데일리 뷰글의 건물이 돌아온 벌처에게 공격을 당한 후, 피터 파커와 베티 브랜트가 사귀기 시작한다.

• 일렉트로와 스파이더맨이 처음으로 맞붙고, 스파이더맨이 승리한다.

• 스파이더맨이 인포서즈와 그들의 고용주 빅맨을 굴복시킨다.

• 스파이더맨은 노먼 오스본이 고용한 또 다른 범죄자인 헤즈맨과 처음으로 맞붙는다.

• 피터 파커가 첫 번째 스파이더 트레이서를 발명한다.

• 미스테리오가 스파이더맨과 결투를 벌이고, 이때부터 자신을 상징하는 빌런 코스튬을 갖춰 입는다.

• 스파이더맨이 그린 고블린과 처음으로 실력을 겨루지만, 그린 고블린은 스파이더맨이 헐크와 싸우게 해놓고 도망친다.

• 카멜레온은 크레이븐 더 헌터가 스파이더맨을 추적하게 하여 크레이븐의 사냥 본능을 부추긴다.

• 닥터 옥토퍼스가 일렉트로, 미스테리오, 벌처, 샌드맨, 크레이븐과 함께 시니스터 식스라는 팀을 처음 결성한다.

• 링마스터와 그의 팀 서커스 오브 크라임을 상대하기 위해 스파이더맨과 데어데블은 처음으로 손을 잡는다.

• 배티 브랜트가 네드 리즈를 만나 사귀기 시작하면서 그녀와 피터의 관계는 끝나고 만다.

• J. 조나 제임슨이 스파이더맨의 새로운 적인 스콜피온을 지원한다.

• 스파이더맨의 천적 리스트에 새롭게 이름을 올린 비틀을 해치우기 위해 휴먼 토치가 스파이더맨과 힘을 합친다.

• 스펜서 스마이스는 J. 조나 제임슨에게 자신이 만든 첫 스파이더 슬레이어를 선보인다.

• 스파이더맨이 크라임 마스터와 처음으로 마주친다.

• 몰튼맨의 탄생을 목격한 스파이더맨은 어쩔 수 없이 그와 싸우게 된다.

• 고등학교를 졸업하게 된 피터는 리즈 앨런이 자신을 좋아한다는 사실을 알게 된다.

• 피터는 엠파이어 주립대학교에 등록하는데, 그를 괴롭히던 플래시 톰슨도 같은 학교에 입학한다. 두 사람은 대학에서 해리 오스본, 그웬 스테이시 같은 친구들과 마일즈 워런 교수를 알게 된다.

• 루터가 처음으로 등장해 스파이더맨을 공격한다.

• 한때 노먼 오스본의 사업 파트너였던 멘델 스트롬이 자신의 로봇으로 스파이더맨을 위협한다.

• 피터의 정체를 알게 된 그린 고블린은 자신이 노먼 오스본이라는 사실을 밝힌다. 하지만 전기 충격으로 선택적 기억상실증에 걸려 한동안 자신이나 피터의 이중생활에 대해 전혀 기억하지 못한다.

- 라이노가 첫 만남부터 스파이더맨을 공격한다.

- 몇 주간 미뤄온 끝에 피터 파커가 마침내 메이 숙모의 친구인 애나 왓슨의 조카를 만나보기로 한다. 아름다운 메리 제인 왓슨을 본 피터는 그녀에게 반해버린다.

- 어벤저스에서 스파이더맨을 영입하려 하지만, 오해가 생겨서 스파이더맨은 계속 혼자 일하게 된다.

- 처음 등장한 쇼커와 새로운 벌쳐가 된 블래키 드라고가 스파이더맨을 목표로 삼는다.

- 킹핀이 뉴욕의 범죄 조직을 모두 자기 손에 넣을 첫 번째 계획을 실행한다.

- 스파이더맨이 잠시 은퇴하지만, 이 일을 시작했던 동기를 심어준 인물을 떠올리고는 마음을 고쳐먹는다. 그건 바로 벤 삼촌이었다.

- 피터 파커가 데일리 뷰글 내 이성의 목소리인 조 '로비' 로버트슨을 만난다.

- 피터 파커와 그웬 스테이시의 관계가 한층 진지해진다.

- 피터가 열성적인 시민운동가이자 조 로버트슨의 아들인 랜디를 만난다.

- 실버메인이 젊음을 되찾으려는 과정에서 스파이더맨과 리저드를 처음으로 맞닥뜨린다.

- 뉴욕의 밤거리에 출몰하기 시작한 프라울러가 처음으로 스파이더맨과 격돌한다.

- 사악한 캥거루가 스파이더맨의 인생에 뛰어들어 온다.

- 스파이더맨이 닥터 옥토퍼스와 건물 옥상에서 결투를 벌이는 와중에 조지 스테이시 지서장이 죽고 만다. 그리고 스파이더맨이 그를 죽인 범인으로 오해를 받는다.

- 아버지를 잃은 슬픔을 달래려고 유럽 여행을 간 그웬 스테이시는 노먼 오스본과 바람을 피우고, 그 결과 혼외자인 쌍둥이 남매가 태어난다.

- 노먼 오스본이 그린 고블린 역할을 다시 맡는다.

- 피터는 해리 오스본이 마약에 중독된 건 메리 제인 왓슨에게 실연을 당한 후부터라는 사실을 알게 된다.

- 스파이더맨에게 두 쌍의 팔이 자라나서 진짜 거미처럼 팔이 여섯 개가 된다. 그 상태로 처음 모비어스와 마주친 스파이더맨은 커트 코너스 박사의 도움으로 치료를 받는다.

- 사악한 기번과 마피아가 되고 싶어 하는 해머헤드가 스파이더맨의 인생에 처음으로 끼어든다.

- 그린 고블린이 영국에서 돌아온 그웬 스테이시를 조지워싱턴 다리 꼭대기에서 던져버린다. 그웬은 이때 목숨을 잃는다.

- 스파이더맨과 격렬하게 싸우던 그린 고블린은 실수로 자신의 글라이더에 찔리고, 해리 오스본이 이를 목격한다. 다들 노먼 오스본이 죽었다고 믿는다.

- 피터는 위로받기 위해 메리 제인 왓슨을 찾아가고, '파티 걸'로만 알려진 그녀의 다른 면모를 알게 된다.

- 스파이더맨 입장에서는 매우 유감스럽게도, 존 제임슨이 맨울프라는 늑대인간이 된다.

- 클리프턴 샬롯이 극악무도한 3대 벌쳐가 된다.

- 재칼이라는 이름으로 처음 나타난 마일즈 워런 교수가 퍼니셔를 고용해 스파이더맨을 향한 공격을 시작한다.

- 스파이더맨이 스파이더 모빌을 타고 첫 주행을 한다.

•스파이더맨이 스테그론 더 다이노소어와 처음으로 상대하기 위해 카자르와 손을 잡는다.

•닥터 옥토퍼스가 메이 숙모와 결혼할 뻔한다.

•타란툴라가 처음 등장하자마자 스파이더맨의 거미줄에 걸린다.

•해리 오스본이 아버지의 역할을 물려받아 새로운 그린 고블린이 된다.

•그리즐리가 못생긴 얼굴을 들고 처음으로 나타난다.

•새 아파트로 이사한 스파이더맨이 이웃집의 글로리 그랜트를 만나고, 이때부터 그녀와 오랜 우정을 쌓기 시작한다.

•재칼이 만든 그웬 스테이시의 복제 인간을 만난 스파이더맨이 자신의 복제 인간까지 보게 된다. 가까스로 죽음을 면한 스파이더맨의 복제 인간은 뉴욕을 떠나 스스로에게 벤 라일리라는 정체성을 부여한다.

•새로운 미스테리오가 된 대니 버크하트가 스파이더맨의 정신을 교란시킨다.

•스파이더 우먼인 제시카 드루가 독특한 방식으로 등장한다.

•윌 오 더 위스프가 스파이더맨의 삶에 경고등을 켠다.

•스파이더맨이 단순한 오해로 영웅적인 화이트 타이거와 초면부터 서로 격돌한다.

•로켓 레이서와 스파이더맨이 첫 대결을 벌인다.

•해리 오스본의 정신과 의사인 바트 해밀턴이 잠시 3대 그린 고블린이 되지만, 곧 때 이른 죽음을 맞이한다.

•화이트 드래곤이 처음으로 스파이더맨을 때려눕힌다.

•피터 파커가 엠파이어 주립대학교를 졸업한다

•스파이더맨이 재칼의 악마 같은 클론 캐리온과 사악한 플라이를 만난다.

•블랙캣이 스파이더맨의 인생에 처음으로 등장한다.

•피터는 엠파이어 주립대학교의 대학원에 등록하고, 자연과학 학부에서 조교로 일하기 시작한다.

•스파이더맨이 익숙하지만 새로운 적인 이구아나와 챔피언의 적이었던 스웜을 만난다.

•스파이더맨이 신비로운 예지 능력자인 마담 웹과 처음으로 조우한다.

•하이드로맨이 스파이더맨의 인생으로 들어오고, 곧이어 잭 오랜턴과 링어, 스피드 데몬 같은 빌런들이 몰려온다.

•스파이더맨은 머지않아 동지가 될 거라는 사실을 모른 채, 클록과 대거라는 두 자경단원과 대결한다.

•살인 청부업자인 부메랑이 스파이더맨에게 관심을 보이고, 이때부터 스파이더맨의 오랜 천적이 된다.

•스파이더맨이 엑스맨의 숙적인 저거너트를 막으려면 시멘트 안에서 굳히는 방법밖에 없다는 사실을 어렵게 알아낸다.

•스파이더맨이 처음 등장한 프로그맨이라는 히어로와 한 팀이 되어 싸운다.

•스파이더맨과 캡틴 아메리카와 대결을 펼친 버민은 스파이더맨을 향한 증오를 키우게 된다.

- 스파이더맨이 화이트 래빗이라는 범죄자를 만나고, 서투른 프로그맨과 다시 한 번 힘을 합친다.

- 홉고블린이라는 비밀스러운 존재가 나타나 그린 고블린이 사라진 자리를 대신한다.

- 피터 파커는 대학원을 중퇴하기로 마음먹는다.

- 앤서가 처음으로 스파이더맨의 능력을 시험한다.

- 줄리아 카펜터가 2대 스파이더 우먼이 된다.

- 배틀월드라는 외계 행성에서 시크릿 워즈에 참전했던 스파이더맨은 새로운 검은색 심비오트 코스튬을 입고 돌아온다.

- 스파이더맨이 범죄 조직의 두목 로즈와 강도 블랙 폭스, 야수와도 같은 푸마 등 새로운 악당들을 마주한다.

- 스파이더맨은 새로 얻은 코스튬이 살아 있는 생명체라는 것을 알고는 이를 버린다.

- 스팟이 스파이더맨의 삶에 얼룩을 남기기 시작한다.

- 해리 오스본과 결혼하고 몇 년이 지난 후, 리즈 앨런은 해리의 첫 아이인 노먼 해리 오스본을 낳는다.

- 스파이더맨이 블랙 폭스를 잡으러 온 현상금 사냥꾼 실버 세이블을 처음 만난다.

- 신 이터가 스파이더맨의 동지이자 경찰 지서장인 진 드월프를 잔인하게 살해한다.

- 과학자 스펜서 스마이스의 아들이자 훗날 얼티밋 스파이더 슬레이어가 되는 알리스테어 스마이스가 처음으로 범행을 저지르지만, 어이없게도 메리 제인 왓슨을 스파이더맨으로 착각하는 실수를 범한다.

- 교활한 슬라이드, 무시무시한 챈스와 포리너 등 새로운 범죄자들이 스파이더맨의 인생에 등장한다.

- 스파이더맨의 원수들이 그를 무찌르기 위해 시니스터 신디케이트라는 팀을 조직한다.

- 테러와의 전쟁을 시작한 솔로가 스파이더맨과 마주친다.

- 홉고블린이었던 네드 리즈가 살해되고 그의 정체가 밝혀진 후, 제이슨 맥켄데일이 뒤를 이어 새로운 홉고블린이 된다.

- 피터 파커가 메리 제인 왓슨을 향한 자신의 감정을 깨달은 지 한참 만에 그녀는 마침내 피터의 청혼을 받아들인다.

- 피터가 스파이더맨으로 출동하느라 결혼식에 늦자, 메리 제인은 식을 취소해버린다. 두 사람은 다시 사랑을 시작하지만, 결혼은 영영 물 건너가 버린 것처럼 보인다.

- 크레이븐이 '마지막 사냥'에서 스파이더맨을 제압한 후, 스스로 목숨을 끊는다.

- 톰스톤이 처음으로 스파이더맨을 상대한다.

- 베놈이 된 에디 브록이 스파이더맨을 향한 증오를 분출한다.

- 살인 청부업자인 스틱스와 스톤 콤비가 스파이더맨의 인생에 끼어들고, 소름 끼치는 데모고블린까지 나타난다.

- 스파이더맨이 캡틴 유니버스의 코스믹 파워와 능력을 얻게 되고, 주요 빌런들은 트라이센티넬 로봇을 이용해 '액츠 오브 벤전스'를 실행에 옮긴다.

- 스파이더맨이 마침내 어벤저스의 예비 멤버로 받아들여진다.

- 시니스터 식스가 몇 년 만에 재결합한다.

- 처음 슈트를 입고 나선 카디악이 스파이더맨과 마주친다.

- 연쇄살인범 클레투스 캐사디가 베놈의 심비오트 조각과 결합해 카니지가 되고, 첫 대규모 학살을 일으킨다.

- 스파이더맨이 인피니티 워 도중에 팔이 여섯 개 달린 자신의 사악한 도플갱어와 마주한다.

- 피터 파커는 부모님이 아직 살아 계시다는 걸 알게 되지만, 나중에 알고 보니 카멜레온이 그를 속이려고 만들어낸 안드로이드였다.

- 스파이더맨이 뉴 인포서즈의 공격에 더욱 잘 대응하기 위해 스파이더 아머를 입는다.

- 해리 오스본이 고블린 혈청이 일으킨 합병증으로 죽었다고 알려진다.

- 카니지가 정서적으로 불안한 슈릭을 만나 맨해튼에서 함께 대규모 살인극을 벌인다.

- 스파이더맨이 크레이븐의 아들 그림 헌터를 처음으로 만난다.

- 메이 숙모가 혼수상태에 빠졌을 때, 벤 라일리가 뉴욕으로 돌아온다. 그리고 우연히 그를 보고 당황한 피터 파커와 맞붙는다.

- 주다스 트래블러가 스파이더맨의 정신을 대상으로 기이한 실험을 하러 레이븐크로프트 정신병원으로 온다. 스크라이어도 그를 따라온다.

- 벤 라일리가 스칼렛 스파이더라는 존재로 거듭난다.

- 피터 파커의 클론 케인이 피터의 삶에 일그러진 얼굴을 들이민다.

- 메리 제인이 피터에게 임신 사실을 알린다.

- 첫 여성 스콜피온인 사악한 스콜피아가 등장한다.

- 죽은 줄만 알았던 재칼이 살아 돌아와서 피터의 또 다른 복제 인간인 스파이더사이드를 내놓는다.

- 혼수상태였던 메이 숙모가 깨어나지만, 일주일 후에 사망한다.

- 필 유릭이 그린 고블린으로 첫선을 보인다.

- 새로운 여성 닥터 옥토퍼스가 스칼렛 스파이더에게 도전한다.

- 피터 파커가 공식적으로 스파이더맨 역할을 내려놓고, 벤 라일리가 그 자리를 대신하게 한다. 벤은 스파이더맨 의상을 자신의 스타일대로 개조하고, 머리까지 금발로 염색한다.

- 메리 제인이 딸을 출산하지만, 아기는 태어나자마자 유괴되어 죽은 것으로 보인다.

- 오리지널 그린 고블린이 살아 있었으며, 여태까지 재칼과 복제 인간들을 두고 일어난 '클론 사가'를 뒤에서 조종한 장본인이었다는 게 밝혀진다.

- 벤 라일리가 그린 고블린에게서 피터 파커를 구하려고 자기 목숨을 희생한다. 벤은 죽어가면서 자신이 복제 인간이고 피터가 진짜라는 사실을 확인해준다.

- 피터 파커가 다시 스파이더맨으로 완전히 돌아온다.

- 스파이더맨이 크레이븐의 또 다른 아들이자 그 이름을 물려받은 알리요샤를 만난다.

- 스파이더맨이 네 명의 새로운 슈퍼 히어로 신분을 만들어내며 '정체성의 혼란'을 겪는다.

- 메이 숙모가 사실은 살아 있으며, 그녀의 죽음은 그린 고블린이 꾸며낸 연극이었다는 게 밝혀진다.

- J. 조나 제임슨의 양녀인 매티 프랭클린이 새로운 스파이더 우먼의 역할을 맡는다.

- 스파이더맨이 이지킬을 만나 자신의 스파이더 파워에 숨겨진 새로운 가능성을 찾는 긴 여정을 시작한다.

- 메이 숙모가 피터의 이중생활에 대해 알게 되고, 놀랍게도 이 사실을 쉽게 받아들인다.

- 그웬 스테이시와 노먼 오스본 사이에 태어난 쌍둥이가 스파이더맨 앞에 등장하고, 그레이 고블린이 그를 위협하기 시작한다.

- 퀸이라는 거대한 거미와의 대결로 인해 스파이더맨의 몸에 자연적인 웹슈터가 생긴다.

- 한때 스콜피온으로 활동하던 맥 가간이 심비오트와 분리된 에디 브록에 이어 새로운 베놈이 된다.

- 카니지가 낳은 심비오트가 경찰관인 패트릭 멀리건과 결합해 톡신이라는 존재가 된다.

- 캡틴 아메리카가 스파이더맨을 뉴 어벤저스 팀에 영입시킨다.

- 어린 카밀라 블랙이 새로운 스콜피온이 된다.

- 스파이더맨이 몰런과 펼친 최후의 결전에서 살해되지만, 힘이 증강되고 양팔에는 뾰족한 침이 박힌 채 다시 살아난다.

- 피터의 멘토가 된 어벤저스 동료 아이언맨(억만장자 토니 스타크)이 최첨단 아이언 스파이더 코스튬을 만들어준다.

- 코스튬을 입고 활동하는 히어로는 공식적으로 신분을 등록해야 한다는 초인등록법이 발휘되자 피터는 자신의 정체를 공개한다.

- 초인등록법을 둘러싸고 시빌 워가 벌어진다. 아이언맨의 편에 서서 이 법을 지지하던 스파이더맨은 전쟁의 참상을 목격하고는 마음을 바꿔 캡틴 아메리카의 지하 저항군에 합류한다.

- 노먼 오스본이 정부의 지원을 받는 기동대 썬더볼츠의 리더 자리에 오른다.

- 메이 숙모가 죽을 위기에 처하자 피터는 결혼 생활을 걸고 메피스토와 거래한다.

- 닥터 스트레인지는 메리 제인을 위해 아무도 스파이더맨의 정체를 기억하지 못하게 한다.

- 스파이더맨의 인생에 새로운 날이 시작된다. 그는 빈 곤잘레스와 칼리 쿠퍼, 릴리 홀리스터 그리고 새롭게 돌아온 해리 오스본 같은 새 친구들을 만난다.

- 여전사 잭팟이 처음 뉴욕에 나타나고, 오버드라이브와 미스터 네거티브도 등장한다.

- 릴리 홀리스터가 메나스라는 악당이 되어 윌리엄 홀리스터의 시장 선거를 돕는다.

- 미스터 네거티브와 베놈이 만나면서, 에디 브록이 안티 베놈이 된다.

- 노먼 오스본이 스크럴이라는 외계 종족이 벌인 '시크릿 인베이전'을 저지한다. 이로 인해 쉴드의 수장이 된 그는 이 기관의 이름을 '해머'로 바꿔버린다.

- 스파이더맨이 J. 조나 제임슨 1세를 만나고, 그는 메이 숙모에게 구애하기 시작한다.

- J. 조나 제임슨 1세의 아들 J. 조나 제임슨이 뉴욕 시장에 당선된다.

• 노먼 오스본은 스스로 아이언 패트리어트가 된 후, 다크 어벤저스를 결성한다.

• 노먼 오스본이 쫓겨나고 초인등록법이 철회되고 나서, 스파이더맨은 두 종류의 어벤저스 팀에 들어간다.

• 스파이더맨을 노린 '그림 헌트' 도중에 크레이븐이 부활하고, 이 과정에서 오리지널 마담 웹과 매티 프랭클린 그리고 크레이븐의 아들들이 죽는다.

• 아라크네가 새롭게 마담 웹의 역할을 맡고, 아라냐는 마지못해 스파이더걸이라는 이름을 사용한다.

• 피터가 혁신적인 호라이즌 연구소에서 싱크탱크 연구원이라는 고소득 일자리를 얻는다.

• 스파이더맨은 새롭게 홉고블린이 된 악랄한 필 유릭을 대적하기 위해 스텔스 슈트를 만든다.

• 전쟁에서 부상으로 두 다리를 못 쓰게 된 플래시 톰슨은 기꺼이 에이전트 베놈이라는 역할을 맡는다.

• 스파이더 센스를 잃어버린 스파이더맨은 약화된 능력을 보완하기 위해 방탄 슈트를 입는다.

• 휴먼 토치가 사망한 후, 스파이더맨은 그의 유언에 따라 FF(퓨처 파운데이션)에 합류하고, 새로운 코스튬을 입게 된다.

• 카니지의 심비오트가 낳은 또 다른 심비오트가 타니스 니브스 박사와 결합해 스콘이 된다.

• 퀸이 재칼과 손을 잡고 뉴욕시에 스파이더 바이러스를 퍼뜨리자, 일반 시민들에게도 스파이더맨 같은 능력이 생긴다.

• 케인이 새로운 스칼렛 스파이더가 된다.

• 닥터 옥토퍼스는 죽음이 가까워져 오자 피터 파커와 자신의 영혼을 뒤바꾼다. 하지만 피터의 인격은 한편에 남아 있었고, 옥토퍼스는 피터의 몸을 빌려 슈피리어 스파이더맨이 된다.

• 톡신의 숙주가 살해되자 톡신 심비오트가 에디 브록의 몸으로 옮겨간다.

• 피터 파커가 박사 학위를 받고, 호라이즌 연구소에서는 해고되며, 자신의 회사인 파커 인더스트리를 차린다.

• J. 조나 제임슨이 사악한 슈피리어 스파이더맨을 지원한 후, 뉴욕 시장 자리에서 물러난다.

• 닥터 옥토퍼스는 피터가 자신의 여자 친구인 애나 마리아 마르코니의 목숨을 구할 수 있게 스스로를 희생하고, 이로써 피터는 자기 몸의 통제권을 되찾는다.

• 스파이더맨은 이지킬이 만든 벙커에서 신디 문을 구출하고, 스파이더 파워를 지닌 신디는 실크라는 이름으로 활동하게 된다.

• '스파이더버스' 사건에서 스파이더맨은 몰런과 그의 가족들을 물리치기 위해 다른 차원에서 온 스파이더들과 연합한다.

• 자신의 차원이 사라져버리자, 스파이더맨 마일즈 모랄레스는 피터 파커가 사는 지구에 정착해 새롭고 젊은 스파이더맨이 된다.

• 파커 인더스트리가 세계적인 기업으로 성장하고, 피터는 평생 처음으로 성공을 맛본다.

• 재칼은 베일에 감춰진 자신의 계획을 도와주면 죽은 가족이나 연인의 클론을 만들어주겠다는 말로 빌런들을 모으기 시작한다.

지금 돌아봐도 1960년대는 스파이더맨 코믹북의 역사에서
가장 중요한 시기였다. 스파이더맨 캐릭터가 탄생했을 뿐만 아니라,
만화사에 길이 남을 악당들이 이때 대거 등장했다.

THE
1960s
1960년대

스탠 리는 경쟁자들 보란 듯이 성공을 거뒀다. DC 코믹스가 슈퍼맨과
배트맨 그리고 새로 탄생한 저스티스 리그 등 거대한 우상을 만들어내는
곳이라면, 스탠과 마블은 자신들이 진정한 혁신가라는 사실을 증명했다.
먼저 판타스틱 포가 출격했고, 뒤이어 스파이더맨 그리고 또 다른 여러
히어로들까지 합세시키며 스탠은 슈퍼 히어로 세계에 새로운 차원을
더했다. 저스티스 리그의 단결된 히어로들과 달리, 판타스틱 포 멤버들은
진짜 가족처럼 말다툼을 벌인다. 자신감 넘치는 슈퍼맨이나 배트맨과 달리,
스파이더맨은 의심과 불안, 현실적인 문제에 시달린다. 스탠은 뛰어난
아티스트들과 함께 슈퍼 히어로에게 새로운 생명을 불어넣었고, 그
중심에는 스파이더맨이 있었다.
하지만 스탠은 성공에 취해 안주하지 않았다. 좋은 히어로에게는 그를
발전시키고 전설로 만들어줄 사악한 빌런 무리가 있어야 한다는 걸 간파한
것이다. 그린 고블린과 닥터 옥토퍼스부터 데일리 뷰글의 사장인
J. 조나 제임슨까지 수십 명의 강력한 적을 만들어내며 스탠은 자신의
으뜸가는 창조물이 미국의 대표 캐릭터로 자라날 기틀을 마련했다.

뒤 페이지 *어메이징 스파이더맨* #51 (1967. 8)
스파이더맨은 전략적 우위를 위해서라면 극적인
등장을 마다하지 않는다. 다행히 마스크를 쓰고
있어서 스파이더맨이 입힌 재산 피해가 피터
파커에게 청구될 일은 없다.

1963, March

the AMAZING SPIDER-MAN

IND. 12¢

APPROVED BY THE COMICS CODE AUTHORITY

1 MAR.

2 GREAT FEATURE-LENGTH SPIDER-MAN THRILLERS!

THE FANTASTIC FOUR THINK I'M TRAPPED! BUT THEY DON'T SUSPECT MY REAL POWER!

EXTRA ADDED ATTRACTION: SPIDER-MAN *MEETS* THE FANTASTIC FOUR, AS "the CHAMELEON STRIKES!"

THE AMAZING SPIDER-MAN
어메이징 스파이더맨
#1

> "가면을 쓴 위험인물이 제멋대로 법을 행사하게 놔둬서는 안 됩니다! 우리 젊은이들에게 심각한 악영향을 끼치고 있어요!"
>
> — J. 조나 제임슨

편집장
스탠 리

표지아티스트
잭 커비, 스티브 딧코

작가
스탠 리

원화가
스티브 딧코

선화인
스티브 딧코

레터러
자니 디, 존 더피

주요 캐릭터: 스파이더맨, 메이 파커 숙모, J. 조나 제임슨, 존 제임슨, 카멜레온, 미스터 판타스틱, 인비저블 걸, 휴먼 토치, 씽
보조 캐릭터: 강도, 뉴튼 교수
주요 장소: 파커 자택, 이름 없는 로켓 발사 장소, 백스터 빌딩, 뉴욕에 있는 어느 방어 시설, 카멜레온의 비밀 은신처, 뉴욕에 있는 어느 해안

BACKGROUND

스탠 리와 아티스트 스티브 딧코는 새로 시작된 스파이더맨 시리즈인 '어메이징 스파이더맨'의 창간호에서 〈어메이징 판타지 #15 (1972. 8)〉에 게재된 내용에 이어서 스파이더맨을 다시 출동시킨다. 창간호에는 두 개의 독립된 이야기가 있다. 첫 번째는 전형적인 모험담에 가까운 이야기로, 피터 파커에게 눈엣가시 같은 인물인 J. 조나 제임슨이 다시 등장한다. 하지만 대다수 독자들이 이 책을 구매한 데는 다른 이유가 있었다.

바로 두 번째 이야기에 그 답이 있는데, 스파이더맨이 유명한 판타스틱 포를 처음 만난 것이다. 이미 스탠의 마블 코믹스에 새로운 시대를 열어준 히트 캐릭터인 판타스틱 포 멤버들이 표지에도 들어간 건 영리한 마케팅 전략의 일환이었다. 그들의 등장은 스파이더맨이 마블 유니버스의 새로운 인물임을 공고히 해주는 동시에, 판타스틱 포의 팬들을 유인해서 스파이더맨도 한번 읽어보게 만드는 데 성공했다. 그리고 이어진 〈어메이징 스파이더맨〉의 인기는 그중 대다수가 스파이더맨에게 매혹되었다는 걸 보여준다.

"전 이 팀에 가입하러 왔어요!
저도 판타스틱 포의
멤버가 되고 싶어요!"
— 스파이더맨

THE STORY

스파이더맨이 우주 비행사 존 제임슨의 생명을 구한다.
하지만 그의 아버지 J. 조나 제임슨은 스파이더맨의
명성에 먹칠을 하려 한다.
스파이더맨은 판타스틱 포를 처음으로 만나고, 수수께끼
같은 카멜레온과 결투를 벌인다.

스파이더맨이 된다는 건 피터 파커가 상상한 것보다 훨씬 골치 아픈 일이라는
사실이 첫 번째 이야기에서 증명된다. TV 출연료로 받은 수표를 현금으로 바꿀
수 없을 뿐 아니라(그러려면 스파이더맨의 신분증이 필요했다), 데일리 뷰글의
사장 J.조나 제임슨은 스파이더맨이 뉴욕 시민들에게 위협이 된다며 동네방네
연설을 하고 다녔다.[1] 제임슨의 비난이 단순히 신문 독자를 늘리고 자기
아들을 알리려는 홍보 목적이라는 사실을 알 만한 사람은 다 알았지만,
스파이더맨은 이로 인해 자신의 주가가 폭락하는 것을 목격했다.

존 제임슨의 우주선 발사 장면을[2] 구경하러 간 피터는기계 결함으로 존의
우주선이 조종 불가 상태가 되는 것을 목격한다. 지상 통제실에서도 이를
알아채고 바로잡으려 하지만 우주선을 구할 방법을 찾지 못한다.[3] 피터는
도움이 필요한 사람을 구할 기회가 왔는데 가만히 앉아서 지켜볼 수가 없었다.
재빠르게 스파이더맨 복장으로 갈아입고[4], 근처 비행장에 있는 비행기와
파일럿을 출동시킨 다음, 거미줄을 이용해 우주선의 캡슐 안으로 들어갔다.[5]
그리고 피터는 군 장교에게 받은 우주선 유도장치를 캡슐에 부착했다.[6]
스파이더맨의 도움으로 존은 무사히 우주선을 착륙시키고 피터는 집으로
돌아가지만, 이로써 스파이더맨을 비판하는 J. 조나 제임슨의 목소리는 더욱
강력해졌다. 대중이 보는 앞에서 존을 구하기 위해 스파이더맨이 일부러 그를
위험에 빠뜨렸다고 주장한 것이다.[7] 스파이더맨이 지독한 '파커가의 불운'을
처음으로 맛본 순간이었다.

두 번째 이야기에서 피터는 숙모의 재정난을 도와줄 방법이 없어 고민한다.
하지만 다른 히어로들은 피터처럼 재정적인 고통을 겪지 않는 것 같았다.
스파이더맨은 전설의 판타스틱 포를 만나 팀에 가입하려고 세계적으로 유명한
백스터 빌딩을 찾아간다.

물론 아무나 판타스틱 포의 본거지에 들어가 인사를 나눌 수는 없었다.
스파이더맨은 판타스틱 포 멤버들을 만나려고 그들의 본부에 침입해
보안장치를 통과한다.[8] 그때, 경보음이 울리고, 판타스틱 포는 침입자가
스파이더맨이라는 걸 확인한다.[9] 그들은 '허세 가득한 10대'가 자신들을
만만히 보고 기습하러 온 줄 알고 기분 나빠한다. 거친 몸싸움이 시작되고,[10]
스파이더맨은 자신이 찾아온 이유를 겨우 말한다. 판타스틱 포의 멤버가 될
만한 실력이 있다고 증명하고 싶었던 것이다. 하지만 판타스틱 포 활동으로는
월급이 나오지 않는다는 걸 알게 된 스파이더맨은 헛수고만 한 셈이 됐다.

한편, 신비로운 변장의 달인이자 슈퍼 빌런인 카멜레온[11]은 스파이더맨을
무법자로 몰아세우는 언론의 태도를 이용하기로 한다. 거미줄을 발사하는
총까지 고안해낸 카멜레온은 가짜 스파이더맨 코스튬을 입고 정부 기관에서
중요한 미사일 발사 계획을 훔친다.[12] 교묘한 함정이었지만 스파이더맨은 그를
해안까지 추적하고, 잡아서 경찰에 넘기려는 순간[13] 카멜레온은 온데간데없이
사라진다. 스파이더 센스를 이용해 경찰로 위장해 숨어 있는 카멜레온을
찾아내지만,[14] 진짜 경찰들은 스파이더맨이 범인이 아니라는 사실을 믿지
않는다. 화가 난 스파이더맨은 경찰들에게 알아서 하라며 도망쳐 나온다.
스파이더맨은 사건을 해결하기는 했지만 자신에게 초능력이 없었으면
좋겠다고 생각한다. 그는 불명예를 뒤집어쓴 데다가 헛웃음만 나오는 은행
잔고를 가진 외톨이였다.

CHAMELEON 카멜레온

> "날 드미트리라고 부르지 마.
> 그건 내 이름 중 하나일 뿐이야."
> — 카멜레온

수많은 가짜 신분을 소유한 변신의 귀재 카멜레온은 스파이더맨이 처음으로 마주한 진정한 슈퍼 빌런이었다. 타오르는 분노를 주체 못 하는 카멜레온은 스파이더맨의 목숨을 빼앗는 것을 일생일대의 과제로 생각한다.

ORIGIN

망명한 러시아 귀족과 젊은 하녀 사이에서 태어난 드미트리 스메르디야코프는 어린 시절부터

카멜레온은 위장하기 위해 마스크를 주로 쓰지만, 홀로그램도 사용한다.

사랑을 받아본 적이 없었다. 아버지는 그를 보는 것조차 싫어했고, 어머니는 아들을 수치스럽게 여겼다. 훗날 크레이븐이 되는 이복형 세르게이 크라비노프만이 그를 가족으로 인정해줬다. 드미트리는 형을 기쁘게 하려고 혼자서 다양한 역할을 연기하는 작은 연극을 자주 보여줬다. 또한 예리한 관찰력으로 반 친구들과 이웃들의 특징을 잡아 흉내 내기도 했다. 화장을 통해 외모를 바꾸는 법을 배우다가 나중에는 실제 같은 얼굴 마스크와 탈을 직접 만들기 시작했다.

이러한 재능은 훗날 드미트리의 스파이 활동에 유용하게 사용되었다. 산업 스파이가 된 카멜레온은 기업의 비밀을 훔쳐서 제일 비싼 값을 부르는 입찰자에게 팔았다. 스파이더맨을 처음 만났을 때, 그는 거액을 받고 공산국가에 팔아넘길 기밀문서를 훔쳐 나오던 길이었다. 스파이더맨이 위험인물로 취급받는 것을 알게 된 카멜레온은 그가 자신의 죄를 덮어씌우기에 적합한 희생양이라고 생각했다.

카멜레온은 특수한 감각으로만 수신할 수 있는 메시지를 보내 스파이더맨을 유인했고, 아무런 의심 없이 다가온 그를 덫에 걸리게 했다. 그리고 스파이더맨으로 분장해 범행을 저지르고는 모든 죄를 뒤집어씌우려 했다. 하지만 결국 스파이더맨에게 잡혀 진범이라는 사실이 드러났고, 이때부터 카멜레온의 마음은 스파이더맨을 향한 강렬한 증오로 가득 찼다.

카멜레온은 누구든 흉내 낼 수 있다. 데일리 뷰글을 손에 넣기 위해 J. 조나 제임슨을 납치하고 그의 자리를 대신 차지하면서 이를 여실히 증명했다.

카멜레온은 스파이더맨과 전쟁을 벌이며 이복형인 크레이븐에게 협력을 요청했다. 그는 형의 인정을 필사적으로 갈망하면서도 동시에 지독한 라이벌 의식을 느꼈다.

피터의 정체를 알아챈 카멜레온은 홀로그램을 이용해 메리 제인을 납치한 척 꾸며서 스파이더맨을 속였다.

카멜레온은 심지어 버락 오바마로 변장해 대통령 취임식에 나타났다. 스파이더맨은 고등학교 때 별명이 무엇이냐는 질문으로 둘 중 누가 진짜 오바마인지를 가려냈다.

위장술의 대가인 카멜레온이지만 육체적인 힘에서는 스파이더맨의 상대가 되지 못한다.

카멜레온은 자신이 위장할 대상을 잡아 살해할 때도 있는데, 코킹 건으로 그들의 얼굴을 가면으로 만든 다음에 산성 물질이 가득한 방으로 떨어뜨린다.

KEY DATA

첫 등장
어메이징 스파이더맨 #1 (1963. 3)

본명
드미트리 스메르디야코프

소속
시니스터 식스, 시니스터 트웰브,
익스터미네이터즈

힘/초능력
카멜레온은 수십 가지 언어를 말할
수 있는데, 발음과 강세까지 원어민과
똑같다. 변장의 귀재이며, 뛰어난
연기자이고, 실제와 똑같은 가면을
만드는 장인이다. 수년간에 걸친 연습과
타고난 재능으로 어떤 사람이든 똑같이
흉내 낼 수 있다.

카멜레온의 가면은
겉모양이나 촉감도
사람의 피부와
똑같은 합성 소재로
만들어진다.

민얼굴을 가리는
기본 가면은 그 위에
다른 가면을 빠르고
안전하게 덮어쓸 수
있도록 만들어졌다.

변장의 귀재인
카멜레온은 경찰을
저지하기 위해 연막탄을
비롯한 다양한 도구도
사용한다.

권력 다툼

수년간 첩보 활동에 전념했던 카멜레온은 좀 더
돈벌이가 되는 일을 해볼 때가 왔다고 생각했다.
킹핀의 자리를 대신하기로 마음먹은 그는 해머헤드와
손잡고 윌슨 피스크를 몰아낼 전쟁을 시작한다. 또한
카멜레온은 J. 조나 제임슨을 납치해 그의 흉내를
내기도 했다. 〈데일리 뷰글〉이라는 언론의 힘을 이용해
윌슨의 악행을 만천하에 알리면 당국이 그를 잡기
위해 움직일 거라는 계획이었다. 하지만 피터 파커가
스파이더 센스로 진짜 J. 조나 제임슨의 존재를
감지하고 무언가 잘못 돌아가고 있다는 걸 눈치챘다.
결국 스파이더맨이 카멜레온의 정체를 밝혀내고 진짜
J. 조나 제임슨을 구했다.

벌쳐의 전통

벌쳐로서 가장 큰 인상을 남긴 건 단연 에이드리언 툼즈였지만, 이 이름으로 활동한 다른 빌런도 여럿 있었다. 그중 첫 번째는 '블랙키' 드라고였는데, 툼즈와 교도소에서 같은 방을 썼던 범죄자로, 벌쳐의 장비를 가로채 갔다. 두 번째로 에이드리언의 비행 장비를 손에 넣은 건 엠파이어 주립대학교의 교수 클리프턴 샬롯이었다. 지미 네이틀이라는 사악한 인물이 잠시 새로운 벌쳐가 되어 맨해튼을 활보하기도 했지만, 얼마 지나지 않아 퍼니셔라는 자경단원에게 살해되었다. 이로써 에이드리언이 다시 벌쳐라는 이름을 되찾았다. 끊임없이 기술을 쇄신하는 벌쳐는 절대 만만히 볼 상대가 아니며, 그를 한물간 빌런으로 취급해서는 안 된다.

벌쳐의 비행 속도는 최고 시속 150㎞까지 나오며, 최대 3,500m 고도까지 올라갈 수 있다.

벌쳐가 착용하는 장비는 신기하게도 그의 근력과 내구력까지 강화해주었다. 그래서 공중 곡예를 하듯 몇 시간씩 결투를 벌여도 지치지 않는다.

KEY DATA

첫 등장
어메이징 스파이더맨 #2 (1963. 5)

본명
에이드리언 툼즈

소속
시니스터 식스, 시니스터 트웰브

힘/초능력
에이드리언 툼즈는 직접 만든 비행 장비로 하늘을 날 수 있게 됐을 뿐 아니라, 힘과 기운까지 강화되었다. 그의 날개는 굉장히 날카로워서 스파이더맨의 거미줄도 베어버릴 수 있다. 또한 자신이 자랑하는 뛰어난 두뇌를 이용한 범행도 저질러왔다.

벌쳐는 최근에 슈피리어 스파이더맨과 결투를 벌여 참혹하게 패했다. 하지만 옛 동지인 닥터 옥토퍼스의 정신이 스파이더맨의 육체를 조종하고 있다는 사실은 전혀 눈치채지 못했다.

벌쳐의 이 검은색 버전 코스튬에는 기본적인 비행 장치 외에도 날카로운 발톱이 추가로 달려 있다.

VULTURE 벌쳐

독수리라는 뜻의 이름에서 알 수 있듯이, 벌쳐는 인정사정없는 약탈자다. 직접 발명한 소리 없는 날개, 전자기 비행 장치로 부자와 권력가, 방심하고 있는 이들에게 일격을 가한다. 일단 공격이 시작되면 자비라고는 모르는 잔인한 면을 갖고 있다.

ORIGIN

기술자 겸 발명가였던 에이드리언 툼즈는 친한 친구인 그레고리 베스트먼과 전자 회사를 창업했다. 베스트먼이 경영 전반을 책임지고, 에이드리언은 오로지 연구에만 집중하는 구조였다. 에이드리언의 소망은 하늘을 날 수 있는 전자기 장비를 개발하는 것이었다. 그런데 그레고리는 에이드리언 몰래 회사 지분을 빼돌리고 있었다. 기어이 회사 전체를 손에 넣게 된 그레고리는 친구를 해고해버렸다. 하지만 에이드리언은 장비 개발을 멈추지 않았다. 드디어 발명품이 완성되자 이를 이용해 동업자였던 그레고리에게 복수하고, 자신이 일하던 회사를 약탈했다. 힘과 자유를 향한 갈망에 취해버린 그는 범죄의 길을 가기로 결심하고, 자기 자신을 벌쳐라고 부르기 시작했다. 비행에 익숙해져 자신감이 생기자 벌쳐의 범행은 점차 대담해졌고, 자신을 잡아보라며 경찰을 도발하기도 했다. 하지만 신출내기 히어로 스파이더맨이 이러한 벌쳐에 대항하고 나섰다. 벌쳐의 악행을 막고, 〈데일리 뷰글〉에 팔 사진까지 찍어보려는 의도였다.

교활한 벌쳐는 결국 자신을 배신한 동업자 그레고리 베스트먼을 살해한다.

툼즈가 개발한 비행 장치는 혁신적인 기술이 사용된 발명품으로, 주로 벌쳐 코스튬 안에 숨겨져 있다.

벌쳐에게 처음 공격을 당한 후, 스파이더맨은 벌쳐의 비행 능력을 일시적으로 정지시키는 장치를 개발한다. 대중 앞에서 모욕을 당한 벌쳐는 분노하고, 스파이더맨을 향한 복수를 다짐한다.

두 번째 벌쳐인 '블랙키' 드라고는 젊은 피를 내세웠지만, 오리지널 벌쳐인 에이드리언은 경험과 전문성을 앞세워 자신이 진정한 벌쳐임을 증명했다.

벌쳐 코스튬이 무시무시하기는 하지만, 에이드리언 툼즈의 가장 강력한 무기는 사악한 방면으로 뛰어난 그의 두뇌다.

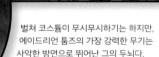

폭력배였던 지미 네이틀이 의도치 않게 냉혹한 빌런 벌쳐로 변신한다. 하지만 얼마 후 퍼니셔와 싸우다가 살해되고 만다.

소속
시니스터 식스, 마스터즈 오브 이블

힘/초능력
닥터 옥토퍼스는 비범한 두뇌와 재능을
자랑하는 엔지니어이자 발명가다.
정신력으로 조종하는 인공 촉수 팔을
무기로 사용한다. 지적 능력이 뛰어난
그는 이 팔을 이용해 여러 가지 복잡한
일을 동시에 수행할 수 있다. 촉수 팔에는
신경이 없지만 기본적인 감각은 느낄 수
있다.

닥터 옥토퍼스는 인공 촉수
팔과 매우 강력하게 연결돼
있어서, 팔이 몸에서 분리돼도
자유자재로 조종할 수 있다.

시설의 원자로를 상속받는다는 사실을 알게
됐다. 이 원자로를 손에 넣기 위해 메이 숙모에게
청혼했지만, 마지막 순간에 스파이더맨에 의해
계획이 무산됐다.

닥터 옥토퍼스는 방사능 중독으로
죽어가면서 피터 파커와 자신의 정신을
뒤바꿨다. 이로써 피터는 닥터 옥토퍼스의
몸 안에서 죽을 처지가 되고, 그는 슈피리어
스파이더맨이 됐다. 얼마 후 피터는 자기 몸을
되찾았고, 닥터 옥토퍼스는 동료 빌런인 재칼의
도움으로 새로운 삶을 살아갈 기회를 얻었다.

집게손은
콘크리트 블록을
쥐어 부서뜨릴
만큼 강한 힘을
갖고 있다.

네 개의 촉수 팔은
평소에는 각각 1.8m
길이지만, 최대 7.6m
까지 늘어난다.

DOCTOR OCTOPUS 닥터 옥토퍼스

닥터 옥토퍼스는 세계적으로 손꼽히는 천재적인 지능의 소유자다. 그동안 수십 차례에 걸쳐 범죄 행각을 벌였고, 그때마다 번번이 스파이더맨과 부딪쳤다. 빌런으로 활동한 기간 대부분을 자신이 스파이더맨보다 신체 능력뿐만 아니라 두뇌까지 뛰어나다는 사실을 입증하는 데 썼다.

ORIGIN

어린 오토 옥타비우스는 내성적이고 예민한 책벌레였다. 착실한 학생이었고, 세상에서 가장 위험한 빌런으로 자랄 사람처럼은 보이지 않았다. 아들에 대한 기대가 컸던 오토의 어머니 메리 라비니아 옥타비우스는 오토가 아버지 같은 육체 노동자가 되지 않기를 바랐다. 그는 어머니의 기대에 부응하기 위해 핵 연구를 전문으로 하는 과학자가 되기로 결심했다. 아들이 대학을 졸업하자 어머니는 뛸 듯이 기뻐했다. 평범한 노동자들처럼 힘들게 땀 흘려 일할 필요가 없어졌다고 생각한 것이다. 오토는 오직 일에 전념하여 하루 24시간 내내 연구에 몰두하기도 했다. 결국 미국 최고의 핵물리학자가 되지만, 과학자로서의 명성이 커질수록 점점 거만하고 남을 무시하는 자아도취에 빠진 사람이 되어갔다. 오토는 멀찍이 떨어져서도 위험한 실험을 할 수 있는 특수 기계장치를 발명했고, 이를 이용해 동료들이 자신에게 가까이 다가오는 것을 막았다. 하지만 실험 중에 돌발 사고가 발생하면서 기계 팔이 오토의 신체와 정신에 결합해버렸다. 오토는 이 팔로 자신을 도우러 오는 의료진을 후려치고 실험실의 상사들까지 공격한다. 자신이 모든 윤리 관념을 초월한 존재라고 생각하며 인간의 생체를 뛰어넘음은 자신의 과학적 업적에 도취된 것이다. 기계 팔과 하나가 된 오토는 그날부터 괴물이 됐다. 닥터 옥토퍼스가 탄생한 것이다.

실험실에서의 사고 후에 닥터 옥토퍼스는 뇌 손상을 입었다는 진단을 받았다. 하지만 이는 오진으로, 사실은 뇌에 새로운 신경 통로가 생긴 것이었다. 이로써 그는 생각하는 것만으로도 기계 팔을 조종할 수 있게 됐다.

여러 슈퍼 히어로들과 갈등을 겪으면서도 닥터 옥토퍼스는 유독 스파이더맨을 제거하는 일에 집착해왔다. 스파이더맨을 죽여야만 자신에게 평화가 찾아온다고 믿기 때문이다.

닥터 옥토퍼스의 의상과 스타일은 꾸준히 변화해왔다. 녹색 점프슈트에서 흰색 맞춤 정장 그리고 다시 온몸을 휘감는 트렌치코트로 옷을 갈아입은 것은 대중에게 더 중요한 인물로 평가받기 위한 몸부림이었다.

> "말하자면 나는 새로운 창조물이야.
> 인간이 짐승과 다르듯
> 나도 그들과 달라."
>
> — 닥터 옥토퍼스

한때 여성 과학자 캐롤린 트레이너가 닥터 오토퍼스를 대신해 레이디 옥토퍼스로 활동하기도 했다. 그녀는 극적으로 등장해서 피터 파커뿐 아니라 스칼렛 스파이더인 벤 라일리까지 위협했다.

방사능에 노출되어 살날이 얼마 남지 않게 된 닥터 옥토퍼스는 맨해튼의 모든 전자 기기를 자신의 통제하에 넣어 뉴욕에 마지막 '선물'을 안겨주기로 했다. 이를 위해 기계 팔을 8개로 늘리며 자신을 업그레이드하지만 결국 스파이더맨이 그를 추적해 무력화시켰다.

닥터 옥토퍼스는 자신이 슈피리어 스파이더맨임을 증명하려 최선을 다하지만, 정신 한구석에 있는 피터의 의식이 그를 괴롭힌다. 결국 피터가 몸의 통제권을 되찾자, 닥터 옥토퍼스는 자신의 기억과 인격을 조수 로봇이었던 '리빙 브레인'에 전송해 잠시 저장한다.

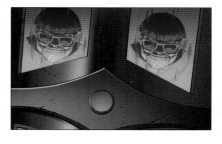

KEY DATA

첫 등장
어메이징 스파이더맨 #4 (1963. 9)

본명
윌리엄 베이커, 플린트 마르코,
실베스터 만

소속
시니스터 식스, 프라이트풀 포,시니스터
트웰브, 어벤저스, 와일드 팩, 아웃로즈

힘/초능력
샌드맨의 신체는 온전히 모래로 구성되어
있어 모양과 크기, 밀도를 자유자재로
바꿀 수 있으며, 동시에 여러 형태를 취할
수도 있다. 또한 자기 몸을 무기로 만들 수
있는데, 모래 입자를 발사해서 마치 우박이
내리는 것처럼 상대를 공격할 수 있다.

샌드맨은 몸을 마음대로
변형시킬 수 있다. 신체
일부분이나 몸 전체를 철퇴나
망치 같은 무기로 만들 수도
있다.

스파이더맨 VS 샌드맨

윌리엄 베이커를 평범한 범죄자로만 생각한 스파이더맨은
첫 만남에서 그가 펼치는 묘기를 보고 몹시 놀란다.
스파이더맨의 손아귀를 빠져나간 샌드맨은 턱을
바위처럼 단단하게 만들어서 펀치를 피한 후, 그를
모래 회오리 속에 가뒀다. 하지만 최후에 웃는 사람은
스파이더맨이었다. 속임수를 써서 샌드맨의 몸이
흩어지게 한 다음, 산업용 진공청소기로 그의 모래
입자들을 빨아들인 것이다. 오늘날의 샌드맨이었다면
그 정도 함정은 금방 빠져나왔겠지만 스파이더맨은
샌드맨이 처음 상대하는 슈퍼 히어로였고, 결국 경험
부족으로 스파이더맨에게 패하고 말았다.

샌드맨의 정신은
항상 그의 육체를
통제하고 있다.
머리가 모래로
변하거나 상대의
주먹에 흩어지더라도
이러한 통제력은
변하지 않는다.

샌드맨은 평범한
모래를 흡수해서
자신의 몸집을
키우거나, 전투 중에
빠져나간 분량만큼
보충할 수 있다.

SANDMAN 샌드맨

윌리엄 베이커는 그저 시시한 범죄자에 불과했다. 하지만 군의 실험 부지에서 일어난 핵실험 사고로, 방사능 모래 입자로 된 몸을 스스로 조종할 수 있는 존재가 되면서 이야기가 완전히 달라졌다. 하찮은 잡범에서 스파이더맨의 손에 꼽히는 가장 위험하고 예측 불가능한 적이 된 것이다.

ORIGIN

윌리엄 베이커는 어렸을 때부터 좀도둑질을 배우며 자랐다. 이러한 기질은 학창 시절까지 이어져서, 미식축구에 소질을 보여 학교 선수가 됐지만 동네 도박꾼들에게 돈을 받고 중요한 경기에서 일부러 져줬다. 승부 조작을 한 걸 알아챈 감독은 그를 팀에서 쫓아냈고, 윌리엄은 결국 학교에서도 퇴학당하고 말았다. 이때부터 그는 지역 갱단에서 일하며 플린트 마르코라는 이름을 사용했다. 그러다가 체포되어 교도소에 투옥됐지만 가까스로 탈출했다. 경찰에 쫓기던 그는 버려진 핵실험 부지로 보이는 곳에 숨었다. 하지만 사실 그곳은 새로운 핵무기를 실험하려고 일부러 비워둔 곳이었다. 생각지도 못한 순간에 핵이 폭발했고, 윌리엄은 고농축 방사선에 노출됐다. 이로 인해 그의 몸을 구성하는 분자들이 방사능 모래와 단단하게 결합해 모래 인간이 돼 버렸다. 신체의 일부분이나 전체를 모래로 바꿀 수 있는 능력을 지닌 샌드맨이 된 것이다!

어린 시절부터 범죄를 저지른 윌리엄 베이커는 그의 인생을 송두리째 바꿔놓은 사고를 당하기 전까지 교도소에서 지냈다.

핵폭발로 방사능을 뒤집어쓴 샌드맨은 어떤 모습으로든 몸을 변형할 수 있게 되었다.

샌드맨은 그동안 여러 번 죽은 것처럼 보였지만, 그때마다 다시 살아 돌아왔다. 그의 모래 입자는 아무리 산산이 흩어져도 다시 원래 모습으로 재구성되는 것으로 보인다.

샌드맨은 종종 정신이 여러 개로 분리된다. 그렇게 분리된 정신은 온전히 독립된 인격을 이루기도 한다.

날 때부터 악당인 척하지만 사실 샌드맨은 범죄의 길에서 등을 돌린 적도 있었다. 한때 스파이더맨과 협력했고, 어벤저스의 예비 멤버가 되기도 했다.

> **"지금 내 앞에 있는 건, 나는 절대 선한 존재가 될 수 없다고 속삭이는 작은 목소리뿐이야."**
>
> — 샌드맨

최근에 샌드맨은 한 소녀를 자신의 딸로 키우기 시작했다. 하지만 그녀의 인생을 걱정한 스파이더맨이 소녀를 데리고 나왔고, 샌드맨은 다시 한번 증오를 불태웠다.

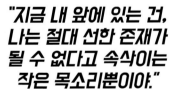

샌드맨은 전투 중에 우연히 하이드로맨과 몸이 합쳐져 거대한 진흙 괴물이 됐다. 스파이더맨에게 패한 두 범죄자는 죽은 것으로 보였지만, 몇 개월 후에 진흙이 물과 모래로 분리되었다.

KEY DATA

첫 등장
어메이징 스파이더맨 #6 (1963. 11)

본명
커트 코너스

소속
시니스터 식스, 시니스터 트웰브

힘/초능력
리저드는 강화된 힘과 반사 신경, 스피드, 체력, 민첩성 그리고 파충류의 재생 능력을 지녔다. 극도로 단단한 피부, 날카로운 발톱과 이빨이 그의 무기다. 텔레파시로 주변의 파충류들을 조종할 수 있을 뿐만 아니라 인간 내면의 원시적인 본능을 불러일으킬 수 있다.

내면의 야수

리저드는 놀라운 힘과 동물적인 능력을 지닌 무자비한 야수다. 인간처럼 걷고 심지어 말도 하지만, 문명인과는 거리가 먼 행동을 한다. 그의 욕망은 단 하나, 지구상에서 포유류를 멸종시키는 것이다. 인간을 포함한 모든 온혈동물이 사라져야 파충류가 지구의 주인 자리를 되찾을 수 있기 때문이다. 하지만 스파이더맨이 만들어준 해독제 때문에 끊임없이 인간으로 되돌아가게 된다. 수년간 커트 코너스 박사로서 스파이더맨에게 과학적인 도움을 줬지만, 리저드가 된 그는 인류를 상대로 한 자신의 전쟁을 저지한 스파이더맨을 증오한다.

리저드가 꼬리를 내리치는 속도는 최고 시속 110㎞까지 올라가고, 최대한 빨리 달리면 시속 70㎞ 까지 속도를 낼 수 있다.

리저드의 손과 발은 도마뱀붙이의 빨판같이 미세한 발톱으로 뒤덮여 있다. 덕분에 리저드는 가파른 표면도 기어오를 수 있다.

리저드의 다리 근육은 매우 튼튼해서 3.5m 가까이 뛰어오를 수 있으며, 한 번 점프하면 최대 5.5m 거리까지 멀리 뛸 수 있다.

도마뱀의 재생 능력 덕분에 리저드는 지칠 걱정 없이 싸울 수 있다. 거의 모든 상대를 나가떨어지게 할 수 있는 강한 체력이 있기 때문이다.

LIZARD 리저드

"도마뱀이 원숭이 뇌를 가져간다. 도마뱀은 이제 바보가 아니다. 너는 먹잇감이다."

— 리저드

커트는 부인 마사를 암으로 잃었지만, 아들 빌리의 죽음은 더 비극적이었다. 리저드로 변한 커트가 아들을 살해한 것이다.

한때 커트는 자신의 정신이 영영 사라졌다고 생각해, 어두운 본성과 싸울 의지를 잃어버렸다. 하지만 스파이더맨이 새로운 치료제를 리저드에게 주사해주자 리저드의 야만적인 본능은 사라졌다.

아들을 죽인 죄를 참회하려면 감옥에 가는 수밖에 없다고 생각하던 커트는 재칼에게 설득당해 그의 악한 계획에 합류하게 된다. 재칼이 실제로 살아 있는 것처럼 보이는 아내와 아들의 클론을 만들어준 것이다.

커트 코너스 박사의 기괴한 변신은 스파이더맨이 목격한 가장 비극적인 사건 중 하나였다. 스파이더맨은 서서히 인간에서 짐승으로 변해가는 친구의 모습을 몇 년간 속수무책으로 지켜봤다. 커트는 온화하고 가정적인 사람이지만, 리저드는 포악한 괴물이었다.

ORIGIN

커트 코너스는 군의관으로 전쟁에 나갔다가 팔이 절단되는 사고를 당했다. 이 사고로 외과 의사 일을 그만두고 파충류를 연구하기 시작했다. 다리 같은 부속지를 잃으면 다시 자라나는 파충류가 있다는 사실을 알아낸 박사는 그 비밀을 밝혀서 인간에게도 적용하겠다고 결심했다. 몇 년에 걸쳐 부지런히 연구한 결과, 마침내

우수한 군의관이었던 코너스는 전쟁터의 포화 속에서 오른팔을 잃고, 인생이 완전히 변해버렸다.

그는 잘린 다리를 다시 자라게 하는, 파충류의 재생 능력을 지닌 화학물질을 분리해냈다고 확신했다. 부인의 간절한 만류에도 자기 자신을 실험 대상으로 삼고 시험용 혈청을 마셨다. 몇 분 지나지 않아 절단됐던 팔이 다시 자라나기 시작했고, 잠시 동안 커트는 자신이 현대 의학에 혁명을 일으켰다고 생각했다. 하지만 곧이어 파충류의 녹색 비늘이 몸 전체로 퍼져나갔고, 도마뱀 같은 꼬리까지 자랐다. 지킬 박사와 하이드처럼 박사도 부드러운 성품의 박사에서 피에 굶주린 빌런, 리저드로 변해버린 것이다. 커트의 이타적인 성격은 리저드의 야만적인 행동에 가려 뒷전으로 밀려났다. 스파이더맨이 박사의 상태를 돌려놓을 해독제를 개발했지만, 완전히 처음으로 되돌릴 수는 없었고, 박사는 때때로 다시 도마뱀으로 변하곤 했다.

직접 만든 혈청을 마신 후에 짐승 같은 본능이 코너스 박사를 사로잡아버렸다.

일렉트로는 전기를 이용해 전자기장까지 조작할 수 있다. 배터리부터 자동차 휠 캡의 열쇠까지 모양과 크기에 상관없이 어떤 금속이든 끌어당기거나 멀리 보낼 수 있다.

일렉트로를 물리칠 수 있는 최선의 방법은 공중에 머물러 있는 것이다. 그가 발사하는 정전기 에너지는 땅이나 금속에 닿아 있는 상대에게만 효력을 발휘하기 때문이다.

천재 범죄자 '매드 씽커'가 일렉트로의 힘을 업그레이드하는 과정에서 그를 인간 번개로 변화시켰다. 이로 인해 훨씬 강화된 힘과 비행 능력을 얻은 데다가, 전선이나 전자 기기를 통해 이동할 수도 있게 됐다.

스파이더맨이 치료제를 만들어 일렉트로의 전기 활용 능력을 없애버리자, 재칼이 이를 재가동시키려 했다. 하지만 엉뚱하게도 일렉트로의 옛 여자 친구인 프란신 프라이가 그 능력을 물려받았다. 이렇게 새로운 일렉트로가 탄생하고, 맥스웰은 숯처럼 검게 타버렸다.

ELECTRO 일렉트로

맥스웰 딜런, 일명 일렉트로는 지구상에서 가장 위대하고 가장 널리 쓰이는 에너지 형태인 전기를 제어하는 인간 발전기다. 화려한 코스튬을 입고 전기라는 난공불락의 에너지를 휘두르지만, 일렉트로는 늘 약간의 열등감을 가슴에 품고 있었다.

ORIGIN

맥스웰 딜런의 가족은 안정적인 직장 생활이 불가능한 가장 때문에 이사를 자주 다녔다. 조너선 딜런은 불같은 성미를 지닌 회계사였다. 그는 자신의 실패를 아내와 아들 탓으로 돌렸고, 맥스웰이 아홉 살이 되기도 전에 이들 모자를 버렸다. 남편이 떠나자 애니타 딜런은 어린 아들에게 모든 관심을 쏟아부었다. 자신에게 남은 유일한 가족인 아들이 실망하는 일이 없도록 보호하는 데 집착적으로 매달렸다. 그리고 맥스웰이 전기 공학자가 되고 싶다고 하자, 그런 일을 할 만큼 똑똑하지는 않다며 단념시켰다. 결국 그는 전기회사의 수리공으로 취직해 자리를 잡았다.

송전선을 고치던 중 벼락을 맞으면서 맥스웰의 삶은 극적으로 변해버렸다.

그러던 어느 날, 맥스웰은 고장 난 전선을 고치다가 벼락을 맞았다. 벼락을 맞고도 살아남았다며 놀라워했지만 그게 다가 아니었다. 어느 때보다 기분이 좋고 기운도 넘쳤다. 이 사고로 그의 몸속에 전기가 충전된 것이다. 맥스웰은 그 즉시 새로 생긴 힘을 시험해봤고, 전기를 발사해서 무기로 쓸 수 있다는 것을 알게 됐다. 새로운 능력에 한껏 들뜬 맥스웰은 난생처음으로 진짜 위험에 도전해보기로 했다. 고전적인 방식으로 재산을 모아보려 한 것이다. 이때부터 그는 코스튬을 입고 일렉트로가 되어 돈을 훔치기 시작했다.

일렉트로는 충전된 손가락으로 전기를 방출할 수 있었다. 또한, 외부 전력원에서 전기를 끌어들여 자신에 몸 안에 흐르게 하는 것도 가능했다.

"정말 놀라워! 몸이 알아서 재충전되고 있어! 난 살아 있는 전기 발전소야!"

— 일렉트로

배터리 수명

한 번은 명예와 존경을 갈망하던 일렉트로가 맨해튼 시내의 전력을 전부 흡수하려고 했다. 특수한 장치에 자신을 부착시켜 도시 전체를 암흑에 빠뜨리려 한 것이다. 하지만 그가 견디기에는 전압이 너무 세서 스파이더맨이 제때 떨어뜨려 주지 않았다면 아마 죽었을 것이다. 과도한 전력 공급으로 일렉트로의 몸은 전기 발생 능력을 일시적으로 잃어버렸다. 하지만 그는 스스로 전기의자에 앉아 거의 죽을 만큼의 전기 충격을 받음으로써 능력을 되찾았다. 최근에 스파이더맨은 그를 무력화시킬 기술을 개발했다.

일렉트로의 몸에 흐르는 전기는 그의 힘을 극단적으로 강화시켜서, 200 ㎏이 넘는 무게도 거뜬히 들 수 있게 한다.

일렉트로의 몸은 1분에 1,000V 에 가까운 전기를 생산하고, 생산량을 최대 100,000V까지 늘릴 수 있다.

일렉트로의 몸은 살아 있는 발전기로, 언제 재충전을 해야 할지 본능적으로 안다.

KEY DATA

첫 등장
어메이징 스파이더맨 #9 (1964. 2)

본명
맥스웰 딜런

소속
시니스터 식스, 시니스터 트웰브, 프라이트풀 포, 에미서리즈 오브 이블

힘/초능력
일렉트로는 자신의 몸을 이용해 전기를 저장하고, 발사하고, 조종할 수 있으며, 전자기장까지 조작이 가능하다. 하늘을 날 수 있는 것은 물론이고, 전선이나 가전제품을 통해 이동할 수도 있다.

MYSTERIO 미스테리오

착시 현상의 달인 미스테리오의 역할을 맡았던 사람은 최소한 한 명 이상이었다. 하지만 어쩌면 그것 또한 교묘한 속임수였는지도 모른다. 미스테리오가 하는 일은 곧이곧대로 믿을 수가 없기 때문이다. 잔인하고 명철하며, 늘 원한을 품고 있는 미스테리오는 지난 수년간 스파이더맨을 괴롭혀왔다.

ORIGIN

어린 쿠엔틴 벡은 영화를 만드는 게 꿈이었다. 영화 촬영용 카메라가 있었던 그는 직접 찰흙으로 만든 괴물들을 주인공 삼아 단편영화를 찍곤 했다. 10대 시절에는 저예산 괴수 스릴러물을 만들었고, 그 후에는 할리우드로 가서 스턴트맨과

본성이 사악했던 미스테리오는 특수효과를 배울 때 스승인 레이 브래드하우스의 비결을 훔치려 했다.

특수 효과 담당으로 일했다. 그 분야에서는 꽤 성공을 거두긴 했지만 무대 뒤에서 일하는 게 시시해진 쿠엔틴은 스포트라이트를 받는 배우나 감독이 되고 싶어졌다. 하지만 스타가 될 만한 외모와 재능이 없었고, 감독이 되기에는 성격이 너무 까다로웠다. 그때 한 친구가 해준 말에서 영감을 얻은 쿠엔틴은 다른 방식으로도 명성을 얻을 수 있다는 것을 깨달았다. 특수 효과와 환상이라는 장기를 살려 슈퍼 히어로가 되는 것이었다. 그렇게 미스테리오가 탄생했다!

〈데일리 뷰글〉이 스파이더맨을 위험인물로 공표하자, 미스테리오는 스파이더맨을 잡으면 신문을 통해 이름을 알릴 수 있겠다고 판단했다. 하지만 문제가 하나 있었다. 스파이더맨은 법을 어기지 않는다는 거였다. 이에 미스테리오는 스파이더맨처럼 분장을 해서 사람들이 그가 범행을 저질렀다고 믿게 했다. 그리고 스파이더맨이 자신을 찾아오게 해서 결투를 벌이지만 승부를 내지는 못했다. 하지만 스파이더맨은 그동안의 범죄가 미스테리오의 짓이라고 의심했다. 스파이더맨이 추궁하자 자만한 미스테리오는 녹음이 되는지도 모르고 범행을 자백했다. 스파이더맨은 그 녹음테이프와 함께 미스테리오를 경찰에 넘겼다. 슈퍼 히어로가 되고자 했던 꿈이 스파이더맨 때문에 부서지자, 미스테리오는 범죄의 길로 완전히 넘어갔다.

스턴트맨으로 일했던 경험은 스파이더맨과 우주 세트장에서 대결을 벌일 때 큰 도움이 됐다.

'영웅'이 되려는 계획이 스파이더맨에 의해 무너진 후부터, 미스테리오는 그를 향한 복수를 계획하기 시작했다. 이때 맺힌 원한을 풀지 못하고 나중에는 데어데블을 향해서도 분노를 표출한다.

> **"목표물이 자기가 이용당한다고 생각하는 대신… 게임의 주제라고 생각하게 만드는 거야."**
>
> — 미스테리오

미스테리오의 트레이드마크는 장갑과 부츠에서 길게 뿜어져 나오는 연기다. 여기에 다양한 독극물과 산성 물질, 환각제를 섞어 상대를 정신착란 상태에 빠지게 할 수도 있다.

변신의 귀재인 미스테리오는 스파이더맨을 처음 만났을 때 외계인으로 분장하고 팅커러라는 범죄자의 동지라고 속였다.

쿠엔틴 벡이 죽은 것으로 알려졌을 때, 그의 오랜 친구인 다니엘 버크하트와 텔레포트 능력자 프랜시스 클럼 등이 미스테리오 역할을 이어받았다. 하지만 결국 오리지널 미스테리오가 돌아와 자기 자리를 되찾았다.

KEY DATA

첫 등장
어메이징 스파이더맨 #2 (1963. 5)
어메이징 스파이더맨 #13 (1964. 6)

본명
쿠엔틴 벡

소속
시니스터 식스

힘/초능력
비록 초능력은 없지만 실제처럼 정교한
특수 효과를 만들어내는 전문가다.
스파이더맨의 거미줄을 녹일 수 있는
연기나 스파이더맨처럼 벽을 탈 수 있는
자석 스프링 신발 등 수십 가지의 치명적인
최첨단 장비로 무장하고 있다.

미스테리오의 헬멧은
안에서는 밖을 볼 수 있지만,
밖에서는 안을 볼 수 없는
특수 유리로 만들어졌다.
또한 30분 정도 호흡할 수
있는 산소도 들어 있다.

연기 구름 속에서도 '시야'
를 확보해주는 음파탐지기가
헬멧에 부착돼 있어,
스파이더 센스와 비슷하게
활용할 수 있다.

일루셔니스트

극적인 연출을 좋아하는 미스테리오는 실제로 아무런
초능력이 없음에도 불구하고, 스파이더맨이 접해 보지
못한 가장 정교한 범죄 계획을 만들어왔다. 그는 상대가
자신의 기괴한 모험에 참여할 수밖에 없는 시나리오를 짜
놓고, 그들의 마음을 가지고 논다. 스파이더맨의 친구와
적들을 가짜로 되살아나게 하는가 하면, 자기가 자살한
것처럼 꾸미는 등 스파이더맨이 스스로의 정체성과
자신을 둘러싼 현실을 혼란스러워하게 만들었다.
미스테리오의 계략은 정말로 그럴듯해서, 자취를 감추고
싶은 범죄자들이 자기가 죽은 것처럼 꾸며달라며 그에게
일을 맡기기도 한다. 그동안 스파이더맨을 속여서 해리
오스본이나 메이 숙모 등 그가 사랑하는 사람들이
죽었다고 믿게 만들기도 했다.

범죄자의 삶

실험실에서의 폭발 사고로 이전보다 더 힘에 굶주린 미치광이가 된 노먼 오스본은 불법적인 행위로 부를 쌓아야겠다고 마음먹었다. 처음에는 스콜처나 헤즈맨 같은 코스튬 입은 슈퍼 빌런을 고용했지만 스파이더맨이 그들을 물리치자, 직접 나선다. 자신의 회사에서 개발한 화학품으로 무기를 만들고 코스튬까지 제작한다. 이제 남은 건 한 가지, 세상에 드러낼 자신만의 마스크를 정해야 했다. 결국 그는 그린 고블린의 얼굴을 선택했다.

노먼 오스본의 괴상망측한 녹색 코스튬과 마스크는 어린이들의 악몽인 그린 고블린 괴물을 참고해 만든 것이다.

그린 고블린은 '마술 가방'에 최루탄, 연막탄, 소이탄 등 온갖 신기한 탄알을 넣고 다닌다.

KEY DATA

첫 등장
어메이징 스파이더맨 #14 (1964. 7)

본명
노먼 오스본

소속
시니스터 트웰브, 썬더볼츠, 카발, 해머, 다크 어벤저스

힘/초능력
그린 고블린 혈청으로 노먼 오스본에게 강화된 지능과 힘, 반사 신경, 민첩성, 속도, 내구력 그리고 재생 능력이 생겼다. 수류탄처럼 쓰는 호박 폭탄과 비행 물체인 고블린 글라이더같이 무시무시한 첨단 무기로 무장했으며, 전투에 나갈 땐 몸을 보호하기 위해 쇠사슬 갑옷 튜닉을 입는다.

그린 고블린의 대표적인 무기는 할로윈을 대표하는 작은 호박등처럼 생긴 호박 폭탄이다.

그린 고블린은 슈피리어 스파이더맨에게 패한 후에 자취를 감췄다. 그리고 성형수술로 얼굴을 바꿔 자신이 노먼 오스본이라는 사실을 아무도 모르게 했다.

오스본은 최대 시속 140km인 고블린 글라이더를 개발했다. 원래는 로켓 모양의 '브룸스틱'을 타고 다녔지만, 양 날개에 칼날이 달리고 조종도 훨씬 쉬운 글라이더로 갈아탔다.

GREEN GOBLIN 그린 고블린

노먼 오스본을 단순한 정신병자로 취급하는 건 불공평한 처사다. 스파이더맨의 가장 강력한 적인 그린 고블린은 벽 타기 전문가 스파이더맨을 처치할 더 큰 힘을 얻기 위해 자신의 죽음까지 가장했다.

"이제 알겠나, 피터? 내가 원하기만 하면 너 같은 건 언제든지 처리할 수 있었어…."

— 그린 고블린

ORIGIN

노먼 오스본은 아주 어렸을 때부터 부와 권력을 향한 욕망을 키워왔다. 그의 부친인 앰버슨 오스본은 사업에 실패한 발명가였는데, 어린 아들에게 분노를 표출할 때가 많았다. 아버지에게 재정적인 안정을 기대할 수 없다는 걸 깨달은 노먼은 방과 후에 일을 하면서 차곡차곡 돈을 모았다. 의욕과 열정이 넘쳤던 노먼은 대학에서 화학과 경영, 전기공학을 전공했다. 그리고 그때 친해진 멘델 스트롬 교수와 함께 사업체를 차렸다. 자본의 대부분을 투자한 노먼의 이름을 따서 회사명은 오스본 케미컬로 정했다. 이후 노먼은 대학 때부터 사귄 여자 친구와 결혼했고, 몇 년 후에는 아들 해리가 태어났다. 하지만 아내는 병을 얻어 죽고 말았다. 부인을 떠나보낸 노먼은 일에만 전념하면서 어린 해리에게는 거의 신경을 쓰지 않았다. 동업자인 멘델이 회사 자금을 횡령했다는 걸 알게 된 노먼은 그를 신고해서 구속시키고 회사를 독차지했다. 멘델의 연구 노트를 살펴보던 노먼은 인간의 힘과 지능을 증가시키는 화학물질의 제조법을 발견하고, 직접 실험을 해보기로 한다. 하지만 아버지에게 화가 난 해리가 몇 가지 약물을 바꿔치기했고, 이를 모르는 노먼이 약을 섞자 녹색으로 변하더니 폭발해버렸다.

사고 후 병원에서 의식을 되찾았을 때, 노먼은 혈청 개발에 성공했다는 걸 깨달았다. 이전보다 훨씬 강하고 똑똑해진 것이다.

힘과 지능을 강화시킬 혈청을 제조할 때, 거품을 내며 폭발한 약이 자신의 얼굴에 튀자, 그는 실험이 실패했다고만 생각했다.

애초에 그린 고블린의 목적은 스파이더맨을 죽여 범죄자로서의 명성을 얻는 것이었다. 하지만 스파이더맨에게 당할 때마다 반드시 이기고야 말겠다는 집착이 점점 강해졌다.

외계 종족 스크럴의 침공 때 노먼 오스본이 스크럴 여왕을 제거했다. 이로 인해 쉴드의 국장이 된 그는, 조직명을 해머로 바꿔버렸다. 그리고 자신의 위상을 더 높이기 위해 스스로 캡틴 아메리카 같은 '히어로'가 되었다. 아이언 패트리어트가 탄생한 것이다. 하지만 토르의 고향인 아스가르드를 침공하러 간 노먼 오스본은 자신의 악마 같은 본성을 드러냈다.

그린 고블린은 스파이더맨에게 가스를 발사해 스파이더 센스를 약화시켜서 그의 정체를 알아냈다. 하지만 스파이더맨이 전기가 흐르는 전선 다발로 공격하자 노먼 오스본은 기억상실증에 걸렸다.

고블린 혈청은 육체적인 힘과 지능을 강화해주지만, 온전한 정신을 앗아간다는 부작용이 있었다. 하지만 무자비한 노먼 오스본에게 그 정도는 무시할 만한 대가였다.

"네가 아무리 빨라도
영원히 내 공격을 피할 순 없다!
너는 곧 지치겠지만,
이 헐크는 절대 지치지 않는다!"
— 헐크

현대판 지킬 박사와
하이드인 헐크는, 짐승
같은 자아가 사라지면
온화한 지성인 브루스
배너 박사가 된다.

우주상에서 가장 강한
인간으로 추정되는
헐크는 함부로 건드리지
않는 게 좋다.

HULK VS SPIDER-MAN

헐크 VS 스파이더맨

물리학자인 브루스 배너 박사는 피터 파커와 공통점이 많지만, 감마 방사선 노출로 탄생한 짐승인 헐크는 스파이더맨과 정반대라고 할 수 있다. 사나운 본성을 지닌 헐크는 기교를 부리는 건 패기 없는 짓이라고 생각한다. 그래서 우리의 다정한 이웃 스파이더맨이 던지는 농담에 쉽게 화를 내며 그를 벌레처럼 짓눌러버리려고 한다.

최강자와의 조우

그동안 인크레더블 헐크를 상대한 대부분의 사람들처럼 스파이더맨도 우연히 그와 마주쳤다. 뉴멕시코에서 그린 고블린을 쫓아 동굴로 들어갔을 때, 스파이더맨은 의도치 않게 이길 가망성도 없는 싸움에 휘말렸다. 그 동굴을 비밀 은신처로 쓰던 헐크가 스파이더맨이 자신을 공격하러 왔다고 생각한 것이다. 스파이더맨은 싸움을 피하지 않으면서도 도망갈 기회를 정확히 포착했다. 그리고 헐크를 속여 어마어마한 힘으로 바위를 부수게 한 다음, 미로 같은 동굴을 빠져나왔다.

고의성은 없는 괴물

헐크는 자신과 체급 자체가 다르다는 걸 알게 된 스파이더맨은 다시 그와 충돌하게 되면 최대한 조심해야겠다고 생각했다. 그런데 어벤저스가 되기 위한 테스트 미션에서 또 한 번 헐크와 맞붙게 됐다. 헐크가 일부러 문제를 일으키는 것은 아니며 조용히 혼자 있기를 원한다는 것을 깨달은 스파이더맨은 어벤저스 멤버가 되기를 포기하고 헐크를 건드리지 않는다.

두 사람은 그동안 여러 차례 충돌했지만, 스파이더맨이 가장 큰 승리를 거둔 적이 있었으니, 다른 차원의 존재에게서 잠시 코스믹 파워를 받았을 때다. 스파이더맨이 새로 생긴 힘을 십분 활용해서 주먹을 날리자 헐크는 지구 밖 궤도까지 날아갔다. 공기도 없는 우주에서 꼼짝없이 죽게 되었다고 헐크가 체념하고 있을 때, 스파이더맨이 날아와 그의 숨이 멎기 전에 구출해갔다.

크레이븐은 인간과 동물 생리에 관한 깊이 있는 이해를 바탕으로 자신만의 전투 스타일을 고안했다.

첫 번째 사냥

이복동생인 드미트리가 연락을 해왔을 때, 권태기에 빠져 자신의 기술과 능력을 시험해보고 싶었던 크레이븐은 이를 운명으로 받아들였다. 드미트리는 카멜레온이라는 빌런이 돼 있었고, 최근에 생긴 스파이더맨이라는 천적을 쳐부수는 데 크레이븐의 도움이 필요하다고 했다. 크레이븐과의 첫 만남에서 스파이더맨은 주춤했다. 크레이븐의 속도에 놀랐을 뿐 아니라, 그의 치명적인 펀치에 어깨가 마비된 것이다. 돌진하는 코뿔소도 때려잡을 만한 주먹이었다. 하지만 크레이븐은 스파이더맨을 과소평가했고, 결국 한 수 위의 실력을 보인 그에게 패배하고 만다. 그때부터 크레이븐은 스파이더맨을 물리쳐 자신의 사냥을 완성하고야 말겠다고 다짐했다.

크레이븐의 의상은 다년간 터득한 그의 사냥 기술을 반영한다. 단순한 옷이 아니라 포식자로서 그의 능력을 드러내는 표식이라고 할 수 있다.

약초의 돌연변이 유발 효과 덕분에 크레이븐은 2톤에 가까운 무게를 들어 올릴 수 있고, 다 큰 고릴라도 번쩍 들어 내동댕이친다고 알려져 있다.

KEY DATA

첫 등장
어메이징 스파이더맨 #15 (1964. 8)

본명
세르게이 크라비노프

소속
시니스터 식스

힘/초능력
크레이븐은 정글의 온갖 약초로 만든 약을 정기적으로 섭취해서 속도와 반사 신경, 민첩성 그리고 힘을 강화시킨다. 이 약에는 노화를 늦추는 효능도 있어서, 그는 거의 불멸의 존재에 가깝다. 이러한 초인적인 능력을 고려하지 않더라도 그는 충분히 뛰어난 사냥꾼이자 전사이고, 운동선수이자 저격수다. 다양한 무기를 다룰 줄 알며, 전투에서 진귀한 약과 진정제 등을 사용한다.

KRAVEN 크레이븐

외로운 사냥꾼에서 살인자 무리의 우두머리가 된 크레이븐은, 스파이더맨의 천적 중에서 회복력이 가장 강하다. 스스로 목숨을 버리고 나서야 피의 사냥을 멈출 수 있었지만, 죽음마저도 일시적인 현상이었다. 크레이븐은 그저 스포츠맨, 숙련된 킬러일 뿐 아니라 자연의 힘 그 자체였다.

ORIGIN

세르게이 크라비노프는 러시아의 귀족 가문에서 태어났다. 러시아혁명 때 강제로 추방된 세르게이의 부모는 영국에 정착했다. 하지만 적응이 힘든 데다가 생계도 어려워지자 세르게이의 어머니는 끔찍한 우울증에 빠졌고, 세르게이가 어릴 때 자살했다. 일 년도 안 되어, 그의 아버지는 하녀였던 여자와 결혼을 하고, 계모의 임신 사실을 알게 된 세르게이는 분노했다. 그는 아버지가 돌아가신 어머니를 배신했다며 비난했고, 이복동생인 드미트리의 삶을 비참하게 만들었다. 더는 가족들을 보기 싫었던 그는 집을 나갔다. 그때부터 화물선과 기차 등으로 밀항을 했고, 재치와 기지를 발휘해 유럽과 아시아, 아프리카를 돌아다녔다. 마침내 사파리에서 일자리를 얻은 그는 자신이 사냥에 소질이 있다는 것을 알게 됐다. 그 후 수년간 사냥 기술을 갈고닦아 사냥꾼으로 명성을 얻기 시작했다. 정글에서 지내는 동안 우연히 만난 어느 주술사에게서 약을 받아먹은 그는 초인적인 힘과 스피드를 갖게 됐다. 이제 정글에서 동물을 쫓아가 죽이는 것쯤은 우스워지자 자신의 능력에 맞는 새로운 도전이 필요해졌다.

한 기자가 세르게이에 관한 기사를 써준 덕분에 그는 전설적인 사냥꾼으로 이름을 알리게 됐다. 하지만 크라비노프라는 성의 철자를 몰랐던 기자는 '크레이븐' 이라고 줄여서 썼다.

크레이븐은 많은 자녀를 두었다. 그중 블라디미르와 알리요샤라는 아들은 사망했고, 정신 이상자인 딸 아냐는 스파이더맨을 향한 아버지의 집착을 물려받았다.

크레이븐이 쓰는 무기에는 칼과 채찍, 바람총이 있다. 적을 더 효과적으로 쓰러뜨리기 위해 끝에 독을 묻힌 다트를 사용하기도 한다.

크레이븐은 가끔 동물 사냥도 한다. 그는 마치 야생동물처럼 힘을 과시해서 무리를 장악해버린다.

스파이더맨과 펼친 최후의 결전에서 크레이븐은 스파이더맨을 산 채로 묻어버린 후 스스로 목숨을 끊었다. 하지만 이 죽음은 오래 지속되지 않았다.

> **"그건 완벽했어. 진정한 걸작이었다고. 그런데 네가 그 걸작을 빼앗아가 버렸어."**
> — 크레이븐

길고 긴 생에서 그는 여러 여자를 만났는데, 그중 복수심 강한 사샤가 그의 부인이 되었다.

크레이븐은 사냥에서 무기나 약을 쓰는 것으로 알려져 있지만, 짐승 같은 힘을 이용해 맨손으로 사냥감을 제압할 때 특별한 희열을 느낀다.

SINISTER SIX 시니스터 식스

스파이더맨은 아무리 굉장한 능력을 발휘해도 적들과의 대결에서 늘 치열한 접전 끝에 이기곤 했다. 하지만 가장 위협적인 빌런들이 힘을 합쳐 그를 노리자, 스파이더맨은 최대의 위기를 맞았다. 여섯 명의 악당들이 모여 결성한 시니스터 식스는 그 이름처럼 사악하기 그지없었다.

ORIGIN

스파이더맨에게 세 번이나 패배한 후, 닥터 옥토퍼스는 그와 상대하려면 도움의 손길이 필요하다는 것을 깨달았다. 그는 스파이더맨과 겨뤄본 빌런 중에서 가장 악명 높고 강력한 이들과 접촉했다. 결국 다섯 명의 슈퍼 빌런이 닥터 옥토퍼스의 제안을 받아들였다. 일렉트로와 크레이븐 더 헌터, 미스테리오, 샌드맨, 벌처였다. 그린 고블린과 닥터 둠 같은 빌런들은 독자적으로 싸우겠다며 거절했다. 팀이 결성되고 얼마 안 가서 닥터 옥토퍼스는 이 슈퍼 빌런들을 통제할 방법이 없다는 것을 깨달았다. 함께 힘을 합쳐 싸우거나 손발이 맞기가 도저히 불가능한 이들이었다. 닥터 옥토퍼스는 제멋대로인 이들을 바꾸려고 하는 대신, 개개인의 성향에 맞는 전투 계획을 세웠다. 시니스터 식스의 멤버들은 신중하게 선택된 장소에서 각자 스파이더맨과 겨루기로 했다. 스파이더맨이 쓰러질 때까지 한 명씩 돌아가며 싸우기로 한 것이다. 하지만 다행히도 이 계획은 닥터 옥토퍼스가 구상한 대로 돌아가지 않았다.

시니스터 식스와 대결하기 직전에, 스파이더맨의 초능력이 갑자기 사라져버렸다.

살기 위해 국기 게양대에 매달린 스파이더맨은 일렉트로와의 맹렬한 전투에서 초능력을 회복했다.

초능력이 회복되자 스파이더맨은 슈퍼 빌런들의 포위망을 뚫었다. 이제 한꺼번에 여러 빌런을 상대하는 것도 문제없었다.

오리지널 시니스터 식스가 패하고 몇 년 후에 두 번째 팀이 탄생했다. 죽은 크레이븐 대신에 홉고블린이 투입됐다.

"내 범죄 경력의 정점을 찍을 한 방을 준비하고 있어!"
— 닥터 옥토퍼스

닥터 옥토퍼스는 죽어가면서 새로운 버전의 시니스터 식스를 모집했다. 겉으로는 지구온난화를 막아서 세상이 그의 이름을 영원히 기억하게 하겠다는 의도를 내세웠다. 하지만 그들은 비밀리에 지구의 생명체 대부분을 말살시킬 계획을 세우고 있었다.

시니스터 식스는 슈피리어 스파이더맨이 된 닥터 옥토퍼스의 지휘 아래 최근에 '슈피리어 식스'로 개편됐다. 닥터 옥토퍼스는 그들의 정신을 조종해 자신의 슈퍼 히어로로 활동을 돕게 했지만, 멤버들은 곧 그에게서 등을 돌렸다.

KEY DATA

첫 등장
어메이징 스파이더맨 애뉴얼 #1 (1964. 1)

다른 버전
시니스터 세븐, 시니스터 트웰브,
시니스터 식스티 식스, 시니스터 식스틴

주요 멤버
닥터 옥토퍼스, 벌처, 샌드맨, 미스테리오,
크레이븐, 일렉트로, 홉고블린, 고그, 비틀,
스콜피아, 쇼커, 베놈(에디 브록), 크레이븐
II, 미스테리오 II, 카멜레온, 리저드, 그린
고블린, 하이드로맨, 라이노, 베놈(맥 가간),
부메랑, 해머헤드, 톰스톤, 오버드라이브,
리빙 브레인, 스피드 데몬, 비틀(재니스
링컨)

스파이더맨이
일시적으로 초능력을
잃었던 것은 벤
삼촌의 죽음으로 인한
죄책감이 무의식적으로
그의 힘을 억눌렀기
때문이었다.

미스테리오는 환상을
이용해 스파이더맨이
오리지널 엑스맨과
싸우고 있다고 믿게
만들었다.

닥터 옥토퍼스는 이후에
구성된 시니스터 식스에게
스파이더맨에게 한 명씩
덤비지 말고 한꺼번에
공격하라고 지시했다.

오리지널 멤버

오리지널 시니스터 식스는 첫 번째 계획을 실행에
옮기면서 데일리 뷰글의 비서인 베티 브랜트가
스파이더맨의 삶에서 중요한 부분을 차지한다는
것을 알아냈다. 그들은 스파이더맨을 자극하기 위해
그녀를 납치했고, 근처에 있던 무고한 시민 한 명도
함께 데려갔다. 바로 피터의 숙모 메이였다. 일렉트로와
크레이븐, 미스테리오, 샌드맨, 벌처를 물리친
스파이더맨은 거대한 어항으로 유인돼 들어갔다.
물속에는 마지막 결투를 위해 산소통과 마스크까지
갖춘 닥터 옥토퍼스가 있었다. 불리한 상황이었지만
스파이더맨은 포기하지 않았다. 끝까지 숨을 참아 닥터
옥토퍼스를 제압하고 베티와 메이 숙모를 구해냈다.

스콜피온이 꼬리를 채찍처럼 휘두르면 최대 시속 145㎞ 까지 속도가 나온다. 그는 이 꼬리를 스프링처럼 사용해서 9m 높이까지 뛰어오를 수 있다.

KEY DATA

첫 등장
어메이징 스파이더맨 #19 (1964. 12)

본명
맥도널드 '맥' 가간

소속
마스터즈 오브 이블, 시니스터 트웰브, 썬더볼츠, 다크 어벤저스

힘/초능력
맥 가간은 강화된 힘과 스피드, 내구력, 반사 신경 그리고 민첩성을 지니고 있다. 또한 무기화된 꼬리가 달린 강력한 전투 슈트를 갖고 있다. 최근에 업그레이드된 슈트는 더 크고 튼튼하다. 게다가 집게가 추가되었고, 꼬리는 더욱 강력해졌다.

스콜피온은 강화된 손힘만으로도 스파이더맨의 거미줄을 찢을 수 있다. 펀치 한 번으로 콘크리트를 부술 수도 있다.

스콜피온의 전투 슈트는 스틸 메시로 만들어져서 소총 공격 정도는 거뜬히 막아낸다.

스콜피온의 이야기

스콜피온의 꼬리는 그의 슈트를 빛내는 꽃이라고 할 수 있다. 슈트에는 맥 가간의 척추와 연결된 인공두뇌가 있는데, 그 덕분에 몸에 달린 팔다리처럼 꼬리도 쉽게 제어할 수 있다. 꼬리에는 유연한 강철 뼈대가 들어가 있고, 각각의 분절마다 별개의 모터와 전원 공급 장치가 달려 있어서 스파이더맨 같은 적들을 상대할 때 무시무시한 무기가 된다. 물론 맥 가간이 이에 익숙해지는 데는 시간이 조금 걸렸다. 1.8m짜리 꼬리를 달고 걷는다는 게 쉬운 일은 아니었지만, 그는 오랜 시간을 할애해서 꼬리 사용법을 터득했다. 이제는 어떤 버전의 슈트를 입어도 상황에 따라 꼬리를 곤봉처럼 휘두르거나 다섯 번째 다리로 사용할 수 있다.

스파이더맨이 상대한 적 중에 그보다 강력한 빌런은 스콜피온이 처음이었다. 스파이더맨도 최고의 힘을 구가하던 시기였지만, 첫 대결에서 스콜피온이 승리를 거뒀다.

가간이 잠시 베놈으로 활동할 때, 카밀라 블랙이라는 젊은 여성 스콜피온이 나타났다. 한동안 정부 기관인 쉴드에서 일하다가 프리랜서로 전업한 것이다.

"스파이더맨은 절대 스콜피온을 이길 수 없다는 거 몰라?"
— 스콜피온

최근에 스파이더 슬레이어인 알레스테어 스마이스가 가간의 힘을 업그레이드해줬다. 이제 스콜피온은 그 어느 때보다 크고 강력해졌다.

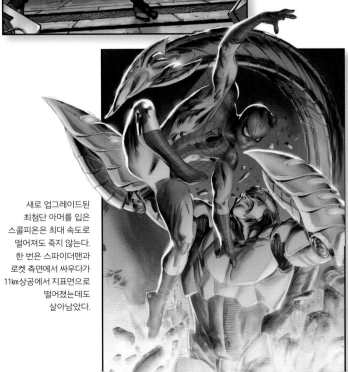

새로 업그레이드된 최첨단 아머를 입은 스콜피온은 최대 속도로 떨어져도 죽지 않는다. 한 번은 스파이더맨과 로켓 측면에서 싸우다가 11km상공에서 지표면으로 떨어졌는데도 살아남았다.

SCORPION 스콜피온

진짜 전갈이 거미를 잡아먹듯이, 스콜피온도 스파이더맨을 죽이는 것이 삶의 목표다. 게다가 이 슈퍼 빌런에게는 그럴 만한 힘이 충분히 있다. 치명적인 꼬리 덕분에 스파이더맨보다 두 배는 강한 스콜피온은 진정한 살인 기계라 할 수 있다.

ORIGIN

스콜피온이 되기 전에 맥도널드 '맥' 가간은 빈털터리 사립탐정이었다. 짠돌이로 유명한 데일리 뷰글의 사장 J. 조나 제임슨은 탐정 수임료가 싸다는 이유로 그에게 관심을 가졌다. 피터 파커가 어떻게 스파이더맨의 사진을 그렇게 잘 찍어오는지 궁금했던 제임슨은 맥 가간을 고용해 피터를 미행하게 했다. 하지만 피터는 스파이더 센스를 발휘해 그를 쉽게 따돌렸다. 미행에 실패했다고 보고하러 간 그는 제임슨에게 새로운 계획에 대해 들었다. 제임슨은 동물 돌연변이의 원인을 밝혀냈다고 주장하는 팔리 스틸웰이라는 과학자를 알게 됐다. 실험 샘플을 확인한 그는 스틸웰에게 거래를 제안했다. 스파이더맨보다 강력한 사람을 만들어달라고 한 것이다. 제임슨은 바로 이 계획에 가간을 가담시키려고, 그에게 1만 달러를 주며 이 위험한 실험에 자원해달라고 했다. 일련의 방사능과 화학 요법을 거쳐 맥 가간은 거미의 천적인 전갈의 힘을 얻게 됐다.

맥 가간은 사립탐정으로 일할 때도 다소 부도덕한 면이 있었는데, 제임슨은 가간의 그런 성격을 최대한 이용했다.

그는 새로운 힘을 바로 시험해봤다. 첫 승부에서는 스파이더맨을 꺾었지만, 얼마 지나지 않아 자신이 두려워해야 할 것은 스파이더맨의 힘이 아니라 지능이라는 사실을 알게 됐다. 그다음 승부에서 스파이더맨이 거미줄로 스콜피온을 바닥에 고정시켜버린 것이다. 스콜피온이 꼼짝도 못 하는 동안 스파이더맨은 스파이더 센스로 스콜피온의 공격을 피하고, 반대로 그에게 수십 가지 공격을 퍼부었다.

힘에 대한 갈망이 컸던 가간은 제임슨의 제안을 받아들이고, 일련의 과정을 거쳐 스콜피온으로 변신했다. 하지만 나중에 자신과 거리를 두려 하는 제임슨을 보고 실험의 후원자였던 그를 향한 강한 증오를 키우게 됐다.

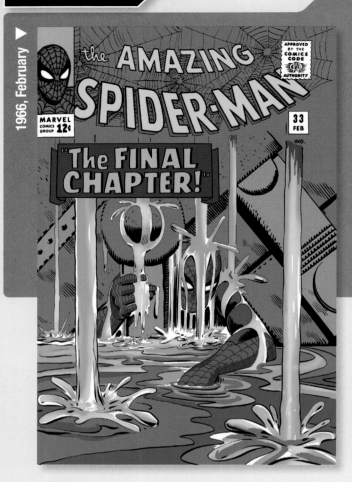

1966, February

the AMAZING SPIDER-MAN

MARVEL COMICS GROUP 12¢

33 FEB IND.

"The FINAL CHAPTER!"

THE AMAZING SPIDER-MAN

어메이징 스파이더맨

#33

"하지만 난 포기 못 해. 계속해야만 해! 난 그래야만 해!"

— 스파이더맨

편집장
스탠 리

표지아티스트
잭 커비, 스티브 딧코

작가
스탠 리

원화가
스티브 딧코

선화인
스티브 딧코

레터러
아트 시멕

주요 캐릭터: 스파이더맨, 메이 파커 숙모, 커트 코너스 박사,
J. 조나 제임슨, 베티 브랜트

보조 캐릭터: 프레데릭 포스웰, 베넷 브랜트, 크레이븐(카메오)

주요 장소: 뉴욕의 병원, 코너스 박사의 실험실, 닥터 옥토퍼스의
수중 은신처, 데일리 뷰글 사무실, 뉴욕의 길거리

BACKGROUND

TV 드라마 〈댈러스〉의 "누가 J. R.을 쏜 거지?"처럼 수수께끼 같은
홍보 문구나 인기를 끈 드라마 〈로스트〉의 불가사의한 상황과는 비교가
안 될지 모르지만 1965년, 스파이더맨의 팬들에게도 끊임없이 머리를
굴리게 만드는 미스터리가 있었다. 정체를 알 수 없는 '마스터 플래너'는
도대체 누구인가 하는 것이었다.

〈어메이징 스파이더맨 #31〉에 처음 등장한 마스터 플래너는 지하 세계에
처음 발을 들여놓은 새로운 인물로 보였다. 그의 이국적인 수중 은신처에는
보라색 제복을 입은 수백 명의 부하가 배치돼 있었다. 스파이더맨의
독자들은 #32가 출간될 때까지 기다린 후에야 마스터 플래너가 사실은
스파이더맨의 오랜 천적인 닥터 옥토퍼스라는 사실을 알게 됐다. 그리고
피터 파커가 사랑하는 메이 숙모의 생명이 위독해지면서 펼쳐지는 복합적인
스토리라인 속으로 빠져들었다.

하지만 스탠 리와 마블이 독자들을 매달 끌어모으기 위해 미스터리를
사용했던 건 이번이 처음은 아니다. 그중에서도 가장 성공적이었던 시도는
베일에 싸였던 주요 빌런, 그린 고블린의 정체였다. 이렇게
호기심을 자극하는 서브플롯은 만화에 재미를 더했으며, 매회
독립적인 이야기를 꾸려가는 경쟁사의 코믹북보다 연재물이라는
느낌을 더 강하게 풍겼다.

"메이 숙모, 제가 할 수 있는 건
이제 기도뿐이에요!"
— 스파이더맨

THE STORY

자신의 한계를 넘어서는 거대한 중장비에 깔렸지만 사랑하는
숙모의 생사가 스파이더맨의 탈출에 달려 있었다. 이곳을
빠져나가려면 젖 먹던 힘까지 쥐어짜야만 했다.

혈청 ISO-36은 미 서부에서 개발된 것으로, 방사선 중독을 크게 완화해
준다고 알려졌다. 하지만 피터 파커는 단순한 과학적 호기심에서 이 약에
관심을 보이는 게 아니었다. 그에게 ISO-36은 메이 숙모를 살릴 수 있는
마지막 희망이었다.[1]

몇 주 전, 병든 숙모를 위해 피터는 기꺼이 헌혈에 나섰다. 수혈을 받은
숙모는 완쾌되는 듯 보였지만 얼마 후 스파이더맨의 방사능 혈액이 그녀를
더욱 약하게 만들었고, 결국 죽음을 앞두게 됐다. 리저드로 변했다가
돌아온 커트 코너스 박사의 실험실을 찾아간 스파이더맨은 ISO-36이라는
혈청이 있다는 걸 알게 되고, 비싼 약값을 대기 위해 자신의 과학 장비를
전부 저당 잡힌다. 멀리 서부에서부터 약을 배송받을 수 있도록 코너스
박사가 조처를 해줬지만, 두 사람이 꿈에도 모르는 사실이 있었으니
스파이더맨의 오랜 천적도 이 약에 눈독을 들이고 있다는 것이었다.

마스터 플래너라는 위장 신분으로 살던 닥터 옥토퍼스는 뉴욕에
도착한 혈청을 훔쳐 비밀 수중 본부로 가져오라며 부하를 파견했다. 이
혈청을 연구해서 방사선의 원리를 밝혀내 더 큰 힘을 얻으려는 것이었다.
스파이더맨은 그의 본부를 추적해 안으로 들어가지만 격렬한 몸싸움
도중에 중장비 더미에 깔려버렸다. 가까운 거리에 ISO-36 용기가
있었지만 잡을 수가 없었고, 수중 은신처의 망가진 구조물에서는 서서히
물이 새기 시작했다.[2]

위독한 메이 숙모와 먼저 떠나간 사랑하는 벤 삼촌을 떠올리며 내면의
힘을 끌어모은 스파이더맨은 결국 불가능한 일을 해냈다. 잔해물을 들어
올리고 마침내 자유의 몸이 된 것이다.[3] 그리고 심한 부상에도 ISO-36
용기를 꼭 쥔 채[4], 스쿠버 장비를 입은 닥터 옥토퍼스의 부하들을 뚫고
물에 잠긴 방을 빠져나왔다. 물이 차지 않은 방으로 들어서자 수십 명의
부하가 더 나타나 그를 막았지만[5], 겨우 탈출해서 코너스 박사의 실험실로
달려갔다.

스파이더맨은 코너스 박사와 함께 혈청을 테스트했다.[6] 그는 코너스가
보지 않을 때 자신의 방사능 혈액 샘플을 채취했다. 그리고 어디서 난
누구의 혈액인지 알려주지 않은 채, 샘플에 혈청 검사를 했다.[7] 이 혈청이
자신의 방사능 혈액에 반응한다면 숙모에게도 효과가 있을 거라고 생각한
것이다. 검사가 끝나자 혈청을 병원으로 가져갔고, 그 정도 양이면 숙모를
치료하기에 충분하기를 바라는 수밖에 없었다. 숙모의 경과를 기다리는 두
시간 동안 피터는 제정신이 아니었다. 창고로 돌아간 스파이더맨의 눈에
아직 기절해 있는 마스터 플래너의 부하들이 보였다.[8] 그는 경찰에
신고하고 놈들이 체포되는 장면을 카메라로 찍었다.[9] 그리고 데일리
뷰글에 가서 흥분한 J. 조나 제임슨에게 이 사진들을 넘겼다.[10]

피터는 재빨리 병원에 있는 숙모의 곁으로 달려갔다. 의사들은
스파이더맨이 가져온 혈청으로 숙모의 혈액 기능 저하가 멈췄으며, 곧
회복될 거라는 소식을 전했다. 잠시 깨어난 메이 숙모는 피터의 손을 잡고
미소까지 지었다.[11] 스파이더맨이 승리한 것이다. 스파이더맨이 이 모든
일을 어떻게 해결했는지 의사들이 당황스러워하는 동안, 피터는 집으로
가서 마침내 그에게 꼭 필요한 휴식을 취할 수 있었다.

RHINO 라이노

이름에서 알 수 있듯이 짐승처럼 강한 라이노는 스파이더맨의 가장 강력한 적 중 한 명이다. 그래도 다행히 가장 똑똑한 적은 아니다. 하지만 놀라운 투지 하나만으로도 라이노의 부족한 머리를 만회하기에 충분하다.

ORIGIN

알렉세이 시체비치가 인생에서 원하는 건 단 세 가지였다. 돈, 힘 그리고 여자. 하지만 전문 범죄자들 밑에서 삼류 깡패로 일하던 가난한 러시아 이민자에게는 세 가지 다 먼 이야기였다. 그는 지역 사채업자들이 힘쓸 일이 필요하면 고용하는 해결사일 뿐이었다.

알렉세이는 몇 개월간 여러 번에 걸쳐 화학 치료와 방사선 치료를 받아 라이노가 되었다.

하지만 아머 슈트를 개발한 외국 스파이 단체의 실험에 자원하면서 그의 삶은 극적인 전환을 맞이했다. 인센티브로 1만 달러의 성과급을 받기로 한 그는 몸집을 키우는 화학 및 방사선 치료를 받는 데 동의했다. 또한 신체에 두꺼운 물질을 이식하는 고통스러운 수술을 통해 그의 형태에 맞게 제작된 '코뿔소' 껍질과 영구적으로 결합했다. 거의 완벽에 가까운 저항성을 지닌 물질이었다. 이로 인해 그의 힘과 체력, 내구력이 급격히 증가했다. 하지만 그의 마음만은 평범했던 원래 상태 그대로 남아 있었다.

스파이 그룹의 적을 치러 나선 라이노는 실수로 자신의 편을 공격해서 초토화했고, 이를 본 상대 진영에서 그를 고용했다. 알렉세이는 그런 실수 따위는 신경 쓰지 않았다. 머리로는 인정 못 받아도 라이노가 된 이상 이제 힘으로 큰돈을 벌 수 있을 게 분명했기 때문이다.

라이노는 초인적인 힘을 가졌으며, 73톤에 달하는 무게를 들어 올릴 수 있다고 알려졌다. 고통을 거의 느끼지 못하며, 몸집에 비하면 움직임이 상당히 빠른 편이다.

스파이더맨을 정말 싫어하기는 하지만, 라이노는 그를 물리치는 일보다 자신의 임무 완수를 우선시한다. 사례비를 놓치는 건 더 싫기 때문이다.

"내가 바라는 건 너를 한 번 박살 내는 거야. 딱 한 번이면 돼."

— 라이노

라이노는 프로답게 자신의 한계를 인정하고, 하이드로맨이나 부메랑, 비틀 같은 빌런들과 종종 연합한다. 혼자서도 강력하지만 팀으로 덤비면 그를 막을 자가 없다.

라이노가 부인인 옥사나와 함께 살기 위해 은퇴하려 하자, 새로운 라이노가 나타나 그의 역할을 맡는다. 하지만 얼마 후, 그 대체자가 아내를 죽이자 알렉세이는 다시 범죄의 길로 돌아섰다.

어마어마한 지구력 덕분에 라이노는 몇 시간 동안 달려도 지치지 않는다. 최고 속력 시속 160㎞로 달리는 그의 앞을 막고 서 있다가는 운 나쁘게 최후를 맞이할 수밖에 없다.

라이노의 의상은 여러 겹의 방탄 폴리머로 만들어져서 대전차 미사일 공격조차 견딜 수 있다!

KEY DATA

첫 등장
어메이징 스파이더맨 #41 (1966. 10)

본명
알렉세이 시체비치

소속
시니스터 신디케이트, 시니스터 식스, 에미서리즈 오브 이블

힘/초능력
라이노는 강화된 힘과 체력을 지녔으며, 거대한 몸집에도 불구하고 빠르기까지 하다. 코뿔소 가죽과 비슷한 겉 '피부'는 굉장히 조밀해서 웬만한 충격이나 고온에도 손상되지 않는다. 라이노는 고통을 거의 느끼지 못한다.

라이노의 뿔은 칼날처럼 날카로워서 강철도 뚫어버릴 수 있다.

실버 세이블을 살해하고 자취를 감췄던 라이노는 죽은 부인 옥사나를 되살려주겠다는 재칼의 제안에 다시 한 번 어둠의 세계로 돌아왔다.

최고 스피드에 도달했을 때 왼쪽이나 오른쪽으로 방향 전환은 할 수 있지만, 급커브를 돌거나 갑자기 멈추는 건 불가능하다.

돌진하는 라이노를 막는 법

라이노가 스파이더맨을 처음 만난 건 데일리 뷰글의 사장 J. 조나 제임슨의 아들인 존 제임슨을 납치하라는 임무를 맡았을 때였다. 존은 미국의 우주 프로그램에 참여하는 우주 비행사였고, 라이노의 고용주는 그를 최고 입찰자에게 팔려고 했다. 라이노의 계획을 알게 된 스파이더맨은 존을 구하러 달려갔다. 스피드와 민첩성, 전술에서 앞선 스파이더맨이 당시만 해도 경험이 부족했던 라이노를 압도했고, 결국 라이노는 경찰에 체포됐다. 두 사람이 두 번째 만났을 때, 스파이더맨은 특별한 버전의 거미줄 용액을 준비해 갔다. 거미줄에 들어있던 산성 알갱이들이 라이노의 두꺼운 '피부'를 녹여서 공격에 취약하게 만들었다.

KEY DATA

첫 등장
어메이징 스파이더맨 #25 (1965. 6)

본명
없음

소속
없음

힘/초능력
메리 제인은 혼란스러운 피터 파커의
삶에 평화와 이성을 되찾아주는 존재다.
특별한 초능력은 없지만 위험에 처했을
때 총명함과 재치를 발휘하고, 때때로
넘치는 용기와 끈기도 보여준다. 연기의
폭이 아주 넓으며 자기방어 기술도
터득했다.

메리 제인은 직업 모델답게 언제나
뛰어난 패션 감각을 자랑한다.
평상복조차도 명품을 입는다.

힘든 유년기를 보낸 그녀는 감정을
속이는 일에 능숙하다. 이러한 재능은
연기자로 활동할 때나 피터의 활동에
대한 변명을 만들어낼 때 유용하게
쓰였다.

메리 제인은 최근에 백만장자이자
히어로(아이언맨)인 토니 스타크
밑에서 일하게 됐다.

스파이더맨의 여자 친구

피터 파커와의 관계가 진지해지자 메리 제인은
스파이더맨과 사귀려면 큰 대가가 따른다는 사실을
인식하기 시작했다. 스파이더맨의 삶에는 늘 위험이
도사렸기에, 그녀는 피터가 무사히 귀가하기를 바라며
애를 태우는 건 물론이고 자기 자신의 안전까지
걱정해야 했다. 그동안 메리 제인은 툼스톤이나 2대
그린 고블린 등에게 공격을 당했다. 하지만 그녀에게
제일 큰 충격을 준 건 베놈과의 만남이었다. 베놈은
처음 등장하자마자 메리 제인과 피터의 아파트로 곧장
쳐들어갔다. 그리고 혼자 있는 메리 제인에게 피터가
어디 있는지를 물었다. 베놈의 방문으로 잔뜩 겁을 먹은
메리 제인은 이사를 하자고 피터를 설득했다.

MARY JANE 메리 제인

메리 제인 왓슨은 얼핏 보기에 피터 파커와 정반대의 인물로 보인다. 얼굴에서 미소가 떠나지 않는 그녀는 그저 놀기 좋아하고 만사태평한 파티 걸로 보이지만, 그런 외모에 속아서는 안 된다. 사실은 예쁜 얼굴 너머에 훨씬 더 많은 것을 감추고 있다.

ORIGIN

메리 제인은 필립과 매들린 왓슨의 딸이다. 그녀의 어머니는 연극을 전공했고, 아버지는 작가를 꿈꾸는 영문학도였다. 두 사람은 대학을 졸업하자마자 결혼했다. 하지만 작가로 등단하는 일이 뜻대로 되지 않자 필립은 자신이 집중을 못 하는 건 가족들 때문이라며 언어폭력을 일삼았다. 관계가 계속 악화되자 매들린은 어린 두 딸 게일과 메리 제인을 데리고 남편을 떠났다.

하지만 왓슨 가족의 삶은 점점 더 수렁으로 빠져들었다. 게일은 고등학교 졸업 직후에 남자 친구인 티머시 번스와 결혼했다. 티머시는 변호사가 되고 싶었지만 두 사람에게 바로 아이가 생겼다. 로스쿨에서 중압감을 이기지 못하던 티머시는 게일이 또다시 임신을 하자 그녀를 버렸다. 비극은 거기서 멈추지 않았다. 게일이 둘째를 낳기 직전에 메리 제인의 엄마가 세상을 떠난 것이다. 게일은 여동생에게 도움을 청했지만, 메리 제인은 언니 때문에 배우의 꿈을 포기하고 싶지 않았다. 그래서 그녀는 포리스트힐스에 사는 고모 애나 왓슨과 함께 살겠다며 떠났다. 그곳에서 지내는 동안 고모는 메리 제인에게 그녀의 인생을 송두리째 바꿔버릴 남자를 소개한다. 피터 파커라는 젊은이였다.

피터는 숙모가 제안한 만남을 내켜 하지 않았지만, 마침내 메리 제인을 만났을 때 그녀의 미모에 넋을 잃고 말았다.

메리 제인은 벤 삼촌이 살해된 날 밤, 피터의 침실에서 나오는 스파이더맨을 보고 피터의 이중생활을 눈치챘다. 하지만 몇 년이 지나서야 피터에게 그 사실을 털어놓았다.

피터와 함께 살 때, 메리 제인은 그린 고블린인 해리 오스본에게 납치됐다. 놀란 메리 제인은 두려움에 떨었지만 해리는 친구를 해칠 마음이 없었다.

유명 모델이자 〈시크릿 호스피탈〉이라는 드라마로 스타가 된 메리 제인은 화려하고 매혹적인 삶에 익숙하다.

메리 제인에게는 많은 추종자가 있었지만, 예전 집주인인 조너선 시저보다 극단적이고 위험한 사람은 없었다. 그는 심지어 메리 제인을 납치하기도 했다.

메리 제인과 피터는 더 이상 연인 사이가 아니었지만 서로를 향한 강렬한 감정은 사라지지 않았다. 피터의 이중생활을 아는 몇 안 되는 사람 중 한 명인 메리 제인은 그의 진정한 친구로 남아 있다.

스파이더맨은 성장하고 있었다. 격동의 1970년대를 보내며 그는 사랑하는
사람들의 죽음을 겪었고, 친한 친구가 마약 중독에 빠지는 것을 지켜봐야만 했다.
논란을 일으키기도 했지만 스파이더맨은 그 어느 때보다 큰 인기를 얻었으며,
〈피터 파커: 스펙타큘러 스파이더맨〉이라는 새로운 월간 만화까지 탄생했다.

THE
1970s
1970년대

스파이더맨에게는 살아남느냐 망하느냐의 갈림길이었다. 1971년에 우리의
코믹북 히어로는 난생처음으로 스탠 리의 도움 없이 마블 유니버스를 헤쳐
나가야 할 위기에 처했다. 〈어메이징 스파이더맨〉의 역사적인 100번째
발행호(이때 스파이더맨에게 네 개의 팔이 더 생겼다)를 내놓은 후, 스탠은 작가
자리에서 그만 물러나 다른 길을 찾기로 마음먹었다. 훗날 한두 번 펜을
들기는 했지만, 그가 다시 스파이더맨의 방향을 제시해주는 일은 없었다.
스파이더맨의 창작진이 바뀐 게 이번이 처음은 아니었다. 전설적인
아티스트 스티브 딧코가 1966년에 38호를 끝으로 떠난 후, 역시 유명한
아티스트인 존 로미타가 그 자리를 대신했다. 존 뷰세마가 상당량의
발행호에서 데생을 맡았고, 길 케인이 스파이더맨을 그린 적도 몇 번
있었다. 그러나 스탠의 부재는 스파이더맨 시리즈가 맞이한 엄청난
시련이다. 다행히 시리즈는 성공적으로 시험에 통과했다. 게리 콘웨이
같은 미래지향적인 작가들의 획기적인 작업으로 〈어메이징 스파이더맨〉은
회를 거듭할수록 이름처럼 어메이징해졌다.

뒤 페이지 *어메이징 스파이더맨* **#103** (1971. 12)

스파이더맨은 홍그라운드에서 상대하는 빌런으로는
만족 못 한다는 듯이 종종 신기하고 이국적인 장소로
여행을 떠나곤 했다. 선사시대의 '새비지 랜드'에서는
거인 고그를 상대하기 위해 가치르와 한 팀이 되었다.

THE DEATH OF THE STACYS
스테이시 부녀의 죽음

과학 전공인 아름다운 학부생 그웬 스테이시는 피터 파커의 마음을 완전히 사로잡은 첫 번째 여성이었다. 두 사람의 관계가 진지해지면서 피터는 이전에 만난 그 어떤 여자보다 그웬을 더 사랑하게 됐고, 남은 생을 그녀와 함께 보내고 싶어졌다. 하지만 운명은 그들을 가만히 내버려 두지 않았다.

비극의 시작

몇 번의 데이트 후, 그웬 스테이시와 피터 파커는 더욱 진지한 사이가 되었고, 그웬은 피터를 아버지인 전직 경찰, 조지 스테이시에게 소개했다. 그는 피터에게 친절했고, 무엇보다 스파이더맨의 지지자였다. 피터처럼 조지의 마음속에도 영웅심이 가득했다. 조지의 영웅심은 스파이더맨과 닥터 옥토퍼스가 옥상에서 전투를 벌이던 중에 증명됐다. 무고한 아이에게 돌무더기가 무너져 내리자 조지가 뛰어들어 막은 것이다. 그는 자신을 희생하며 아이의 목숨을 구했다.

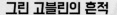

충격에 휩싸인 스파이더맨은 파편 속에서 여자 친구의 아버지를 끌어냈다. 죽음이 임박했음을 안 조지 스테이시는 자신이 추론을 통해 스파이더맨의 정체를 알아냈다고 밝힌다. 그리고 피터의 품에서 죽어가며 그웬을 보살펴달라고 부탁한다. 비록 조지 스테이시는 평안하게 자신의 운명을 받아들였지만, 피터는 그의 죽음을 두고 내내 자신을 원망했다.

돌아온 그린 고블린

조지 스테이시가 죽고 얼마 후, 피터의 친구들에게도 문제가 생기기 시작한다. 해리 오스본이 마약에 손을 대기 시작했고, 그런 아들을 상대하던 아버지 노먼 오스본은 광기에 휩싸여 그린 고블린 활동을 재개하기에 이른다. 노먼은 해리가 잘못된 게 피터의 탓이라 생각하고, 복수를 위해 피터의 여자 친구 그웬 스테이시를 납치한다.

그린 고블린의 흔적

스파이더맨이 돌아와 보니 집은 난장판이 되어 있었고, 그웬의 가방 위에 그린 고블린의 트레이드마크인 호박등이 놓여 있었다. 스파이더 센스를 이용해 그린 고블린을 추적한 스파이더맨은 조지 워싱턴 다리 꼭대기로 그를 쫓아갔다.

노먼 오스본은 마약에 중독된 친구 해리 때문에 심란해하고 있는 그웬에게 몰래 다가가 그녀를 납치했다.

"넌 내가
사랑하는 여자를 죽였어.
네 목숨으로
이 원수를 갚아주마!"
— 스파이더맨

조지 워싱턴 다리 꼭대기에서 스파이더맨과
격렬한 싸움을 벌이던 그린 고블린은 그웬을
옆으로 밀어버렸다. 스파이더맨이
거미줄을 쏴서 떨어지는 그웬을
잡았지만, 줄을 끌어당겨 보니
그녀는 이미 죽어 있었다. 이를
본 스파이더맨은 충격에
휩싸였다. 스파이더맨이
슬퍼하는 사이에 그린
고블린은 멀리
도망쳤다.

복수
스파이더맨은 그린 고블린을 찾아내 끝장내려
했다. 하지만 아무리 증오심이 커도 자신은 남의 목숨을
빼앗을 수 없다는 것을 알았다. 그린 고블린을 제압하려는 순간,
노먼은 텔레파시로 글라이더에게 스파이더맨을 찌르라고 명령했다.
하지만 스파이더 센스로 이를 감지한 스파이더맨이 몸을 피하자,
글라이더는 노먼을 찔렀고, 그는 숨을 거뒀다. 아니, 그런 것처럼 보인
건지도 모른다.

SPIDER-MAN VS THE PUNISHER

스파이더맨 VS 퍼니셔

고도의 훈련을 받은 해병대원이었던 프랭크 캐슬은 비극적인 사건에 연루된 후, 무시무시한 자경단원인 퍼니셔가 된다. 그는 법의 손길이 닿지 않는 범죄자들을 자신이 직접 처벌해야 한다는 강박관념에 사로잡혀 있다. 스파이더맨은 계속되는 퍼니셔의 처형 의식을 막으려 하지만, 때로는 위험한 적과 싸우기 위해 그와 팀을 이루기도 한다.

처벌

사형 지지자이며 양심의 가책이라고는 없는 살인자 퍼니셔는 사법제도를 신뢰하지 않았다. 하지만 그럴 만한 이유가 있었다. 퍼니셔와 스파이더맨은 그동안 여러 번 맞붙었다. 퍼니셔는 스파이더맨이 살인을 할 용기도 없는 바보 같은 이상주의자라고 무시했다. 스파이더맨은 퍼니셔가 자기만의 이익을 위해 용납할 수 없는 행위를 저지르는 연쇄 살인마라고 생각했다. 스파이더맨은 그동안 이 미치광이 자경단원을 막으려고 울버린과 데어데블을 동원하기도 했다. 하지만 퍼니셔는 늘 마지막 순간에 그의 손아귀를 빠져나갔다.

퍼니셔의 탄생

뉴욕에서 휴가를 보내는 동안, 프랭크 캐슬은 아내와 두 아이를 데리고 센트럴파크에 놀러 갔다가 우연히 갱단의 살인 장면을 봤다. 목격자를 남겨두기 싫었던 갱들은 총을 발사했다. 부인과 아이들은 모두 죽었지만, 의도치 않게 프랭크만 목숨을 건졌다. 이 사건으로 정신적 충격을 받은 프랭크는 갱들을 응징하겠다고 다짐했다. 그는 해군으로서의 경력을 포기하고 범죄와의 전쟁에 뛰어들었다.

목표물: 스파이더맨

스파이더맨을 만나기 전, 퍼니셔는 재칼이 자신처럼 코스튬을 입은 자경단원이라 생각하고 한 팀을 이뤘었다. 재칼은 퍼니셔를 속여 스파이더맨이 살인자라고 믿게 만들었고, 프랭크는 정의를 위해 스파이더맨을 죽이려 했다. 하지만 결투 중에 스파이더맨이 자신의 무죄를 입증했고, 퍼니셔는 자신이 속았다는 것을 깨달았다.

"가끔 그 악마가
나한테로 옮겨온 건지
궁금해져…
하지만 그건 중요하지 않아.
내게 중요한 건
이제 이 일뿐이니까."
— 퍼니셔

불안정한 동맹

스파이더맨과 퍼니셔는 끊임없이 적과 동맹 사이를 오간다. 무고한 시민을 보호하려고 서로 힘을 합칠 때가 많았고, 강력한 천적들을 막기 위해 한 팀이 되기도 했다. 모지스 매그넘이라는 범죄자 겸 무기 밀매상이 불법 감마선 처리를 한 뮤턴트 성장 호르몬(MGH)을 팔려고 할 때도 둘이 힘을 합쳐 그를 추적했다. 하지만 스파이더맨은 퍼니셔가 결국엔 살인자라는 사실을 깨달았다.

퍼니셔가 모지스 매그넘을 암살하기 위한 함정수사를 계획했다. 스파이더맨은 그 방법에는 동의하지 않았지만, 빌런을 잡기 위해 힘을 합쳤다.

스파이더맨의 도움으로 모지스 매그넘을 제압한 후, 퍼니셔는 모지스에게 총을 쐈다. 스파이더맨은 즉시 이 빌런을 병원으로 옮겼고, 그 틈을 타서 퍼니셔는 다시 한 번 멀리 달아났다.

KEY DATA

첫 등장
어메이징 스파이더맨 #31 (1965. 12)

본명
해리 오스본

소속
없음

힘/초능력
노먼 오스본의 고블린 혈청을 마신 해리는 강화된 힘과 반사 신경, 내구력, 속도, 민첩성, 치유력을 얻는다. 또한 하늘을 나는 고블린 글라이더와 고블린의 전매특허품인 호박 폭탄 등 오리지널 그린 고블린의 무기를 활용하면서도 이를 더 개선했다.

해리 오스본은 과거의 마약 중독과 정신병으로 끊임없이 고생한다. 해리는 내면의 악마를 억누르려고 엄청난 노력을 한다.

아버지와 달리 해리는 부나 권력에 아무런 관심도 없다. 그가 원하는 건 단 한 가지, 스파이더맨의 죽음이다.

마음이 아픈 해리

해리 오스본의 사랑에는 늘 운이 따르지 않았는데, 그 자신도 이 점을 매우 가슴 아파했다. 스탠다드 고등학교에 다닐 때는 동급생인 그웬 스테이시에게 마음이 있었지만 고백할 용기를 내지 못했다. 후에 해리는 피터 파커가 소개해준 메리 제인 왓슨과 사귀게 됐다. 하지만 해리가 너무 집착적으로 변하자 메리 제인은 그를 차버렸다. 이 때문에 해리는 마약의 길로 빠져들었고, 비뚤어진 정신 상태로 두 번째 그린 고블린의 역할을 받아들였다.

해리는 아버지의 오래된 장비를 개선했다. 고블린 글라이더의 새 모델을 직접 만들었는데, 훗날 필 유릭도 이 장비를 사용했다.

THE NEW GREEN GOBLIN
새로운 그린 고블린

정신과 의사인 바턴 해밀턴의 도움으로 해리는 정신병을 '치유'할 수 있었다. 해밀턴의 치료로 그린 고블린으로 활동했던 기억이 일시적으로 지워진 것이다. 하지만 해리의 비밀을 알게 된 해밀턴은 이를 이용해 세 번째 그린 고블린이 됐다.

해롤드 '해리' 오스본은 대학에서 피터 파커를 만났고, 두 사람은 곧바로 절친한 친구가 됐다. 하지만 자신의 아버지가 오리지널 그린 고블린이었으며, 피터가 아버지의 원수인 스파이더맨이라는 사실을 알아챈 순간, 모든 것이 변해버렸다.

세 번째 그린 고블린이 등장했을 때, 피터는 해밀턴이 해리를 가둬놓은 줄도 모르고 가면 뒤에 있는 사람이 자신의 친구라고 생각했다. 탈출에 성공한 해리는 해밀턴과 결전을 벌이고, 세 번째 그린 고블린은 결국 자신의 폭탄에 맞아 숨졌다.

ORIGIN

백만장자 기업가 노먼 오스본의 아들인 해리 오스본은 오랫동안 힘든 시간을 보냈다. 어렸을 때 어머니가 돌아가셨고, 권위적이었던 아버지는 일에만 묻혀 살며 아들에게 시간을 내주지 않았다. 그 결과 해리는 자신이 부족한 인간이라고 느끼며 자랐다. 그는 아버지를 원망했지만, 동시에 아버지의 인정을 받기 위해서라면 뭐든 할 생각이었다. 그렇게 자신이 실패자라고 생각한 해리는 마약 중독자가 되었다.

해리는 스파이더맨과 오리지널 그린 고블린의 마지막 결투를 몰래 목격했다. 공포에 질린 채 아버지가 죽는 장면을 본 그는 모든 비난을 스파이더맨에게 돌렸다. 그리고 다른 사람들이 도착하기 전에 아버지의 시신에서 그린 고블린 가면과 코스튬을 벗겼다. 경찰이 죽은 기업가 노먼 오스본을 그린 고블린과 관련지을 수 없게 만든 것이다. 후에 해리는 피터와 함께 살던 아파트에서 스파이더맨 코스튬을 발견하고, 가장 친한 친구가 아버지를 죽인 원수였다는 것을 깨닫는다. 배신감을 느낀 그는 피터의 세계를 파괴하고 자신이 아버지의 후계자가 될 만큼 강하다는 사실을 증명하기 위해 새로운 그린 고블린이 됐다.

> "난 네가 알기
> 한참 전부터
> 이 코스튬을 입었고,
> 널 없애버린 후에도
> 계속 이걸 입을 거야!"
> — 해리 오스본

해리는 그린 고블린 역할에서 물러난 후에도 가끔 그 의상을 입을 수밖에 없었다. 아직 남아 있는 아버지의 오랜 적들과 결투를 벌일 일이 생겼던 것이다.

한동안 해리 오스본이 죽은 것으로 알려졌을 때, 데일리 뷰글사의 기자 벤 유릭의 조카인 필 유릭이 잠시 그린 고블린 역할을 맡았다. 하지만 그는 빌런보다는 히어로에 가까웠다.

해리의 정신은 그가 성인으로 지낸 세월 내내 안정과 불안정 사이를 오갔다. 상태가 좋았던 시기에 그는 피터 파커의 옛 고등학교 친구인 리즈 앨런과 결혼해 정착했다. 두 사람은 '노미'라는 아이도 낳았다. 하지만 어두운 시기에는 다시 그린 고블린으로 돌아가서 그동안 얻은 모든 것을 버리고, 오직 스파이더맨을 무찌르는 데만 집중했다.

1975, October

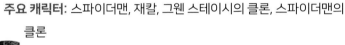

THE AMAZING SPIDER-MAN

어메이징 스파이더맨

#149

"내가 진짜 나인지 의심스러워진다면,
그날부터 영원히 웹슈터를 포기할 거야!"

— 스파이더맨(또는 그의 복제 인간…?)

편집자
마브 울프먼

표지아티스트
길 케인

작가
게리 콘웨이

원화가
로스 앤드루

선화인
마이크 에스포지토

채색가
재니스 코언

레터러
아네트 카웨이

주요 캐릭터: 스파이더맨, 재칼, 그웬 스테이시의 클론, 스파이더맨의
클론

보조 캐릭터: 네드 리즈, 타란툴라, 앤소니 세르바, 메리 제인 왓슨,
조 로버트슨, J. 조나 제임슨, 베티 브랜트

주요 장소: 브루클린 다리, 로어 맨해튼의 폐허가 된 공동 주택,
엠파이어 주립대학교 캠퍼스, 재칼의 실험실, 데일리 뷰글사의
사무실, 시스타디움(구 양키 스타디움), 퀸스의 이름 없는 공동묘지,
피터 파커의 아파트

BACKGROUND

스파이더맨의 역사를 통틀어 가장 논란이 된 스토리라인이 바로 여기서
시작됐다. 1975년에 시작된 이 복합적인 스토리라인은 점점 규모가 커져서,
결국 1990년대에 이르러 '클론 사가'라는 스파이더맨의 세상을 뒤흔든 가장
큰 위기를 만들어냈다. 작가 게리 콘웨이는 논란거리를 만들어내는 데는
도가 튼 사람이었다. 몇 년 전에 스파이더맨의 오랜 연인 그웬 스테이시를
그린 고블린의 손에 죽게 한 장본인이었던 것이다. 149호에서 그웬이 몇 개월
만에 돌아온 것으로 보이자 반가워하던 독자들은, 그녀가 사실은 피터
파커의 교수였던 마일즈 워런이 만든 클론에 불과하다는 사실을 받아들일
준비가 안 돼 있었다. 게다가 최근 피터를 제일 괴롭힌 슈퍼 빌런 재칼의
정체가 워런 교수라고 하자 독자들은 더 큰 충격에 빠졌다. 하지만 과거의
충격은 제쳐놓더라도, 149호에서 갑자기 튀어나온 또 다른 클론은
생각지도 못한 반전이었다. 이 클론은 자그마치 20년 후에 다시 나타나
독자들의 허를 제대로 찌른다.

THE STORY

미치광이 재칼이 파놓은 기이한 함정에 빠진 스파이 더맨은, 무고한 생명을 구하기 위해서 자신의 클론을 물리쳐야만 한다.

스파이더맨의 세상에선 소란이 끊이지 않았다. 최근에는 그리즐리에게 위협을 당했고, 미스테리오의 음모로 스파이더 모빌이 부서졌으며, 재칼이라는 새로운 슈퍼 빌런이 자신을 죽이려 한다는 사실도 알게 됐다. 하지만 스파이더맨의 삶이 아무리 복잡해도 피터 파커를 따라갈 수는 없었다. 메리 제인과의 관계를 발전시키려 할 때, 익숙한 얼굴이 그의 삶에 불쑥 나타난 것이다. 오래전에 죽은 줄만 알았던 피터의 옛 애인 그웬 스테이시였다.

그웬의 이 불가사의한 귀환은 그녀를 향한 피터의 감정을 다시 불러일으켰다. 하지만 그 감정이 무엇인지 고민해보기도 전에 재칼과 그의 공범 타란툴라가 공격해온다. 스파이더맨은 겨우 타란툴라를 물리쳤지만, 마취제가 묻은 재칼의 발톱에 제압당하고 만다. 스파이더맨을 손에 넣은 재칼은 자신이 피터의 생물학 교수였던 마일즈 워런이라고 밝혔다. 로어 맨해튼의 버려진 공동 주택 지하에서 테이블에 묶여 있는 동안, 스파이더맨은 워런의 두서없는 이야기를 꼼짝없이 들어줘야 했다.[1] 포박을 풀고 달려든 스파이더맨과 거친 몸싸움을 펼치면서도,[2] 재칼은 자신의 기괴한 이야기를 꿋꿋이 이어나간다.

재칼의 이야기에 따르면, 피터와 동기생들을 가르칠 당시 그는 그웬 스테이시에게 흠뻑 빠져들었다. 그러다가 그웬이 그린 고블린의 손에 목숨을 잃자, 워런 교수는 스파이더맨을 원망했고 수업 중에 수집했던 그웬의 조직 샘플로 그녀를 복제하려 했다. 실험실 조교인 앤소니 세르바가 이를 눈치채자, 워런은 그를 살해했다. 이 사건의 충격으로 워런은 미쳐버리고,[3] 또 다른 자아인 재칼이라는 인격을 만들었다. 그웬 스테이시의 도플갱어를 만들어낸[4] 그는 스파이더맨을 무너뜨리려 했다.

이야기를 마친 재칼은 도망치면서 그웬 스테이시를 다시 보고 싶다면 자정까지 시스타디움으로 오라고 말한다. 스파이더맨은 그의 말대로 야구장에 도착하지만,[5] 다시 한 번 마취제에 쓰러졌다. 정신을 차렸을 땐 스파이더맨 혼자가 아니었다. 놀랍게도 그의 클론이 바로 옆에 누워 있었던 것이다. 피터와 똑같이 생겼고, 심지어 스파이더맨 의상까지 입고 있었다.

재칼은 두 스파이더맨에게 진짜 피터만이 자신이 포로로 잡은 네드 리즈를 풀어줄 수 있다고 말한다. 네드의 머리 위에서 시한폭탄이 작동하는 것을 본 스파이더맨과 클론은 싸우기 시작했다.[6] 하지만 곧 자신들이 어리석었다는 것을 깨닫고 네드를 구하기 위해 재칼에게로 덤벼든다. 그때, 재칼이 그웬 스테이시의 클론에게 걸었던 최면의 효과가 사라진다. 그웬은 재칼을 살인자라고 비난하며, 그의 계획이 미친 짓이었다는 것을 깨닫게 한다.[7] 이에 재칼은 네드를 스파이더맨과 클론에게 넘겨준다.[8] 하지만 폭탄은 멈추지 않았다. 거대한 폭발 속에서 네드 리즈와 스파이더맨은 살아남았지만, 재칼은 사망했다. 스파이더맨의 클론도 무너진 건물 더미에 깔려 죽은 것으로 보였다.[9]

자욱한 연기가 걷힌 후, 그웬의 복제 인간은 세상을 탐험하겠다며 떠나고, 지친 피터는 집으로 돌아갔다.[10] 현관문을 열려고 할 때, 그의 스파이더 센스가 누군가 침입했다는 사실을 알렸다. 하지만 그를 기다리고 있던 건 다름 아닌 메리 제인의 깜짝 환영식이었다.

> **"다음부턴 법인들과 싸울 때 귀마개를 해야겠어."**
> — 스파이더맨

불운의 상징

원래 검은 고양이는 불운을 가져온다고 알려졌는데, 펠리시아는 이 미신을 이용했다. 그녀는 범죄를 저지르기 전에 주변 지형을 연구하고 탈출 경로를 정했다. 그런 다음 자신을 쫓아오는 사람은 사고를 당하게끔 꾸몄다. 벽이 무너지거나 밧줄이 끊어지고, 자동차가 제멋대로 움직이게 한 것이다. 이렇게 신중하게 계획된 사고를 당한 적들은 블랙캣을 잘못 건드리면 불운이 따른다고 믿게 됐다. 훗날 펠리시아 하디는 어떤 과학자 집단을 만나 초능력을 얻었다. 확률을 바꿔서 불가능할 것 같은 일을 일어나게 만드는 능력이었다. 멀쩡한 기계가 폭발하거나 총이 역발했다. 정교한 함정으로 꾸며냈던, 불운을 가져오는 능력을 이제 정말로 갖추게 된 것이다.

최근에 수술로 면도날처럼 날카롭고 자유롭게 넣었다 뺄 수 있는, 고양이 같은 발톱을 얻었다.

블랙캣은 때로는 코스튬에 장착돼 있는 갈고리도 사용한다. 이 갈고리로 건물 사이를 건너거나, 높은 건물을 기어오르고, 또 전투 중에 적을 공격하는 무기로도 쓴다.

블랙캣은 놀랍도록 민첩하고 반사 신경도 뛰어나다. 공중 돌기나 높이뛰기, 재주넘기 등도 손쉽게 해낸다.

KEY DATA

첫 등장
어메이징 스파이더맨 #194 (1979. 7)

본명
펠리시아 하디

소속
히어로즈 포 하이어

힘/초능력
블랙캣은 넣었다 뺄 수 있는 손톱을 비롯해 다양한 무기를 갖추고 있어 근래에 활동하는 도둑 중 가장 솜씨가 좋다고 알려졌다. 무술과 체조, 잠행에 능하다. 또한 확률을 조작해서 자신에게 맞서는 사람에게 '불운'을 선사하는 초능력까지 갖게 됐다.

블랙캣은 도둑이었던 아버지의 비디오를 보며 연구한 결과, 그의 동작 하나하나를 똑같이 따라 할 수 있게 됐다.

스파이더맨에게 흠뻑 빠져버린 펠리시아는 그의 마음을 얻기 위해 범죄에서 손을 떼고, 스파이더맨을 도와 범죄자들을 물리치기로 결심한다.

"누구나 가끔은
지금까지의 삶에서 벗어날
어떤 계기가 필요하지."
— 블랙캣

블랙캣과 스파이더맨은 한동안 진지하게 사귀었다. 하지만 펠리시아는 스파이더맨의 일반인으로서의 삶에는 관심이 없었고, 그 때문에 둘 사이가 틀어졌다. 블랙캣은 최근에 다시 예전의 삶으로 돌아갔다. 더 이상 스파이더맨의 동지가 아닌 범죄 조직의 보스가 된 것이다.

블랙캣은 과거에 종종 스파이더맨과 협력하기도 했지만, 슈피리어 스파이더맨에게 당한 후로 스파이더맨을 증오하게 됐다.

BLACK CAT 블랙캣

블랙캣은 스파이더맨 세상의 팜므파탈이다. 친밀감에 대한 거부 반응이 있는 사람치고는 많은 남자를 사귀었다. 밤도둑으로 시작해 악과 싸우는 전사가 됐다가, 다시 범죄 조직의 두목이 됐다. 이런 다양한 정체성도 모자라서 더 많은 비밀이 숨겨져 있는 사람이라, 스파이더맨이 그녀를 이해하는 데는 꽤 오랜 시간이 걸렸다.

ORIGIN

스파이더맨을 거쳐 간 수많은 다른 여자들처럼, 펠리시아 하디도 쾌활한 겉모습과 미소 뒤에 어두운 과거를 숨기고 있었다. 아버지만 바라보며 자란 펠리시아는 열세 살이라는 어린 나이에 아버지 월터 하디의 비밀을 알게 됐다. 방문 판매원인 척 위장했지만 사실은 유명한 도둑이었던 것이다. 아버지가 체포되어 종신형을 선고받자 펠리시아는 그가 하던 일을 이어가고 싶다는 강한 열망을 느꼈다.

펠리시아는 새롭게 익힌 범행 기술을 이용해 아버지 월터 하디를 감옥에서 탈출시켰다.

엠파이어 주립대학교에 다니던 중에 라이언이라는 청년을 만났고, 두 사람은 사귀기 시작했다. 하지만 라이언은 펠리시아가 거절하는데도 그녀를 강간했다. 펠리시아는 복수를 위해 신체를 단련해서 힘과 내구력, 민첩성을 키웠다. 또한 무술을 배우면서 아버지의 활동에서 영감을 받아 자물쇠 따기와 금고털이 같은 기술도 습득했다. 하지만 라이언에게 복수를 해보기도 전에 그가 음주운전 사고로 죽어버리자 그녀는 큰 상실감을 느꼈다. 그 후 새로운 기술을 활용하기 위해 매끄러운 검은색 코스튬으로 정체를 숨긴 블랙캣이 되었다.

펠리시아의 아버지는 게임이 뜻대로 풀리지 않으면 게임 자체를 바꿔버리라고 가르쳤다. 이 가르침을 따라 그녀는 강간을 당했을 때 피해자가 되기를 거부하고 빚을 갚아주기로 결심한다. 결국 도둑이 되어 자신에게 주어진 운명의 길을 걷는다.

SPIDER-WOMEN 스파이더 우먼

그동안 여러 초능력자가 스파이더 우먼이란 이름을 가져 갔다. 정확하는 총 네 명의 스파이더 우먼과 (한 명은 사악한 천재가 만들어낸 피조물로 밝혀졌지만) 한 명의 스파이더걸이 있었다.

제시카는 손끝에서 생체 전기인 '베놈 블라스트'를 발사해 상대를 기절시키거나 죽일 수 있다.

스파이더맨처럼 제시카도 대부분의 사물 표면에 달라붙을 수 있다. 또한 강화된 스피드와 힘, 지구력을 지니고 있다.

제시카 드루

제시카 드루와 피터 파커는 서로 다른 방식으로 초능력을 얻게 됐지만, 훗날 동지가 됐다. 두 사람은 한동안 어벤저스에서 동료로 지내며 꽤 친해졌다. 비록 제시카는 전투 때마다 농담과 화려한 수사를 곁들여야 직성이 풀리는 스파이더맨을 짜증스럽게 여겼지만 말이다.

제시카는 엄마 뱃속에서부터 스파이더 파워를 얻었다. 과학자였던 아버지의 실험실에서 어머니가 사고를 당했던 것이다. 그녀는 어린 시절부터 범죄 조직 하이드라에서 현장 요원으로 훈련을 받았다. 하지만 자라면서 이 사악한 집단에 등을 돌리고 스스로 세계 최초의 스파이더 우먼이 되었다.

이제 아이를 키우는 엄마가 되었지만, 제시카는 여전히 범죄와 싸우는 용사이자 사립 탐정으로 영웅적인 모험을 계속하고 있다.

줄리아 카펜터

지금은 예지력을 지닌 마담 웹으로 알려졌지만, 줄리아 카펜터의 슈퍼 히어로 경력은
2대 스파이더 우먼에서부터 시작됐다. 신비한 혈청을 주입받아 정신력으로 사이오닉 웹을
발사하게 된 그녀는 흑백 코스튬을 입고 정의의 사도가 되기 위해 나섰다. 많은 이들에게
영감을 준 줄리아의 코스튬은 심지어 스파이더맨에게도 무의식적으로 영향을 줬다. 외계
심비오트 슈트를 입어본 스파이더맨이 코스튬을 검은색으로 바꾼 것이다. 훗날 줄리아는
'아라크네'로 이름을 바꿨다가, 다시 마담 웹이라는 역할을 맡게 됐다. 그리고 흑백으로 된
코스튬은 스파이더걸인 아냐 코라존에게 물려줬다. 줄리아는 슈퍼 히어로 활동을 하는
동안 많은 친구와 동지를 사귀었고, 어벤저스를 비롯한 여러 슈퍼 히어로 팀을 거쳐 갔다.

아냐 코라존

아냐 코라존은 스스로를
스파이더 우먼이라 부르지
않는다. 최근에 스파이더걸
역할을 받아들였지만 원래 쓰던
히어로 이름인 '아라냐'를 더
편히 여긴다. 신비한 거미 숭배
조직에서 초능력을 받은 아냐는
모험가가 되어 자신에게 주어진
능력을 유감없이 펼쳤다.
이 능력은 나타났다가 사라지기를
반복했고, 아냐의 아버지는 비밀
조직 레이븐에게 조종당한 레드
헐크의 난동으로 죽었다. 하지만
아냐는 긍정적인 태도를 잃지
않았다. 최근에는 여러 차원을
넘나드는 스파이더맨들의 편에
서서 전투에 나섰다.

매티 프랭클린

피터 파커가 잠시 은퇴한 시기에 매티 프랭클린이 그의
역할을 대신했다. '개더링 오브 파이브'라는 신비한 모임의
비밀 의식 중에 초능력을 얻은 그녀는 스파이더맨으로
가장한 동안 이 능력을 잘 활용했다. 하지만 피터 파커가
복귀한 후에 스파이더 우먼이라는
이름으로 활동하다가 몰락하고
말았다. 그리고 자신의 혈액이
암시장에서 뮤턴트 성장
호르몬으로 팔리는
수모를 겪어야 했다.

샬롯 위터

여태까지 활동한 스파이더 우먼이
전부 다 세계 평화를 위해 나섰던
것은 아니다. 샬롯 위터는 닥터
옥토퍼스가 스파이더 파워를 지닌
히어로들을 무너뜨리기 위해
프로그래밍한 비뚤어진 영웅이었다.
원래는 패션 디자이너였는데,
위터의 잠재력을 본 닥터
옥토퍼스가 그녀를 납치해 고문하고
굶기면서 유전적 실험을 통해
자신의 노예가 되도록 세뇌했다. 네
개의 거미 다리로 무장한 이 악랄한
스파이더 우먼은 다른 스파이더
우먼들을 사냥하러 나섰다. 그리고
풋내기 히어로인 매티 프랭클린을
잔인하게 공격하면서 스파이더맨의
시선을 끌었다.

매티는 크레이븐 가족의 '그림 헌트' 때 납치되어 짧은
생을 마감했다. 크레이븐의 아들인 그림 헌터를
무덤에서 일으키는 의식에 제물로 바쳐져 칼에 찔린
것이다.

1980년대의 만화는 점점 더 어두워지는 추세였고, 쾌활한 스파이더맨조차
이 흐름에서 완전히 자유로울 수는 없었다. 불쾌한 폭력과 어둠의 위협이
코믹북을 장악한 이 시기에 피터 파커는 가까스로 명랑함을 유지했지만,
의상만은 그렇지 않았다.

THE
1980s
1980년대

1980년대에 이르러 스파이더맨의 코스튬은 상징적인 것이 되었다. 우리의
친구 스파이더맨은 만화계의 슈퍼스타가 되어 그보다 20년은 먼저 데뷔한
선배들과 어깨를 나란히 하게 되었다. 그뿐 아니라 빨간색과 파란색이
어우러진 스파이더맨의 정교한 의상은 인기 코믹북과 TV 방송, 캐릭터
상품을 통해 미국을 넘어 세계적으로 유명해졌다. 그러자 마블은 모두를
경악에 빠뜨리기 위해 스파이더맨의 의상을 바꿔버렸다.
마블의 첫 번째 크로스오버 블록버스터인 《마블 슈퍼 히어로: 시크릿 워즈》
에서 스파이더맨은 배틀월드라는 먼 행성에 갔다가 검은색 외계 코스튬을
발견한다. 그리고 그 의상을 지구로 가지고 돌아오면서 새로운 모습의
스파이더맨이 탄생했다.
외계 코스튬은 결국 스파이더맨의 옷장에서 사라졌지만, 검은색이라는
색상만은 남았다. 이 시기에 만화계는 프랭크 밀러의 고전 걸작 《배트맨:
다크 나이트 리턴즈》와 앨런 무어의 〈워치맨〉에서 영감을 받은 코믹북으로
넘쳐났고, 스파이더맨도 다가오는 새 시대의 위협에 맞서 검은 옷을
입어야만 할 것 같았다.

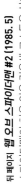

뒤페이지 웹 오브 스파이더맨 #2 (1985. 5)
스파이더맨이 처음 검은색 코스튬을 살아 있는
외계 심비오트였다. 결국엔 이 코스튬을 버렸지만
검은색이 마음에 들었던 스파이더맨은 똑같은 모양의
코스튬을 입고 전투에 나선다.

홉고블린은 누구인가?

홉고블린의 비밀 정체는 스파이더맨의 활동 내내 가장 큰 미스터리 중 하나였다. 피터의 옛 고등학교 친구인 플래시 톰슨이 텔레비전 인터뷰에서 홉고블린을 비열한 겁쟁이라고 하자, 홉고블린은 마취제로 그를 잠들게 한 후 자신의 의상을 입혀 스파이더맨을 속였다. 후에 데일리 뷰글사의 기자 네드 리즈가 홉고블린 의상을 입고 죽은 채 발견됐다. 주변에는 그가 홉고블린임을 보여주는 증거도 있었다. 하지만 마침내 밝혀진 홉고블린의 진짜 정체는 패션계의 파렴치한 거물 로데릭 킹슬리였다.

KEY DATA

첫 등장
피터 파커, 더 스펙타큘러 스파이더맨 #43 (1980. 6)

본명
로데릭 킹슬리(홉고블린 I), 아놀드 '레프티' 도노반(홉고블린 II), 네드 리즈(홉고블린 III), 제이슨 맥켄데일(홉고블린 IV), 대니얼 킹슬리(홉고블린 V), 필 유릭(홉고블린 VI)

소속
시니스터 식스(홉고블린 IV), 로너스(홉고블린 VI)

힘/초능력
홉고블린은 강화된 스피드와 반사 신경, 내구력, 파워를 지니고 있다. 또한 호박 폭탄같이 다양한 전문 무기를 소유하고 있다. 6대 홉고블린의 '광기의 웃음'은 음파를 왜곡시킨다.

홉고블린은 상의 안에 방탄 갑옷을 입는다.

가방 안에는 충격파를 내뿜는 호박 폭탄과 고블린 수류탄, 그리고 투척용 면도날 박쥐를 넣고 다닌다.

홉고블린의 장갑에는 마이크로 회로 필라멘트가 들어 있어서 강력한 전기 에너지를 발사한다.

홉고블린의 배트 글라이더는 무게가 약 40kg으로, 최고 시속 180km까지 비행할 수 있다. 또한 마스크와 연결된 장치를 통해 음성으로 조종된다.

의류 사업가였던 로데릭 킹슬리(오리지널 홉고블린으로 밝혀진 인물)는 인맥을 동원해 자신의 무기를 확장시켰다.

킹슬리는 분명 가장 성공한 홉고블린이었지만, 잭 오랜턴이었던 제이슨 맥켄데일을 비롯한 다른 사람들이 한동안 홉고블린 역할을 맡기도 했다.

"그린 고블린은 이제 없어! 하지만 그 자리는 홉고블린이 물려받았지!"
— 홉고블린

히어로 그린 고블린이었던 필 유릭이 홉고블린을 대신하고 있던 킹슬리의 동생 대니얼을 죽였다. 그렇게 홉고블린 이름을 가져간 필은 킹슬리와 대결을 펼친 후 다시 그 자리를 내놓을 수밖에 없었다.

HOBGOBLIN 홉고블린

그린 고블린의 초능력과 장비를 모두 갖췄지만 정신 이상이라는 약점은 없는 홉고블린은 스파이더맨의 가장 무서운 천적 중 하나다. 홉고블린 역할을 거쳐 간 사람은 많지만 몇 년간 정체를 감추고 활약한 오리지널 홉고블린이 가장 주목할 만한 인물이다.

ORIGIN

홉고블린의 무용담은 단순한 은행 강도 사건에서 시작한다. 스파이더맨이 은행 강도들을 체포할 때, 공범 중 한 명인 조지 힐은 하수구로 도망쳤다. 조지는 그곳에서 오리지널 그린 고블린인 노먼 오스본이 쓰던 비밀 은신처를 발견했다. 자신이 발견한 장소가 어마어마한 곳이라는 사실을 안 조지는 어떤 동료에게 재빨리 연락을 취했다. 하지만 그 베일에 싸인 남자는 조지를 살해하고 고블린의 은신처를 차지했다. 그뿐 아니라 노먼 오스본이 남긴 노트를 통해 그린 고블린의 나머지 은신처까지 전부 찾아냈다. 이 수수께끼의 남자는 노먼의 천재성에 감탄하지만, 오리지널 그린 고블린이 정신 이상자였다는 사실도 깨달았다. 그는 전임자의 실수를 반복하지 않겠다고 다짐하며 그린 고블린의 의상 하나를 골라 입고 홉고블린이 되었다.

홉고블린은 노먼 오스본의 비밀 은신처에서 훔친 그린 고블린의 발명품들을 바탕으로 자신의 경력을 쌓아나간다.

하지만 그린 고블린처럼 더 큰 힘을 갈망한 홉고블린은 노먼 오스본에게 초능력을 선사한 실험을 재현했다. 용의주도한 그는 '레프티' 도노반이라는 범죄자에게 혈청을 먼저 시험해봤다. 실험이 성공하자 홉고블린은 도노반을 없애고 혼자서 연구를 계속했다. 그리고 고블린 혈청을 개량해서 오리지널 그린 고블린보다 더 강력한 힘을 얻게 됐다.

홉스고블린은 그린 고블린보다 훨씬 차분하고 냉정하지만, 기이한 마스크와 고블린 코스튬이라는 극적인 요소는 버리지 않았다.

NOTHING CAN STOP THE JUGGERNAUT

누구도 저거너트를 막을 수 없다

우연히 신비로운 루비를 찾아낸 케인 마르코는 인간 저거너트로 변신했다. 뉴욕에 온 저거너트를 상대해본 스파이더맨은 '강력한 힘'이라는 뜻의 이름이 그의 특성과 정확하게 일치한다는 걸 알게 된다.

미션: 마담 웹

국제 테러리스트인 블랙 톰 캐시디는 마담 웹이라는 영적 능력자가 있다는 것을 알고 엑스맨을 물리치는 데 그녀를 이용하기로 한다. 그리고 동료인 저거너트를 보내 마담 웹을 납치하게 했다. 하지만 마담 웹은 영적 능력으로 저거너트의 방문을 미리 감지하고, 스파이더맨에게 도움을 청한다. 저거너트와 상대하게 된 스파이더맨은 평소에 쓰던 기술들이 그에게는 통하지 않는다는 것을 알게 되지만, 그렇다고 무력한 처지의 마담 웹을 그냥 버려둘 수는 없었다.

승산 없는 전투

스파이더맨이 아무리 최선을 다해도 저거너트는 꿈쩍도 하지 않았다. 결국 저거너트는 마담 웹을 손에 넣지만, 그녀가 생명 유지 장치로 목숨을 연명하고 있다는 것을 알고는 여기까지 온 게 헛수고가 됐다며 화를 내고, 납치를 포기한다. 하지만 스파이더맨이 그에게 다시 달려들었고, 두 사람의 싸움은 공사장으로 옮겨갔다. 스파이더맨은 저거너트를 속여 최근에 시멘트를 부어놓은 건물 기초 위로 그를 떨어뜨렸다. 저거너트는 거대한 몸집 때문에 콘크리트 바닥으로 빨려 들어갔지만, 루비로부터 받은 신비한 속성 덕분에 질식하지는 않았다. 저거너트가 시멘트를 빠져나오는 건 시간문제라는 것을 스파이더맨은 잘 알고 있었다.

자연의 힘

저거너트는 90톤 이상을 거뜬히 들어 올릴 만큼 힘이 세며, 힘의 장막으로 몸을 감싸서 어떤 공격으로부터든 몸을 방어할 수 있다. 스파이더맨이 공격해와도 그에게는 귀찮은 장난에 지나지 않는다.

저거너트를 콘크리트 속으로 유인한 지 몇 년이 지났고, 그 사이에 몇 번의 대결을 더 펼쳤다. 어느 날, 스파이더맨은 만신창이가 된 저거너트가 센트럴파크로 떨어진 것을 보고 경악했다. 저거너트를 꺾을 만큼 강력한 상대가 누구였는지 알고 싶지 않았다.

숨만 붙어 있는 저거너트

센트럴파크에 추락한 저거너트는 경찰에 의해 안전하게 구금됐고, 스파이더맨은 그를 심문하기 위해 수감 시설에 잠입했다. 그리고 그곳에서 저거너트를 쓰러뜨린 강력한 존재를 만났다. 바로 새로운 캡틴 유니버스인 윌리엄 웅우옌이었다. 캡틴 유니버스는 저거너트의 숨통을 완전히 끊으려 했지만, 스파이더맨은 그가 냉혹한 살인을 저지르도록 내버려 둘 수 없었다.

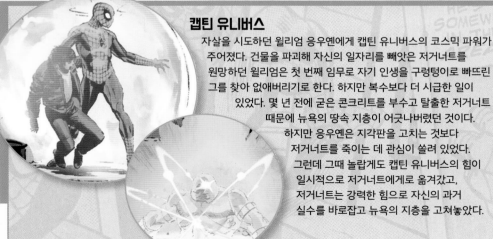

캡틴 유니버스

자살을 시도하던 윌리엄 웅우옌에게 캡틴 유니버스의 코스믹 파워가 주어졌다. 건물을 파괴해 자신의 일자리를 빼앗은 저거너트를 원망하던 윌리엄은 첫 번째 임무로 자기 인생을 구렁텅이로 빠뜨린 그를 찾아 없애버리기로 한다. 하지만 복수보다 더 시급한 일이 있었다. 몇 년 전에 굳은 콘크리트를 부수고 탈출한 저거너트 때문에 뉴욕의 땅속 지층이 어긋나버렸던 것이다. 하지만 웅우옌은 지각판을 고치는 것보다 저거너트를 죽이는 데 관심이 쏠려 있었다. 그런데 그때 놀랍게도 캡틴 유니버스의 힘이 일시적으로 저거너트에게로 옮겨갔고, 저거너트는 강력한 힘으로 자신의 과거 실수를 바로잡고 뉴욕의 지층을 고쳐놓았다.

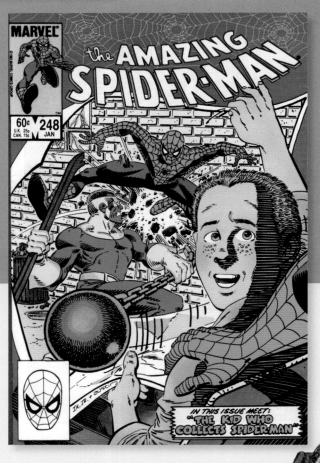

1984, January

IN THIS ISSUE MEET:
"THE KID WHO COLLECTS SPIDER-MAN"

THE AMAZING SPIDER-MAN

어메이징 스파이더맨

#248

편집장
짐 슈터

표지아티스트
존 로미타 주니어,
테리 오스틴

작가
로저 스턴

원화가
론 프렌즈

선화인
테리 오스틴

레터러
조 로젠

채색가
크리스티 쉴

"스파이더맨이 날 만나러 왔다고요?
이건 꿈이 분명해요!"

— 티머시 해리슨

주요 캐릭터: 스파이더맨, 티머시 해리슨
보조 캐릭터: 제이컵 코노버, 강도, 메이 파커 숙모, 벤 파커 삼촌
주요 장소: 슬로컴 브루어 암 병원, 뉴욕의 이름 모를 TV 방송국,
파커가 자택, 뉴욕 퀸스 애크미 창고

BACKGROUND

겉으로 보기에 〈어메이징 스파이더맨 #248〉은 그 시대의
일반적인 슈퍼 히어로물과 다를 게 없었다. 빌런과 싸우는 액션
장면으로 꽉 찬 표지만 봐도 선과 악의 평범한 대결 구도가 펼쳐질
게 뻔했다. 첫 번째 이야기는 스파이더맨이 레킹 크루의 사악한
멤버인 썬더볼과 싸우는, 독자들의 예상을 벗어나지 않는
내용이었다. 하지만 이건 단지 도입부에 불과했고, 뒤로 갈수록 앞으로
오래도록 기억에 남을 이야기로 점차 내용이 고조되어갔다. '스파이더맨을
모으는 아이' 이야기는 지금까지도 많은 이들이 기억하고 가장 사랑하는
이야기로 남아 있다.
작가이자 만화가인 윌 아이스너의 코믹북 〈스피릿〉에서 영향을 받은 로저
스턴은 인간미 넘치는 스파이더맨 이야기를 만들어냈다. 피터 파커나
스파이더맨은 이 이야기의 중심이 아니었다. 스턴은 스파이더맨을 조연에
가깝게 사용했고, 오늘날까지도 팬들에게 회자되는 놀라운 클라이맥스와
반전이 있는 결말을 선보였다. 이 특별한 이야기는 많은 팬들에게 스파이더맨
역사상 가장 훌륭한 이야기로 꼽힌다.

THE STORY

스파이더맨은 열성 팬인 티머시 해리슨을 방문하고, 이 소년에게 자신의 정체를 드러내는 특별한 인정을 베풀기로 한다.

티머시 해리슨은 또래 소년들과 달랐다. 다른 아홉 살짜리처럼 평범한 오락거리도 즐겼지만, 특별한 관심사가 하나 있었던 것이다. 그는 스파이더맨에 관한 거라면 뭐든 수집했다. 어느 날 밤, 방에 불이 꺼지고 편히 잠들려던 때 스파이더맨이 그를 찾아오자 흥분해서 어쩔 줄을 몰랐다.[1]

스파이더맨은 〈데일리 뷰글〉에 실린 칼럼니스트 제이컵 코노버의 기사를 보고 티머시에 대해 처음 알게 됐다. 티머시의 스크랩북에는 자신의 우상인 스파이더맨에 관한 신문과 잡지 기사가 넘치도록 빽빽이 꽂혀 있었고, 심지어 스파이더맨이 초창기에 출연한 TV 쇼 녹화 테이프까지 갖고 있었다. 티머시의 기사를 본 스파이더맨은 오랜만에 범죄 소탕 활동을 쉬고 자신의 열성 팬을 직접 찾아가 보기로 한다. 하지만 스파이더맨이 간과한 건 티머시 역시 다른 뉴요커들처럼 의심이 많다는 사실이었다. 스파이더맨이 그가 누운 침대를 아무렇지도 않게 머리 위로 들어 올린 후에야 티머시는 눈앞의 사람이 자신의 영웅이라는 것을 확신한다.

티머시는 스파이더맨을 만나게 되자 기뻐 날뛰며 스크랩북을 보여줬다.[2] 두 사람은 스파이더맨의 탄생 시절까지 거슬러 올라가는 신문 기사를 넘겨보며, 어떻게 스파이더 파워를 갖게 됐는지 이야기를 나눴다. 스파이더맨은 어린 팬을 위해 웹슈터를 작동하는 시범까지 보였다.[3]

호기심 많은 소년 티머시는 이 일생일대의 기회를 그냥 넘어갈 수가 없었다. 그는 스파이더맨에게 왜 돈과 명성을 얻을 수 있는 직업을 포기하고 범죄와 싸우게 됐는지 물어봤다. 놀랍게도 스파이더맨은 모든 이야기를 솔직하게 털어놓았다. 자신이 강도를 막지 않아서 사랑하는 사람이 살해당했다는 얘기를 해준 것이다. 티머시는 그의 마음을 이해했고, 자신의 영웅이 저지른 과거의 실수를 탓하지 않았다.[4]

그때부터는 가벼운 이야기가 오갔고, 두 사람은 함께 기억을 더듬어 올라갔다. 티머시는 은행 벽에서 뽑아낸 총알을 보여줬다. 언젠가 은행을 털려던 강도들이 스파이더맨에게 쐈지만 빗나간 총알이었다. 두 사람은 스크랩북에서 J. 조나 제임슨이 스파이더맨에 대한 자신의 가설이 틀렸다고 인정하는 정정 기사를 보며 함께 박장대소했다.[5]

얼마 후, 시간이 너무 늦은 걸 깨달은 스파이더맨은 소년에게 이불을 덮어주고는 나가려고 창가로 갔다.[6] 그런데 스파이더맨이 막 나가려는 순간, 티머시가 마지막 부탁을 했다. 가면을 벗고 진짜 얼굴을 보여줄 수 있겠느냐고 한 것이다. 그리고 놀랍게도, 스파이더맨은 그 소원을 들어줬다.[7]

스파이더맨은 자신의 이름이 피터 파커이며, 데일리 뷰글의 사진기자였고, 방금 넘겨본 신문 기사에 들어간 사진은 대부분 자신이 찍었다고 말했다. 자신에게 깊은 신뢰를 보여준 스파이더맨에게 감동한 티머시는 비밀을 지키겠다고 맹세하며 그를 꼭 안아줬다.[8] 스파이더맨은 거미줄을 발사해 창문 밖으로 빠져나갔다.[9] 잠시 후, 스파이더맨은 근처 담장 위에 서서 잠시 마음을 가다듬었다.[10] 그리고 슬로컴 브루어 암 병원을 나와 어두운 밤하늘로 날아갔다.[11]

티머시는 다른 또래 소년들과 달랐다. 백혈병 진단을 받은 그는 앞으로 살날이 몇 주밖에 남지 않은 상태였다.

"이건 우리 둘만의 비밀이에요! 영원히… 영원히요. 약속할게요."
— 티머시 해리슨

옛것을 버리다

스파이더맨은 지구에서 센트럴파크에 있는 수상한 건물을 조사하는 중이었다. 하지만 다음 순간, 전지전능한 존재 비욘더에 의해 먼 은하계로 소집돼 갔다. 비욘더는 스파이더맨을 비롯한 여러 히어로와 빌런들을 배틀월드라는 행성으로 불러서 싸우게 했다. 수많은 전투를 치르며 스파이더맨의 의상은 너덜너덜해졌다.

외계 코스튬은 피터의 몸에 맞게 늘어났고, 스파이더맨의 생각에 반응했다.

스파이더맨은 배틀월드에서 어떤 기계 장치를 찾았다. 그리고 예전 코스튬을 버리고 새로운 검은색 외계 코스튬을 입게 됐다.

THE SAGA OF THE ALIEN COSTUME

외계 코스튬 사가

배틀월드라는 머나먼 행성에서 슈퍼 히어로와 슈퍼 빌런들 간의 전쟁을 마치고 귀환한 스파이더맨은 기념품을 하나 가져왔다. 앞으로 그의 삶을 바꾸게 될 세련된 검은색 코스튬이었다.

스파이더맨의 새로운 코스튬은 거미줄을 끊임없이 뽑아낼 수 있었고, 형태도 자유자재로 바꿀 수 있었다. 심지어 피터의 일상복으로 변하기도 했다.

새것을 취하다

빌런들을 물리치고 비욘더에게서 탈출한 히어로들은 지구로 돌아왔다. 스파이더맨은 외계 코스튬을 가져와서 새 유니폼으로 썼다. 피터와 외계 코스튬은 떨어져 있어도 정신은 늘 연결돼 있는 것 같았다. 외계 코스튬은 다른 방에 있다가도 피터가 생각만 하면 달려왔다.

밤의 공포

매일 밤 피터가 잠들고 나면 그의 육체가 뿜어내는 아드레날린에 목마른 외계 코스튬은 몰래 피터의 몸을 감싸 스파이더맨이 무의식중에 벽을 타게 했다. 아침에 일어난 피터는 밤중에 자신이 벌인 모험은 기억하지 못한 채 극심한 피로감에 시달렸다. 무언가 잘못됐다고 생각했지만 이런 놀라운 진실이 있을 거라고는 상상도 못 했다.

스파이더맨의 새 코스튬은 손목 뒤편에서 거미줄을 발사했다. 그 사실을 맨 처음 발견한 사람은 불쌍한 푸마였다.

코스튬이 살아 있어!

피곤하고 무기력해진 스파이더맨은 판타스틱 포의 리드 리처즈, 일명 미스터 판타스틱에게 도움을 청했다. 여러 테스트를 거친 후, 미스터 판타스틱은 놀라운 사실을 밝혀냈다. 스파이더맨의 새 코스튬은 미지의 외계 직물로 만들어진 게 아니라, 그 자체가 살아 있는 생명체라는 것이었다. 지각이 있는 심비오트였기에 스파이더맨의 몸과 마음에 연결돼 그와 유대감을 형성할 수 있었다.

스스로 생각하는 존재

자신의 비밀이 밝혀지자 심비오트는 스파이더맨의 몸에 영구적으로 이식되려고 시도한다. 스파이더맨은 코스튬에게서 벗어나려 하지만, 심비오트는 그의 몸이 터지기 일보 직전이 될 때까지 죈다. 다행히도 심비오트가 특정한 음향 주파수에 취약하다는 사실을 리드 리처즈가 밝혀냈다. 그리고 이 주파수를 사용해서 스파이더맨을 코스튬으로부터 분리한다. 우리의 영웅은 마침내 자유의 몸이 됐고, 외계 심비오트는 갇히게 되었다.

종소리

얼마 후, 심비오트는 실험실을 탈출해서 방심하고 있는 스파이더맨을 덮쳤다. 스파이더맨은 필사적으로 이 외계인을 아워 레이디 오브 세인츠 성당(Our Lady Of Saints Church)의 종탑으로 유인했다. 종소리를 이용해 심비오트를 떼어내려 한 것이다. 위험한 상황이 닥치자 한 사람만 살아남을 수 있다는 것을 안 심비오트는 피터를 구하기 위해 자신을 희생했다.

THE DEATH OF JEAN DeWOLFF

진 드월프의 죽음

진 드월프는 스파이더맨의 편이었다. 그녀는 정의를 수호하고 자신의 의무를 위해 헌신하는 성실한 경찰이었다. 그리고 스파이더맨과 피터 파커 곁에 있던 다른 선한 사람들처럼 그녀도 끔찍하게 살해당했다.

대를 이은 경찰

진 드월프의 아버지는 경찰이었다. 그녀가 사랑했던 새아버지도 경찰이었다. 따라서 그녀는 그 직업에 내재된 위험은 모른 채 경찰관으로서의 삶을 매력적으로 생각하며 자랐다. 하지만 뉴욕 경찰 지서장으로 승진하면서 비로소 위험을 실감하게 됐다.

열심히 일한 대가로 수많은 훈장을 받고 초고속 승진을 한 진은 자신의 우상이었던 새아버지보다 높은 자리에 오른다.

원죄

진 드월프는 자신의 집에서 가슴에 총을 맞고 숨졌다. 설상가상으로 그녀의 시체는 복도에서 썩은 냄새를 맡은 이웃의 신고로 한참 뒤에야 발견됐다. 자신의 지지자였던 진이 잔혹하게 살해되자, 스파이더맨은 사건의 해결을 경찰에게만 맡겨둘 수 없었다.

진은 스파이더맨을 경찰의 훌륭한 자산으로 생각했다.

스파이더맨은 이 사건의 담당인 스탠 카터 경사와 자주 만나 진의 살해 용의자를 찾는 일을 도왔다. 두 사람은 일종의 파트너 관계를 이뤄서 서로가 찾은 정보를 공유했다. 함께 다니는 동안 카터는 형사들의 수사 노하우를 알려주기도 했다. 그중에서 스파이더맨의 마음을 사로잡은 건 명백한 '범죄형' 용의자보다 조용한 용의자를 더 주의 깊게 봐야 한다는 것이었다.

"나한테 미안하다고 하지 마! 죽은 판사님한테나 사과해! 아니면 진 드월프 지서장님한테 하든지!"

— 스파이더맨

조용한 사람

경찰 본부에서 가짜 신 이터를 신문하는 동안, 데어데블은 용의자의 심장 박동을 듣고 그가 거짓말을 한다는 것을 알았다. 데어데블과 스파이더맨은 함께 이 용의자의 아파트를 조사하러 가고, 결국 진짜 신 이터는 옆집에 산다는 사실을 밝혀냈다. 그 사람은 바로 스파이더맨을 도와주던 스탠 카터 경사였다. 알고 보니 카터는 전직 쉴드 요원으로 약물 실험에 자원했다가 부작용으로 폭력 성향이 증가한 상태였다. 진짜 신 이터의 정체는 카터 경사가 스파이더맨에게 설명한 모습과 정확히 들어맞았다.

데어데블의 등장

스파이더맨은 몰랐지만, 진을 살해한 범인은 연쇄살인범이 되어 있었다. 살인범은 스키 마스크를 뒤집어쓰고 맨해튼 법원에 나타나 자신을 '신 이터'라 소개했다. 그가 산탄총으로 호레이스 로젠탈 판사를 살해할 때, 데어데블로 알려진 변호사 맷 머독도 이를 알아차렸다. 데어데블은 살인범을 잡으려고 최선을 다해 쫓아갔지만, 스파이더맨이 먼저 신 이터를 따라잡았다. 두 사람은 뉴욕의 길거리에서 서로를 마주하고 섰다.

스파이더맨의 노력에도 신 이터는 달아났고, 그 과정에서 민간인 한 명을 살해했다. 범인이 뉴욕 시내를 돌아다니며 살인을 계속하자, 스파이더맨과 데어데블은 그를 추적한다. 신 이터가 J. 조나 제임슨을 살해하기 위해 데일리 뷰글사의 건물을 습격했을 때 피터가 그를 쓰러뜨렸고, 마침내 신 이터는 체포됐다.

KRAVEN'S
LAST HUNT 크레이븐의 마지막 사냥

세상이 그의 놀라운 신체적 기량에 경탄하던 때가 있었다. 그의 용기는 사람들의 경외심을 불러일으켰고, 업적은 부러움을 샀다. 하지만 그건 크레이븐 더 헌터가 스파이더맨을 만나 실패와 굴욕을 맛보기 전의 얘기였다. 이제 크레이븐은 마지막 사냥으로 예전의 영광을 되찾으려 한다.

산 채로 매장되다

크레이븐은 표범보다 빠르고 거대한 유인원보다 강했지만, 자신의 전성기가 지났다는 것을 느끼고 있었다. 스파이더맨을 꺾어버리지 않는 한 편히 쉴 수 없을 것 같았다. 그래서 그는 대담한 계획을 세웠다. 광기에 휩싸여 산더미 같은 거미들 속에 몸을 담그고, 정글 약초와 물약을 이용해 자신의 의식을 넓히며 정신 상태를 다졌다. 그리고 결투를 위해 곧장 스파이더맨에게로 향했다.

밤하늘에서 거미줄을 타던 스파이더맨은 불의의 일격을 당하고 마취 상태로 크레이븐에게 붙잡혔다. 사냥꾼이 먹잇감을 취하러 다가오는데도 속수무책으로 의식을 잃어버린 것이다. 정신을 차린 스파이더맨의 시선에 들어온 건 소총 한 자루와 크레이븐이었다. 크레이븐은 스파이더맨의 머리를 조준하고 총을 쐈다. 그리고 시체를 자신의 사유지로 가져가서 관 속에 넣고 땅에 묻었다.

하지만 오랜 원수를 물리쳤는데도 크레이븐은 만족하지 못했다. 자신이 더 우월하다는 걸 증명하려면 직접 스파이더맨이 돼야 한다는 마음이 들었다. 그래서 크레이븐은 스파이더맨 코스튬을 입고 시내를 정찰 다니며 마주치는 범죄자들을 죽이는 것으로 자기 나름의 비뚤어진 정의를 실천하기 시작했다.

크레이븐은 강적을 물리치고도 만족감을 느낄 수 없었다. 여전히 자신의 우월성을 증명해야만 할 것 같았다.

스파이더맨으로 위장한 크레이븐은 강도를 만난 메리 제인을 구해주기도 했다. 하지만 그녀는 그가 가짜임을 곧바로 알아봤다.

부활

크레이븐이 버민에게 승리를 거두던 그때, 진짜 스파이더맨이 정신을 차렸다. 크레이븐의 약물에 취해 기절했을 뿐이었다. 땅속 깊이 묻힌 피터는 메리 제인을 다시 만나야 한다는 생각에 필사적으로 관을 빠져나와 위로 올라왔다. 크레이븐이 그를 묻은 지 2주 만이었다.

VERMIN 버민

크레이븐이 스파이더맨의 자리를 차지하고 있을 때, 과거에 스파이더맨이 상대했던 강력한 야수 버민이 맨해튼 거리를 활보하고 있었다. 사냥 본능을 발휘한 크레이븐은 하수구에서 버민을 잡았다.

결투 참가

땅을 파고 지상으로 나온 스파이더맨은 메리 제인 왓슨과 재회한 후, 크레이븐을 찾아간다. 분노에 찬 스파이더맨이 공격하지만 크레이븐은 저항조차 하지 않았다. 그리고 엷은 미소를 지었다. 크레이븐의 왜곡된 관점에서는 이미 자신이 이긴 것이다. 숙적인 스파이더맨을 손쉽게 죽일 수 있었지만 관용을 베풀어 살려준 데다가, 자신이 더 뛰어나다는 것도 마침내 증명했기 때문이다.

크레이븐은 버민을 가둬둔 우리로 스파이더맨을 데려가고, 두 사람이 대결을 벌이게 했다. 버민과 싸우라는 말을 스파이더맨이 거부하자, 어리둥절한 버민은 막무가내로 공격한다. 그때 크레이븐이 나서서 스파이더맨을 구했다. 제정신이 아닌 그는 이미 원하는 바가 충족된 것이다.

마침내 만족한 크레이븐은 매일 고문을 가하며 붙잡고 있던 버민을 풀어준다.

마지막 살인

크레이븐은 결투에서 진 스파이더맨이 버민을 따라갈 수 있게 놔줬다. 스파이더맨이 사실은 좋은 사람이라는 것을 깨달은 이상, 이 영웅은 더 이상 그의 관심사가 아니었다. 자신이 스파이더맨을 죽일 수 있다는 걸 증명하고 마음의 평화를 얻은 크레이븐은 산탄총으로 자신의 머리를 쏴서 자살했다.

"다들 우리 엄마가 미쳤다고 수군댔지."
— 크레이븐

THE WEDDING?
피터의 결혼?

그것은 세기의 결혼식이었다. 피터 파커와 메리 제인 왓슨이 마침내 마음을 정하고, 여생을 함께하겠다고 서약한 것이다. 하지만 안타깝게도 이 결혼은 계속 유지될 수 없었다. 사실은, 애초에 일어나지도 않은 일이었다.

피터와 메리 제인은 완벽한 한 쌍이었다. 그들의 결합은 천하의 J. 조나 제임슨도 눈물 짓게 했다.

결혼식 당일

피터는 예전부터 오랜 여자 친구인 메리 제인 왓슨과 결혼하고 싶어 했다. 가족 문제 때문에 피터의 청혼을 몇 번 거절한 메리 제인은 이제 문제를 피하기만 해서는 안 된다고 생각했다. 메리 제인은 피츠버그 공항 출발 라운지에서 결코

피터는 메리 제인에게 과자 상자를 주며 청혼했다. 그 안에 다이아몬드 반지가 들어 있었

삶의 어느 한순간

피터 파커와 메리 제인 왓슨-파커 부부는 몇 년째 행복하게 살고 있었다. 대부분의 다른 부부들처럼 그들도 수없이 많은 기쁨과 좌절 사이를 오갔다. 하지만 메피스토라는 악마가 모든 것을 바꾸어놓았다.

피터와 메리 제인이 결혼 서약을 한 지 몇 년이 지났을 때, 메이 숙모가 스파이더맨을 노린 저격수의 총에 맞았다. 엄마와도 같았던 숙모가 죽어가던 그 순간, 메피스토라는 악마가 피터를 찾아왔다. 그는 메이 숙모의 건강을 돌려줄 테니 큰 대가를 치르라고 제안했다. 남의 불행을 먹고 사는 그는 피터와 메리 제인의 부부 관계를 끊는 데서 그치지 않고, 애초에 결혼한 적이 없는 것으로 만들고 싶어 했다. 선택의 여지가 없다고 느낀 피터와 메리 제인은 악마의 제안을 받아들였고, 곧 모든 것이 변했다. 새로운 현실에서 피터는 제시간에 교회에 도착하지 못했다. 피터가 스파이더맨으로 활동하느라 결혼식에 늦자 메리 제인은 그들의 관계를 다시 생각하게 됐다. 피터와 결혼은 못 하겠지만 모든 것을 끝내고 싶지도 않았다. 그래서 두 사람은 같이 지내면서 원래 겪었던 모든 모험을 똑같이

몇 년 후, 피터와 메리 제인은 결별하기로 한다. 서로 비밀이 없어진 이들의 우정은 더욱 견고해진다.

겪는다. 단지 부부가 아니라는 점만 달랐다. 하지만 그 후 메이 숙모가 치명적인 총상을 피하는 대신, 메리 제인이 피터와 헤어졌다. 스파이더맨과의 관계 때문에 자신의 가족이 위험해질까 두려웠던 것이다.

메리 제인과 피터는 오래전부터 사랑에 빠져 있었다. 두 사람은 서로의 약점을 이해했고, 서로의 강점에 의지하며 살아왔다.

로맨틱하지 않은 피터의 청혼을 받아들였다. 하지만 결혼식이 다가오면서 피터는 의문을 품기 시작했다. 예전 여자 친구인 그웬 스테이시가 죽지 않았다면 지금쯤 자신의 인생이 어땠을까 상상하게 된 것이다. 메리 제인도 불안하기는 마찬가지였고, 그녀의 옛 애인들은 피터와의 결혼을 단념시키려고 했다. 결혼식 날, 피터도 메리 제인도

제시간에 나타나지 않았다. 겁을 먹고 달아난 건 아닌지 친구들이 걱정하고 있을 때 두 사람이 마침내 나타났고, 메리 제인의 삼촌인 스펜서 왓슨 판사의 주례로 결혼식을 올렸다. 이제 파커 부부가 된 것이다. 하지만 사실 이 일은 일어나지 않았는데….

KEY DATA

첫 등장
웹 오브 스파이더맨 #18 (1986. 9)

본명
에드워드 '에디' 브록

소속
시니스터 식스

힘/초능력
베놈이 된 에디 브록은 강화된 힘과
스피드를 얻었다. 벽에 붙을 수 있으며,
자체적으로 거미줄을 생산해서 발사할
수도 있다. 소형 화기의 공격은 그대로
흡수해버리며, 강한 치유 능력을 지니고
있다. 위장 능력이 있으며, 스파이더맨의
스파이더 센스를 피할 수도 있다.

에디 브록은 심비오트의 잔인한
본성을 더욱 끌어낼 수 있었는데,
이는 서로 직접적인 의사소통이
가능했기 때문이다.

베놈의 심비오트는
기본적으로 기생
본능을 타고났지만
자기만의 생각과
의식이 있으며, 때로는
숙주를 악한 충동에
굴복하게 한다.

베놈은 외계
심비오트를 활용해
자기가 상상하는 어떤
모습으로든 변신할
수 있다. 배경색과
어우러져 자기 모습을
감출 수도 있다.

파괴적인 수호자

에디 브록은 스스로를 약하고 무력한 사람들을 지키는 수호자로
생각해왔다. 그의 뒤틀린 의식 속에선 자신이 영웅이고 스파이더맨은
괴물이었다. 하지만 여러 차례의 대결 후에 스파이더맨도 무고한
사람들을 지켜준다는 것을 깨닫고는 복수를 포기했다. 한때
샌프란시스코로 옮겨가서 그곳의 '파괴적인 수호자'로 활동했다.
자신이 생각하는 정의의 기준에 따라 무고한 사람들을 돕고
범죄자들을 심판한 것이다. 하지만 심비오트의 영향으로 다시 예전의
생활 방식으로 돌아왔다.

베놈은 스파이더맨과 싸울 때 항상 유리한 위치에 있었다. 힘에서도 한참 우위인 데다가 심비오트의 위장 능력 등을 활용했기 때문이다. 또한 스파이더 센스에 감지되지 않은 채 스파이더맨에게 접근할 수도 있었다.

> **"네가 거미라면
> 난 널 찌르기 위해 돌아온
> 독침이다!"**
> — 베놈

최근에 에디 브록이 외계 심비오트와 분리되면서 플래시 톰슨을 비롯한 여러 다른 베놈이 탄생했다.

스파이더맨과 베놈은 연쇄 살인마 카니지 같은 공공의 적과 싸울 때는 힘을 합치기도 했다.

심비오트로 스파이더맨의 웹슈터를 모방한 베놈은 그 손목 끝에서 자연스럽게 생성된 거미줄을 쏜다.

북극 레이더 기지 사고의 유일한 생존자로, 어쩔 수 없이 복제된 베놈 코스튬을 입게 된 패트리샤 로버트슨은 진짜 베놈을 죽이려 했다.

VENOM 베놈

에디 브록은 예전부터 스파이더맨을 증오하고 있었다. 그러다가 우연히 스파이더맨에게 강한 앙심을 품고 있던 외계 심비오트에 휘감겨 베놈으로 재탄생했다. 이제 피터 파커의 세상은 그 어느 때보다 위험천만한 곳이 되었다.

ORIGIN

에디 브록은 한때 〈데일리 뷰글〉의 라이벌 신문 〈뉴욕 글로브〉의 잘나가는 기자였다. 자신이 연쇄 살인범 '신 이터'라고 자백한 남자에 대한 폭로 기사를 써서 한동안 미디어계의 스타로 떠오르기도 했다. 하지만 스파이더맨이 진짜 신 이터를 잡자, 에디가 취재한 남자는 그저 강박증 환자였다는 사실이 밝혀졌다. 이 일로 에디는 신문사에서 해임됐고, 부인도 그의 곁을 떠났다.

기자 경력과 가정이 모두 파탄 난 에디는 스파이더맨을 원망했다. 그는 여러 성당을 돌아다니며 스파이더맨을 향한 증오를 회개하는 기도를 했다. 그러던 중, 아워 레이디 오브 세인츠 성당에서 에디의 격렬한 감정이 휴면 중이던 외계 심비오트를 깨웠다. 스파이더맨 코스튬으로 위장해 있던 심비오트는 스파이더맨에서 분리된 후 이 성당에 머물러 있었던 것이다. 미끄러지듯 에디에게로 다가온 심비오트는 그와 결합해 베놈이 되었다. 한때 피터 파커의 몸과 연결됐던 심비오트는 그의 가장 은밀한 비밀까지 다 알고 있었기에, 베놈은 스파이더맨보다 강하고 위험한 존재가 됐다. 이렇게 탄생한 베놈은 새로운 목표를 품고 밤거리로 나갔다. 스파이더맨의 삶을 끝장내려는 것이었다.

스파이더맨은 경찰을 대신해 신 이터의 정체를 밝혀낸 것뿐이었지만, 에디는 자신이 몰락한 책임을 그에게로 돌렸다.

스스로 영웅이 되려고 사건 조작도 불사하던 에디 브록은 자신이 그토록 갈구하던 힘을 얻을 기회가 오자 베놈이라는 정체성을 재빨리 받아들였다.

VENOM LEGACY
베놈 레거시

베놈 심비오트는 여러 사람에게로 옮겨가며 그 전통을 이어갔다. 맥 가간은 스콜피온으로 활동할 때도 스파이더맨의 강력한 적이었지만, 에디 브록의 외계 심비오트 슈트를 입고 베놈이 되자 천하무적인 존재가 됐다. 이 슈트는 다시 피터를 괴롭혔던 고등학교 동창 플래시 톰슨에게로 넘어갔는데, 그는 심비오트를 자신의 우상 스파이더맨을 따라 할 좋은 기회로 활용했다. 하지만 가장 최근에 이 슈트를 물려받은 사람은 그 누구보다 치명적인 베놈이 되었다.

심비오트는 맥 가간을 자신의 숙주로 골라서 그의 분노와 폭력적인 성향을 마음껏 즐겼다.

더욱 무시무시한 베놈

에디 브록이 처음 이 살아 있는 외계 코스튬을 입었을 때 둘 사이에는 강력한 유대감이 생겨났다. 그는 심비오트가 주는 힘과 베놈이라는 정체성을 함께하며 형성된 친밀감을 스스로 포기하게 되리라고는 상상도 못 했다. 하지만 심비오트 슈트를 입은 지 몇 년이 지난 후, 에디는 자신이 암에 걸렸으며 살날이 얼마 남지 않았다는 것을 알게 됐다. 그래서 지금까지의 잘못을 반성하며 코스튬과 분리되기로 마음먹었다. 그는 분리된 슈트를 지하 세계의 경매에 내놓았다. 얼마 안 가 이 슈트는 범죄자인 맥 가간의 손에 들어갔고, 둘은 즉시 결합했다. 맥 가간은 스콜피온 역할을 버리고 더욱 업그레이드된 베놈이라는 정체성을 선택했다. 잔인하고 가끔은 야만적이기도 한 이 새로운 베놈은 사악한 노먼 오스본에게 고용되었고, 한동안 온 세상이 그가 스파이더맨이라고 믿게 했다.

스파이더맨이 에디 브록의 베놈을 어떻게 다뤄야 할지 감을 잡았을 때쯤, 외계 심비오트는 더욱 무자비한 주인과 결합해 한층 업그레이드됐다.

경매에서 에디 브록의 베놈을 최고가로 낙찰받은 돈 포르투나토는 아들인 안젤로에게 이 슈트를 선물했다. 하지만 베놈은 이 약한 숙주를 거부하고 맥 가간에게로 옮겨갔다.

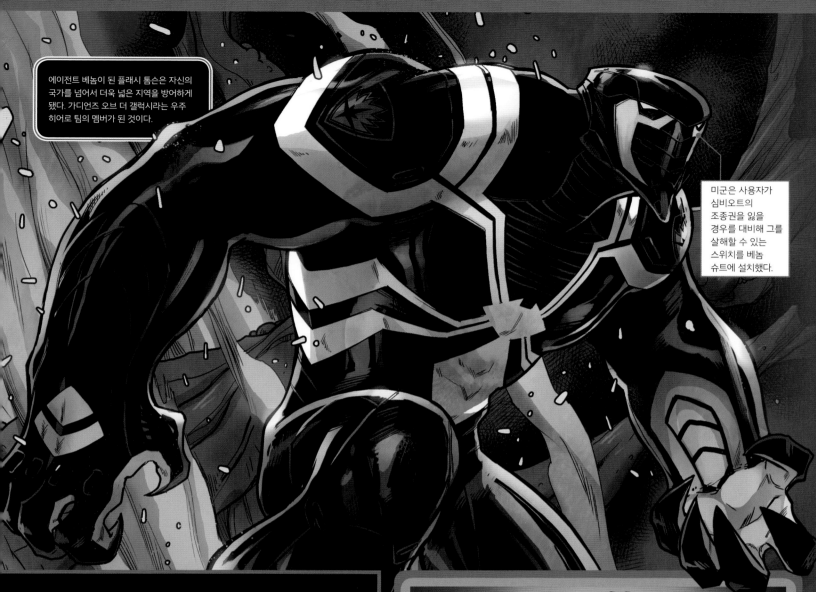

에이전트 베놈이 된 플래시 톰슨은 자신의 국가를 넘어서 더욱 넓은 지역을 방어하게 됐다. 가디언즈 오브 더 갤럭시라는 우주 히어로 팀의 멤버가 된 것이다.

미군은 사용자가 심비오트의 조종권을 잃을 경우를 대비해 그를 살해할 수 있는 스위치를 베놈 슈트에 설치했다.

대의를 위한 힘

플래시 톰슨은 언제나 영웅이 되고 싶었다. 스파이더맨을 보고 자란 그는 위기 상황에서 스파이더맨의 대역으로 나서기도 했다. 또한 스파이더맨 팬클럽 회장으로서 스파이더맨을 본받아 더 나은 사람이 되려고 노력했다.

그러던 중, 스파이더맨의 가르침을 실천하려고 미군에 자원했고, 전투에서 동료를 구하려다가 두 다리를 잃고 만다. 이제 영웅이 될 기회는 없다고 생각하던 차에 미군의 비밀 프로젝트에 선발된 그는 다시 걸을 수 있게 됐을 뿐 아니라 초인적인 능력까지 얻게 됐다. 새로운 베놈이 되어 살아 있는 외계 슈트를 입고 비밀 임무에 나서게 된 것이다. 숙주와 영원히 결합하려는 심비오트를 막기 위해 군에서는 한 번에 48시간씩만 슈트를 입게 했다.

플래시는 베놈 역할을 받아들이며 코스튬 히어로가 되고 싶다는 평생의 소원을 성취했다. 또한 에이전트 베놈으로서 어벤저스의 멤버가 되었고, 특사로 가디언즈 오브 더 갤럭시에 파견되는가 하면, 스페이스 나이트가 되기도 했다. 심비오트의 행성에 찾아간 그는 자신의 심비오트를 더 잘 이해하며 조종하게 되었고, 다시 지구로 돌아왔다.

베놈이 된 플래시 톰슨은 증오와 잔인함을 갈망하는 외계 심비오트의 본성을 억누르고, 그 힘을 선한 목적을 위해 사용했었다. 지금은 사악한 새 숙주와 결합하게 된 심비오트는 그 어느 때보다 무시무시한 베놈으로 돌변했다.

COSMIC ADVENTURES
코스믹 어드벤처

스파이더맨은 신체 능력에 있어서 크게 뒤처지는 히어로가 아니었지만, 그렇다고 제일 강한 축에 속하지도 않았다. 하지만 실험실에서의 '사고'로 알 수 없는 에너지원에 노출되면서 피터 파커는 코스믹 스파이더맨으로 변한다.

피터 파커는 동료인 루비시 교수를 구하려다가 알 수 없는 에너지를 뒤집어썼다. 스파이더맨으로서의 힘과 능력이 있기에 무사할 거라고는 생각했지만, 이 '사고'가 어떤 미지의 존재가 꾸며낸 일이라고는 전혀 의심하지 못했다.

큰 힘을 가졌다면…

거짓말의 신 로키는 빌런들이 단합된 힘을 보여줘야 할 때가 왔다고 생각했다. 히어로들이 각자 일상적인 활동을 하는 동안, 로키는 다양한 방식으로 그들을 쳐부술 최정예 슈퍼 빌런 팀을 비밀리에 구성했다. 닥터 둠과 레드 스컬, 매그니토, 킹핀, 만다린, 위저드 등 지구상에서 가장 강력하고 악랄한 빌런들이 이 팀에 합류했다. 이들은 코스튬 입은 범죄자들을 선발해 히어로들과 싸우게 했다. 한 번도 상대해보지 못한 빌런을 만나면 당황한 히어로들이 전멸할 거라고 생각한 것이다. 하지만 그들의 음모에 대항할 또 다른 계획이 세워지고 있었다. 엠파이어 주립대학교에서 대학원 연구 과제를 하던 피터 파커는 실험용 발전기가 폭파하며 쏟아낸 에너지 블래스트를 맞았다. 그리고 알 수 없는 힘에 의해 스파이더맨의 능력이 훨씬 더 강화됐다. 덕분에 빌런 연합군이 보낸 최고의 악당들도 쉽게 제압할 수 있었다. 피터는 이제 코스믹 스파이더맨이 된 것이다!

코스믹 스파이더맨은 두 블록 거리에서 창틀을 기어가는 거미 소리를 들으며, 먼 건물의 화분에 심긴 꽃 냄새까지 맡는다. 이렇게 새로워진 스파이더맨을 해칠 생각은 어떤 빌런도 하지 못했다.

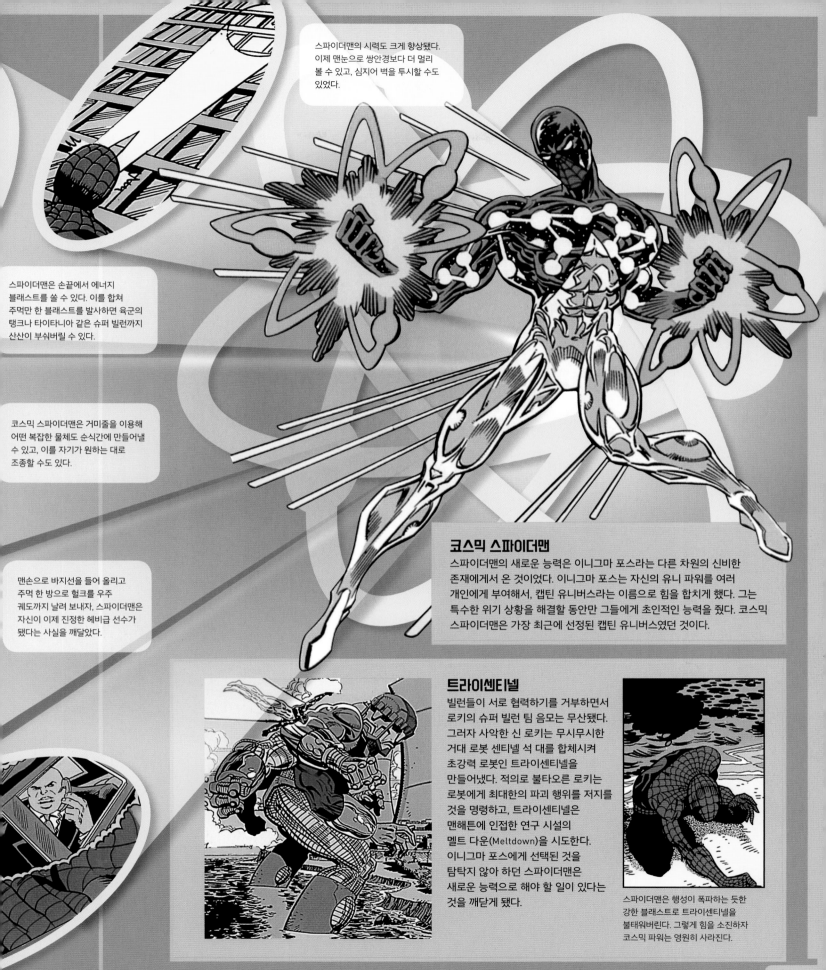

스파이더맨의 시력도 크게 향상됐다. 이제 맨눈으로 쌍안경보다 더 멀리 볼 수 있고, 심지어 벽을 투시할 수도 있었다.

스파이더맨은 손끝에서 에너지 블래스트를 쏠 수 있다. 이를 합쳐 주먹만 한 블래스트를 발사하면 육군의 탱크나 타이타니아 같은 슈퍼 빌런까지 산산이 부숴버릴 수 있다.

코스믹 스파이더맨은 거미줄을 이용해 어떤 복잡한 물체도 순식간에 만들어낼 수 있고, 이를 자기가 원하는 대로 조종할 수도 있다.

맨손으로 바지선을 들어 올리고 주먹 한 방으로 헐크를 우주 궤도까지 날려 보내자, 스파이더맨은 자신이 이제 진정한 헤비급 선수가 됐다는 사실을 깨달았다.

코스믹 스파이더맨

스파이더맨의 새로운 능력은 이니그마 포스라는 다른 차원의 신비한 존재에게서 온 것이었다. 이니그마 포스는 자신의 유니 파워를 여러 개인에게 부여해서, 캡틴 유니버스라는 이름으로 힘을 합치게 했다. 그는 특수한 위기 상황을 해결할 동안만 그들에게 초인적인 능력을 줬다. 코스믹 스파이더맨은 가장 최근에 선정된 캡틴 유니버스였던 것이다.

트라이센티넬

빌런들이 서로 협력하기를 거부하면서 로키의 슈퍼 빌런 팀 음모는 무산됐다. 그러자 사악한 신 로키는 무시무시한 거대 로봇 센티넬 석 대를 합체시켜 초강력 로봇인 트라이센티넬을 만들어냈다. 적의로 불타오른 로키는 로봇에게 최대한의 파괴 행위를 저지를 것을 명령하고, 트라이센티넬은 맨해튼에 인접한 연구 시설의 멜트 다운(Meltdown)을 시도한다. 이니그마 포스에게 선택된 것을 탐탁지 않아 하던 스파이더맨은 새로운 능력으로 해야 할 일이 있다는 것을 깨닫게 됐다.

스파이더맨은 행성이 폭파하는 듯한 강한 블래스트로 트라이센티넬을 불태워버린다. 그렇게 힘을 소진하자 코스믹 파워는 영원히 사라진다.

스파이더맨 이름으로 된 코믹북 타이틀이 이미 세 가지나 있었지만(어메이징 스파이더맨, 스펙타큘러 스파이더맨, 웹 오브 스파이더맨), 1990년대에는 가장 인기 있는 타이틀이 하나 더 추가됐다. 아무런 수식어도 없는 〈스파이더맨〉이 탄생한 것이다. 하지만 희망차게 시작한 새 타이틀은 곧 논란의 중심에 서게 된다.

THE
1990s
1990년대

코믹북 팬들에게 1990년대의 스파이더맨을 한 단어로 요약해서 말해보라고 하면, '클론'이라는 대답이 압도적으로 많을 것이다. 스파이더맨의 인기가 정점을 찍은 1990년대에 '클론 사가'라는 거대한 크로스오버가 수많은 독자의 머릿속을 사로잡아버린 것이다. 그리고 그건 좋은 신호였다.

만화계의 센세이션, 토드 맥팔렌이 '어메이징 스파이더맨' 시리즈에서 손을 떼고 독자적인 타이틀인 〈스파이더맨〉을 만들어내자, 마블은 이 발간호가 수백만 부씩 팔려 나가는 기적을 맛봤다. 코믹북의 인기에 다시 불이 붙었으며, 스파이더맨이 그 선두에 섰다. DC가 몇 년간 대규모 크로스오버로 성공을 거두는 걸 목격한 마블은 스파이더맨에도 이를 접목해보기로 한다. 이렇게 탄생한 클론 사가를 놓고 팬들은 의견이 분분했지만 이 이야기는 결국 세월이 흘러도 살아남았고, 현재까지도 팬 사이에서는 설왕설래가 계속되고 있다. 클론 사가는 피터 파커가 독자들에게 얼마나 큰 의미인지를 다시 한 번 각인시키는 계기가 됐다.

위 페이지 **베놈: 리셜 프로텍터 #1** (1993. 2)

평화를 수호하려는 스파이더맨의 헌신은 종종 이견을
달리하는 이들과 충돌을 일으켰다. 그의 적은 흔한
길거리의 갱부터 베놈이나 카니지 같은 초인적인
빌런까지 다양했다.

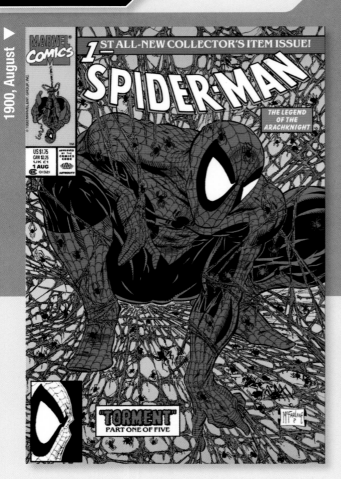

1900, August

SPIDER-MAN
스파이더맨
#1

"하지만 이것만 말해주지. 까놓고 말해서 난 마음만 먹으면 끝내주게 멋있어질 수 있어."

— 피터 파커

편집장
톰 디팰코

표지아티스트, 작가, 원화가, 선화인
토드 맥팔렌

레터러
릭 파커

채색가
밥 샤런

주요 캐릭터: 스파이더맨, 리저드, 메리 제인 왓슨-파커, 칼립소
보조 캐릭터: 랄프 딜
주요 장소: 뉴욕의 여러 길거리, 어퍼이스트사이드에 있는 칼립소의 비밀 은신처, 피터 파커의 소호 아파트

BACKGROUND

1990년대에 분 코믹북 열풍 속에서 토드 맥팔렌보다 더 큰 성공을 거둔 사람은 없었다. DC의 〈인피니티 인코퍼레이티드〉와 마블의 〈인크레더블 헐크〉에 참여했던 정도로만 알려진 이름 없는 아티스트 토드 맥팔렌은 작가 데이빗 미셸리니와 함께 〈어메이징 스파이더맨〉에 전격 투입됐다. 토드의 드로잉 스타일은 눈에 띄게 역동적이어서 스파이더맨이 거미줄을 타는 과장된 동작은 물론이고 손목에서 발사되는 거미줄 같은 세세한 부분까지 세련미와 활력이 넘쳤다. 한순간에 스파이더맨은 화려하고 흥미진진한, 그래서 꼭 봐야만 하는 히어로가 되었다.

이런 토드 맥팔렌에게 마블의 편집부가 마음껏 뛰어놀 공간을 준 것은 당연한 일이었다. 이렇게 탄생한 새로운 시리즈가 '스파이더맨'으로, 토드 맥팔렌의 재능이 유감없이 펼쳐진 첫 호가 1990년에 발간되었다. 그는 새 타이틀의 만화가일 뿐만 아니라 작가이기도 했다. 예상대로 독자들이 앞다투어 달려들면서 스파이더맨 창간호는 2백만 부라는 기록적인 판매량을 자랑했고, 단번에 모든 코믹북 서점의 베스트셀러 판매대를 점령했다.

맥팔렌은 얼마 안 가 몇몇 동료들과 함께 마블을 떠나서 이미지 코믹스라는 자신의 회사를 설립했지만, 〈스파이더맨〉은 1998년에 폐간되기 전까지 큰 인기를 이어가며 총 98호를 발간한 주요 타이틀을 마블에 남겼다.

THE STORY

스파이더맨이 집에서는 메리 제인을, 밖에서는 평범한 강도들을 상대하느라 바쁘게 지내고 있을 때, 그가 사랑하는 뉴욕의 밤거리 아래서 사악한 무언가가 힘을 키우고 있었다.

뉴욕시의 모퉁이에서 무언가가 자라나고 있었다. 수많은 시민이 일상생활을 영위하는 삶의 터전 아래 사악한 기운이 어슬렁거리고 있었다. 어떤 본질적인 힘이 복수를 준비하고 있었던 것이다. 이제 모든 퍼즐 조각이 맞춰지고 있었다. 이런 긴장감이 자라나고 있는 복잡한 길거리 위에서는 스파이더맨이 가느다란 거미줄에 의지해 공중을 날아다니고 있었다. 어둠 속에서 무엇이 들끓고 있는지 전혀 알지 못하는 천진난만한 모습이었다.

밤이 되자 어둠 속에서만 활동하는 존재들이 움직이기 시작했다. 한 여성이 두려움에 떨고 있었고, 남자는 그녀의 지갑을 필사적으로 노렸으며, 여자의 얼굴에서 불과 몇 센티미터 거리에 총을 들이대고 있었다.[1]

스파이더맨에게는 익숙한 장면이었다. 맨해튼 뒷골목에서는 매일같이 벌어지는 일이었다. 하지만 직접 만든 거미줄을 이용해 범행 현장에 도착한 스파이더맨이 그날 밤 활동한 그 어떤 범죄자보다 더 두려운 존재였다.[2] 시민을 구하는 일도 스파이더맨에게는 평범한 일상이었다. 그는 여자를 구하고 강도를 체포했으며 총은 산산조각 냈다. 하지만 그때 도시 한 구석에서는 평범하지 않은 일이 일어나고 있었다. 칼립소라는 여성이 특수한 약을 만들어서,[3] 리저드라는 사악한 생명체를 하수구 속에서 키우고 있었던 것이다.[4]

소호의 아파트로 돌아온 스파이더맨은 코스튬을 벗고 평범한 뉴욕 시민 피터 파커가 되어 부인 메리 제인의 품에서 휴식을 취했다.[5] 하지만 뉴욕 밤거리의 습한 공기 속에선 원초적인 울음소리가 울려 퍼지고 있었다. 소리의 근원지에서는 리저드가 처음엔 쥐를 잡아먹더니, 그와 비슷한 종류의 인간(범죄자나 도둑)까지 잡아먹었다.[6] 동물적인 본능과 보이지 않는 칼립소의 조종에 따라 살인을 저지른, 리저드란 빌런 속에 갇힌 어떤 사람이 표식을 남겼다. 피해자 뒤편의 벽에 피로 'CNNR'이라는 글자를 쓴 것이다. 이는 자신의 인간 자아의 이름인 코너스를 뜻했다.[7] 미쳐 날뛰는 짐승이 된 현재의 모습과는 동떨어진 이름이었다. 스파이더맨에게 이것은 살인 미스터리를 풀고 그의 인내심과 인간성까지 시험할 첫 번째 단서였다. 하지만 스파이더맨은 건물 옥상 사이를 날아다니느라,[8] 그 밑에서 어슬렁거리는 생명체는 감지하지 못했다. 어둠이 깔리자 리저드가 그림자 속으로 숨어들었다. 출근을 위해 지름길을 택한 랄프 딜라는 불쌍한 사람이 그의 저녁 식사가 됐다.[9] 그리고 리저드는 기다렸다. 그의 궁극적인 계획은 스파이더맨을 처부수는 것이었다.[10]

이어지는 네 권 동안 스파이더맨은 리저드와 피 튀기는 전투를 치렀다. 스파이더맨이나 리저드 둘 다 처음 겪어보는 격렬한 싸움이었다. 그리고 이 모든 혼란을 일으킨 사람이 크레이븐 더 헌터의 옛 애인이자 어두운 부두교 사제인 칼립소라는 것이 밝혀졌다. 이미 수년 전에 악의 세력에 굴복한 칼립소는 자신이 온전히 소유할 수 있는 누군가가 필요했던 것이다. 스파이더맨은 이 부두교 마녀와 자신도 모르게 그녀의 애완동물이 된 리저드를 물리쳤다. 하지만 진상이 밝혀졌는데도 다른 결투에서 이겼을 때처럼 모든 게 정상으로 돌아갔다는 느낌은 받지 못했다.

아직 무언가가 남아 있었다. 아주 불쾌하고 어두운 무언가였다.

"그건 저 아래서 기어 다니고 있어. 기다리는 거지. 머리 위로 지나갈 히어로를 먹어치울 날만 갈망하면서. 머지않아 만찬을 즐길 거야."

CARNAGE 카니지

손쓸 수 없을 만큼 광폭하고 일그러진 인물인 클레투스 캐사디는 사악한 외계 심비오트와 결합해서는 안 될, 최악의 인물이었다. 둘이 합쳐지자 스파이더맨의 가장 위협적인 적이자 피에 굶주린 괴물 카니지가 탄생했다.

ORIGIN

클레투스 캐사디는 카니지가 되기 전부터 악명 높은 연쇄살인범이었다. 첫 번째 희생자는 그의 아버지였으며, 그는 어머니 역시 자신이 죽였다고 자백했다. 클레투스는 브루클린에 있는 세인트 에스테스 소년 보육원에서 자랐다. 원생들은 체구가 작고 내성적이었던 클레투스를 자주 괴롭혔다. 보육원이 완전히 불타버리고 많은 아이들과 사감이 죽는 사고가 난 후, 클레투스는 다른 시설로 옮겨졌다. 클레투스가 자라면서 그의 주변에는 의문의 죽음이 급격히 늘어갔다. 그의 데이트 신청을 비웃던 여자는 누군가에 의해 달리는 버스 앞으로 떠밀려 사망했으며, 알코올의존자였던 그의 양아버지는 동네 골목길에서 누군가에게 맞아 죽었다.

클레투스 캐사디는 외계 심비오트가 감방 동료 에디 브록과 결합해 그를 탈출시키는 것을 보고 놀라워한다.

20대 초반까지 클레투스 캐사디는 11명을 살해한 혐의로 유죄 판결을 받았지만, 본인은 수십 명을 더 죽였다고 으스댔다. 종신형을 선고받고 레이븐크로프트 교도소에 수감된 그는 에디 브록과 같은 방을 쓰게 됐다. 한때 베놈이었던 에디는 얼마 전에 외계 심비오트와 분리된 상태였다. 어느 날 밤, 심비오트가 에디를 풀어주러 찾아오고, 클레투스는 자신의 눈앞에 펼쳐진 광경에 충격을 받았다. 그런데 외계 심비오트의 작은 파편이 남아 있다가 캐사디와 결합했다. 외계 심비오트와 클레투스의 위험한 정신이 결합하자 전 세계를 공포에 떨게 할 사이코패스 살인마 카니지가 탄생했다.

캐사디의 팔에 떨어진 외계 심비오트 조각은 혈관에 녹아들어 그의 일부분이 되었다. 처음에는 놀라던 캐사디도 곧 이 외계 생명체를 기꺼이 받아들였다.

카니지는 스파이더맨과 베놈을 합친 것보다 강하다. 50톤 이상을 너끈히 들어 올릴 수 있으며, 심비오트로부터 끊임없이 에너지를 공급받기 때문에 지칠 일도 없다.

카니지가 낳은 심비오트 아기는 경찰인 멀리건과 결합했다. 멀리건은 톡신이 되어 새로운 능력을 선한 일에 사용했다. 이후 그가 죽자, 새로운 숙주를 찾던 톡신 심비오트는 한때 베놈이었던 에디 브록과 결합했다.

"넌 나를 막지 않았지. 이제 기회는 지나갔어."
— 카니지

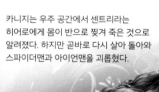

카니지의 또 다른 심비오트 자손과 결합한 타니스 니브스 박사는 슈릭이라는 빌런을 막기 위해 스콘이 되었다.

카니지는 우주 공간에서 센트리라는 히어로에게 몸이 반으로 찢겨 죽은 것으로 알려졌다. 하지만 곧바로 다시 살아 돌아와 스파이더맨과 아이언맨을 괴롭혔다.

카니지가 된 캐사디는 뾰족한 이빨과 칼날처럼 날카로운 손톱을 지니게 됐는데, 이는 사실 외계 심비오트의 일부였다.

카니지의 손과 발은 거의 모든 물체의 표면에 달라붙을 수 있다.

한때 스파이더맨과 결합했던 외계 심비오트 덕분에 카니지는 신체 어느 부위에서든 거미줄 같은 물질을 생성하고 발사할 수 있다.

KEY DATA

첫 등장
어메이징 스파이더맨 #344 (1991. 2)

본명
클레투스 캐사디

소속
없음

힘/초능력
카니지는 강화된 힘과 스피드를 지녔다. 다양한 물질의 표면에 달라붙을 수 있으며, 직접 거미줄을 생산해 발사할 수 있고, 스파이더맨의 스파이더 센스를 피할 수도 있다. 치유 능력이 있으며 대부분의 화기 공격을 막아낼 수 있다. 자신의 형상을 바꿀 수도 있는데, 촉수를 뻗거나 몸을 길게 늘어뜨릴 수 있고, 신체 일부분을 떼어내 강력한 무기로 쓸 수도 있다.

카니지의 슈트

카니지의 외계 심비오트 슈트는 베놈에게는 없던 능력을 지니고 있었다. 그중 하나가 코스튬을 길게 늘어뜨려 병기로 사용할 수 있는 능력이었다. 하지만 베놈 심비오트처럼 한때 스파이더맨과 결합해 생긴 이점도 가지고 있다. 스파이더맨의 스파이더 센스에 감지되지 않아 그에게 몰래 접근할 수 있는 것이다. 하지만 두 사람이 처음 록 콘서트에서 대면했을 때, 스파이더맨은 심비오트의 유일한 약점을 발견했다. 바로 소리였다. 스파이더맨은 무대의 음향 시스템을 켜서 카니지가 견딜 수 없는 주파수의 소음을 발생시켰고, 공격을 받은 외계 심비오트는 의식을 잃었다.

1993, May

THE SPECTACULAR SPIDER-MAN
스펙타큘러 스파이더맨
#200

**"현실을 직시하자. 너랑 나 같은 사람은…
죽는 게 나아."**

— 그린 고블린(해리 오스본)

편집장
톰 디팰코

표지아티스트
살 뷰세마

작가
J.M. 드매티스

원화가
살 뷰세마

선화인
살 뷰세마

채색가
밥 샤런

레터러
조 로젠

주요 캐릭터: 스파이더맨, 그린 고블린(해리 오스본), 메리 제인 왓슨-파커,
리즈 오스본

보조 캐릭터: 노먼 오스본 주니어, J. 조나 제임슨

주요 장소: 해리 오스본의 아파트, 브루클린 다리, 피터 파커의 아파트,
데일리 뷰글 사무실, 토니의 이탈리아 식당, 오스본 재단 건물

BACKGROUND

코믹북 세계에서는 기념호를 내는 것이 오랜 전통이다. 팬들은
자신이 좋아하는 타이틀의 50번째나 100번째 기념호에서
엄청난 이야기가 펼쳐지는 것을 보며 자라왔다.
〈스펙타큘러 스파이더맨 #200〉은 오래전부터 이어져
온 해리 오스본의 이야기에 클라이맥스를 찍었다. 아버지
노먼 오스본(오리지널 그린 고블린)이 사망한 후 마약에
빠졌다가 헤어 나오기를 반복한 해리의 정신병이 전체
이야기의 핵심으로, 해리는 그로 인해 삶을 마감한다.
이렇게 죽은 줄로만 알았던 해리는 2008년에
'브랜드 뉴 데이' 이야기에서 살아 돌아온다.
작가 J.M. 드매티스의 강렬한 이야기와 대사
없는 박스를 활용한 살 뷰세마의 대담한 그림이
이 충격적인 이야기를 더욱 부각시켰다.
결과적으로 200호라는 표지 문구에 걸맞은 뜻깊은
걸작이 탄생했다.

"내가 그랬어, 피터.
아마 너라도 그렇게
했을 거야… 진짜
히어로라도 말이야."

— 해리 오스본

THE STORY

이성을 지키려는 자기와의 싸움에서 결국 패한 해리 오스본이 다시 그린 고블린으로 전락하며 스파이더맨과 마지막 대결을 펼친다.

이 모든 비극은 해리 오스본이 아버지의 죽음을 목격한 순간부터 시작됐다. 누구라도 그런 일을 겪으면 큰 충격을 받았겠지만, 해리의 눈앞에서 펼쳐진 장면은 그가 받아들일 수 있는 한계를 넘어선 너무나도 기이하고 뒤틀린 현실이었다. 해리의 아버지 노먼 오스본이 오리지널 그린 고블린이었기 때문이다. 그리고 아버지의 죽음을 초래한 사람은 그의 제일 친한 친구 피터 파커, 즉 스파이더맨이었다.

그날부터 해리의 정신은 정상과 비정상 사이를 오갔고, 그의 광기는 시간이 갈수록 심해졌다. 마침내 해리는 자기 안의 고블린에게 완전히 굴복했고, 아버지가 했던 행동을 그대로 따라 했다. 스파이더맨이 사랑하는 사람을 납치해서 브루클린 다리 꼭대기로 데려간 것이다.

이번에 고블린의 희생자가 된 사람은 스파이더맨의 부인 메리 제인 왓슨-파커였다.[1] 하지만 몇 년 전 그웬 스테이시를 다리 밑으로 던져버린 아버지와는 달리, 이 그린 고블린은 메리 제인 앞에서 마스크를 벗고 자신이 완전히 미치지는 않았다는 것을 보여줬다.[2] 아버지를 잔인하게 죽인 스파이더맨을 원망하긴 하지만, 메리 제인을 다리로 데려간 건 그린 고블린과 스파이더맨 사이에 무슨 일이 벌어져도 그녀는 안전할 거라고 안심시켜주기 위해서였다.

그런 다음 해리는 메리 제인을 소호에 있는 그녀의 집으로 데려다줬다. 스파이더맨으로서는 달갑지 않은 행동이었다. 메리 제인을 찾아 온 도시를 샅샅이 뒤지고 돌아온 스파이더맨은 집에서 자신을 기다리고 있는 그린 고블린을 보고 분노를 쏟아냈다.[3] 메리 제인은 자신을 보호하려는 남편의 행동을 말리며 해리는 싸우러 온 것이 아니라고 말했다. 해리는 스파이더맨의 마스크를 벗고 오랜 친구의 눈을 바라보며,[4] 두려워할 것 없다고 다시 한번 메리 제인을 안심시킨다. 하지만 피터에게는 그런 말을 하지 않았다. 그러고 말없이 밤하늘을 날아 자신의 집으로 돌아갔다. 아내인 리즈와 아들 노미가 있는 해리 오스본의 일상으로 돌아간 것이다. 하지만 자선단체인 오스본 재단의 설립을 준비하면서도, 해리는 한편으로 피터를 살해할 음모를 꾸미고 있었다.[5]

며칠 후, 그린 고블린은 드디어 그토록 바라던 대결을 펼쳤다. 재단 건물 옥상에서 스파이더맨과 싸우기 시작했고,[6] 약물을 이용해 스파이더맨이 의식을 잃게 한 후, 2분 안에 건물을 폭파할 원격 타이머를 작동시켰다.[7] 스파이더맨뿐만 아니라 그린 고블린 자신도 함께 죽으려 한 것이다. 그런데 예상치 못한 일이 벌어졌다. 그린 고블린 안에서 해리 오스본의 인격이 다시 한번 살아난 것이다. 그는 곧 폭발할 건물 안에 메리 제인과 자신의 아들인 노미가 있다는 것을 깨달았다. 그리고 그 즉시 고블린 글라이더에 올라타 메리 제인과 노미를 품에 안고 안전한 곳으로 옮겨놓았다.[8] 하지만 의식을 잃은 스파이더맨이 아직 건물 옥상에 있었다.[9] 놀랍게도 그린 고블린은 피터를 구하기 위해 다시 건물 안으로 뛰어들었다.[10] 재단 건물이 폭발해 연기와 불길이 솟아오르는 와중에도[11] 그린 고블린은 스파이더맨의 목숨을 구해냈다.

해리 오스본은 건물 밖 길거리에 쓰러졌다. 완전하지 않은 고블린 혈청을 몸이 감당 못 할 정도로 투여했던 것이다. 아버지처럼 해리도 그린 고블린 옷을 입은 채 아들의 눈앞에서 죽은 것처럼 보였다.[12] 그렇게 해리는 안 그래도 죄책감으로 가득한 스파이더맨의 마음에 또 다른 짐이 되었다.[13]

WHOOOM!

"너무 늦었어, 카니지!!"
—스파이더맨

MAXIMUM CARNAGE
맥시멈 카니지

> **"좋은 시절은 끝났어!"**
> —베놈

스파이더맨의 세계는 조금 더 어두워졌다. 피터 파커는 제일 친한 친구였던 해리 오스본이 죽음이 최근에 겪은 최악의 사건이라고 생각했지만 그건 오산이었다. 레이브크로프트 교도소에 있는 연쇄 살인범 클레투스 캐사디가 스파이더맨에게 또 다른 시련을 주기 위해 움직이고 있었기 때문이다.

카니지로 변신한 캐사디는 광기에서 탈옥하면서 감방 동료를 데리고 나왔다. 감정을 조종하는 별런 슈이었다. 곧이어 외계에서 온 괴물 스파이더맨 도플갱어까지 합류하지, 세 사람은 스파이더맨의 베놈을 잡으러 첫 사냥을 나서고, 단순한 재미를 위해 맨해튼 전체에 혼란을 불러일으켰다. 카니지는 살인과 파괴 행위를 계속하기 위해 데모고블린 캐리온 등 강력한 동료들을 더 불러 모았다. 한편 스파이더맨쪽에는 블랙캣과 클록, 대거, 파이어스타, 그리고 모비어스와 베놈까지 함께했다. 무고하게 희생되는 시민들이 늘어가자 데스록과 아이언 피스트, 캡틴 아메리카, 나이트 워치 같은 히어로들까지 지원에 나섰다. 이어진 전투에서 카니지와 베놈이 엄청난 폭발에 휩싸였고, 카니지는 의식을 잃었다.

카니지의 살인은 닥치는 대로 마구잡이로 행해져서 스파이더맨은 허를 찔릴 수밖에 없었다.

THE CLONE SAGA
클론 사가

'클론 사가'는 스파이더맨의 인생에 닥친 최대의 시험이었다. 클론 사가를 통해 피터는 자신의 존재 가치와 지금까지 살아온 삶 자체에 의문을 품게 됐다.

클론의 습격

5년 전, 재칼이라는 슈퍼 빌런이 상상을 뛰어넘는 실험에 성공해서 피터 파커를 복제했다. 피터는 자신의 완벽한 복제품이 오래전 건물 폭발 사고 때 파괴됐으며, 그때 재칼도 죽었다고 알고 있었다. 하지만 그 두 사람이 다시 나타나자 스파이더맨에게는 풀리지 않는 의문이 쌓여갔다. 그중 가장 중요한 의문은 이것이었다. 과연 지금의 피터는 진짜일까, 클론일까?

"벽 타기는 내 전매특허야···. 게다가 원래 거미는 자기 영역을 확실히 지킨다고!"

— 스파이더맨

144

피터의 판박이

메이 숙모가 혼수상태에 빠져 임종을 앞두고 있을 때, 피터 파커의 클론이 그녀를 보러 뉴욕에 왔다가 진짜 스파이더맨과 마주쳤다. 피터의 추억과 감정을 고스란히 소유한 클론은 메이 숙모에게 강한 애정을 느꼈고, 다시는 그녀와 이야기를 나눌 수 없다는 생각이 들자 견딜 수가 없었다.

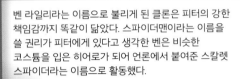

벤 라일리라는 이름으로 불리게 된 클론은 피터의 강한 책임감까지 똑같이 닮았다. 스파이더맨이라는 이름을 쓸 권리가 피터에게 있다고 생각한 벤은 비슷한 코스튬을 입은 히어로가 되어 언론에서 붙여준 스칼렛 스파이더라는 이름으로 활동했다.

케인

세계적으로 유명한 살인 청부업자로, 피해자의 얼굴에 독특한 표식을 남기는 냉혹한 킬러였다. 하지만 케인의 정체를 아는 사람은 거의 없다. 사실 케인은 워런 교수가 실험 단계에서 처음으로 탄생시킨 피터 파커의 클론이다. 하지만 아직 복제 기술이 완성되지 않았을 때라 그의 몸은 퇴화를 겪었고, 이 때문에 끔찍한 상처가 남게 됐다.

다이내믹 듀오

피터가 벤의 존재에 익숙해지기까지 시간이 조금 걸리기는 했지만, 두 사람은 금세 한 팀이 되었고, 서로를 형제로 생각하기에 이르렀다. 다시 등장한 재칼이 이들의 마음을 가지고 놀려고 할 때, 두 사람의 유대감은 큰 도움이 됐다.

벤 라일리가 진짜 피터 파커라고 생각한 케인은 그를 따라 미국 전역을 돌아다녔다. 그는 벤을 증오했고, 벤의 인생을 망가뜨리기 위해서라면 무슨 일이든 했다. 또한 케인은 피터가 자기와 같은 클론이라고 생각하며 그가 개척해온 삶을 지켜주고 싶어 했다. 오락가락하는 도덕관념을 가진 그는 스파이더맨의 주변에 숨어 어슬렁거리며 히어로와 빌런의 경계선을 넘나들고 있다.

재칼의 게임

워런 교수, 일명 재칼은 클론으로 세상을 가득 채울 수 있을 거라 믿었고, 이 목표를 성취하기 위해 수십 명의 피터 파커 도플갱어를 만들었다. 벤과 피터가 가까스로 재칼을 물리치지만, 재칼은 두 사람을 속여 피터가 클론이고 벤이 진짜 스파이더맨이라고 믿게 했다.

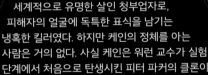

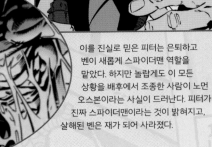

이를 진실로 믿은 피터는 은퇴하고 벤이 새롭게 스파이더맨 역할을 맡았다. 하지만 놀랍게도 이 모든 상황을 배후에서 조종한 사람이 노먼 오스본이라는 사실이 드러난다. 피터가 진짜 스파이더맨이라는 것이 밝혀지고, 살해된 벤은 재가 되어 사라졌다.

SCARLET SPIDER
스칼렛 스파이더

스파이더맨의 클론이었던 그는 5년간 뉴욕을 떠나 있었다. 그리고 자신이 누구인지, 어떤 존재인지를 받아들였다. 이제 그는 벤 라일리라는 새로운 신분을 만들었고, 임무 완수를 위해 스칼렛 스파이더라는 두 번째 이름도 받아들였다.

ORIGIN 피터 파커와 그의 클론이 처음 만났을 때, 두 사람 다 스파이더맨 복장을 하고 있었다. 재칼이라는 슈퍼 빌런으로 활동한 워런 교수가 피터를 복제했고, 그렇게 탄생한 클론이 자기 자신을 진짜 스파이더맨이라고 믿게 했다. 두 스파이더맨의 대결 중에 폭발 사고로 클론이 죽자, 피터는 그가 영원히 사라졌다고 생각했다.

하지만 재칼의 목숨을 앗아간 것처럼 보였던 그 폭발 현장에서 스파이더맨의 클론은 죽지 않았다. 피터가 떠난 후 연기 속에서 의식을 되찾은 그는 새로운 삶을 찾아 떠났다. 피터의 기억과 스파이더 파워를 지닌 그는 스스로에게 벤 라일리라는 이름을 지어줬다. 벤이 라는 이름은 피터에게 책임

감의 중요성을 일깨워준 삼촌의 이름에서 땄고, 라일리는 메이 숙모가 결혼 전에 쓰던 성이었다. 그는 5년간 미국 전역을 돌아다니면서 도움이 필요한 사람들을 위해 자신의 힘을 사용했다. 하지만 병석에 누운 메이 파커를 보러 뉴욕에 돌아온 벤은 더 이상 자신의 의무를 미룰 수 없다고 판단하고, 스칼렛 스파이더 코스튬을 입기 시작했다.

처음 대결한 날, 피터와 벤은 서로 자기가 진짜라고 생각했다. 그래서 둘 다 자신의 클론이 그날 확실히 죽었는지 궁금해했다.

벤은 박물관 기념품점에서 산 스파이더맨 후드티의 소매를 제거해 자신의 코스튬을 만들었다.

스칼렛 스파이더로 활동을 시작한 벤은 결투 끝에 베놈을 잡아 경찰에 넘겼다. 스파이더맨도 자주 실패하던 일을 처음부터 해낸 것이다.

카니지와 벌인 치열한 전투에서 외계 심비오트는 벤과 결합을 시도했다. 결국 그는 일시적으로 스파이더 카니지가 됐다.

"난 영웅이 아니야. 그냥 해야 할 일을 하는 것뿐이지."
— 스칼렛 스파이더

피터와 달라 보이기 위해 벤은 훗날 머리를 금발로 염색했다.

벤에게 최대의 적은 케인이었다. 불완전한 스파이더맨 클론인 케인은 피터의 삶을 파멸시킬 수 있는 모든 잠재적인 적들에게 원한을 품었다. 그리고 몇 년간 강박적으로 벤을 따라다녔다.

벤은 스파이더맨을 공격하려는 그린 고블린의 글라이더 앞에 몸을 던져 때 이른 죽음을 맞이했다. 그리고 재가 되어 부서지면서 자신은 피터의 클론이었다는 사실을 확실하게 증명했다.

최근에 케인은 자신의 숙적이었던 스칼렛 스파이더의 신분을 사용하기 시작했다.

두 번째 스파이더맨

뉴욕으로 돌아온 벤에게 재칼은 그가 클론인지 진짜 스파이더맨인지 끊임없이 질문을 던지며 혼란스럽게 했다. 마침내 벤 라일리와 피터 파커는 직접 테스트를 해서 벤이 진짜 스파이더맨이라는 결과를 얻었다. 피터는 지금까지 일어난 일들이 모두를 위한 최선이었다고 수긍하며 자발적으로 히어로의 삶을 포기한다. 이에 한동안 벤이 스파이더맨으로 활동했지만, 얼마 안 가 전투 중에 생을 마감하고 만다.

벤은 웹슈터에서 발사되는 송곳과 스파이더맨의 스파이더 트레이서보다 작고 빠른 미니도트 트레이서를 개발했다.

스칼렛 스파이더는 커다란 덩어리로 발사되어 상대를 가둬버리는 임팩트 거미줄을 즐겨 사용했다.

피터 파커와 벤 라일리는 떨어져 지낸 5년 동안 아주 다른 성격이 되었다.

KEY DATA

첫 등장
어메이징 스파이더맨 #149 (1975. 10)

본명
벤자민 라일리

소속
뉴 워리어즈

힘/초능력
벤은 완벽에 가까운 피터 파커의 클론으로, 스파이더맨의 모든 능력과 힘을 가졌다. 벽에 달라붙을 수 있고, 위험을 감지하는 스파이더 센스가 있으며, 상처를 빨리 치유하는 능력도 있다. 또한 강화된 힘과 반사 신경, 민첩성, 내구력, 스피드는 물론이고 피터의 기억도 대부분 공유했다. 벤은 피터의 웹슈터를 변형하고 새로운 무기도 추가했다.

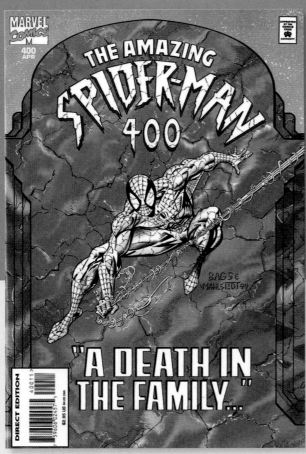

1995, April

THE AMAZING SPIDER-MAN

어메이징 스파이더맨

#400

*"의사와 병원은 필요 없어···.
지금은 우리끼리 작별 인사를 해야 할 때야."*

— 메이 파커 숙모

편집장
밥 부디안스키

표지아티스트
마크 배글리, 래리 말스테트

작가
J.M. 드매티스

원화가
마크 배글리

선화인
래리 말스테트,
랜디 엠벌린

채색가
밥 샤런

레터러
빌 오클리, NJQ

주요 캐릭터: 스파이더맨, 메이 파커 숙모, 스칼렛 스파이더, 메리 제인 왓슨-파커

보조 캐릭터: 줄리아 카푸토 의사, 애나 왓슨, J. 조나 제임슨, 말라 제임슨, 리즈 오스본, 노먼 오스본 주니어, 플래시 톰슨, 블랙캣, 조 로버트슨, 코너 트리베인 형사, 제이컵 레이븐 경위

주요 장소: 뉴욕의 한 병원, 레이븐크로프트 교도소, 파커 자택, 엠파이어 스테이트 빌딩, 뉴욕의 이름 모를 묘지

BACKGROUND

〈웹 오브 스파이더맨 #117 (1994. 10)〉에서 시작된 클론 사가는 여태껏 가장 큰 논란을 불러일으킨 내용으로, 소위 말하는 '스파이더버스(Spiderverse)'를 뒤흔들며 피터 파커의 삶을 완전히 바꿔놓았다. 이 모든 것은 브레인스토밍 회의에서 작가 테리 카바나가 내놓은 아이디어 하나로 시작했다. 스파이더맨의 클론을 되살리자는 의견이었다. 하지만 그 단순한 설정에서 파생될 수 있는 잠재적인 이야기가 무궁무진했고, 이는 곧 판매량을 늘리는 수단을 넘어선 야심 찬 새 이야기로 발전했다.

스파이더맨 편집실에서는 무게감이 있으면서 오래토록 감동이 남는 이야기를 만들고 싶었다. 〈어메이징 스파이더맨 #400〉이 다룬 메이 파커의 임종은 비록 원래 의도와 달리 오래 지속하지는 못 했지만, 확실히 무게감을 주는 이야기였다. 코믹북 세계에서 좋은 캐릭터는 죽어도 다시 살아 돌아오는 경우가 많긴 했지만, 메이 숙모의 죽음은 그녀가 상징했던 한 시대의 종말로 받아들여지기에 충분했다.

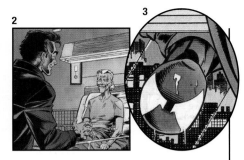

THE STORY

'선물' 편에서 피터 파커는 메이 숙모가 죽기 전 마지막 순간을 함께 보낸다. 피터의 클론은 작별 인사도 하지 못하고 이를 지켜볼 수밖에 없었다.

스파이더맨에게는 이 모든 게 꿈처럼 느껴졌을 것이다. 메이 숙모는 며칠째 혼수상태에 빠져 있었고, 의사들은 그녀가 다시 일어날 수 없을지도 모른다고 했다. 그래서 병원에서 온 전화를 받았을 때, 피터는 자연스럽게 최악의 상황이 왔다고 생각했다.[1] 무시무시한 속도로 시내를 가로지른 스파이더맨은 일반인 피터로 옷을 갈아입고, 무거운 마음으로 엄마와도 같았던 숙모의 병실로 들어갔다. 아직 그녀를 떠나보낼 마음의 준비도 못 한 채였다.

하지만 다행히도 그런 걱정을 할 필요는 없었다. 방에서 기다리고 있던 숙모는 그 어느 때보다 멀쩡하게 살아 있었다.[2] 혼수상태에서 깨어났을 뿐 아니라, 퇴원해서 일상으로 돌아갈 준비도 돼 있었다. 기쁨의 눈물을 흘리던 피터는 한쪽 구석에서 무언가가 지나가는 것을 보았다. 스칼렛 스파이더인 벤 라일리가 밖에서 이 장면을 지켜보고 있었던 것이다.[3] 벤은 비록 자기 것이라고 생각했던 삶에서 버림받은 처지였지만, 메이 숙모를 사랑하는 마음만은 버릴 수가 없었다.

포리스트힐스의 자택으로 돌아온 메이 숙모는 피터와 메리 제인의 2세가 탄생할 거라는 기쁜 소식을 듣는다.[4] 하지만 피터가 가족들과 즐거운 한때를 보내고 있을 때, 스칼렛 스파이더가 어둠 속에서 나타난다. 피터와 마주한 스칼렛 스파이더는 자신의 계획을 밝혔다. 이제 메이 숙모가 회복된 걸 알았으니 파커 집안사람들의 곁에서 영원히 떠나겠다는 것이었다.[5]

한동안 파커가의 생활은 정상으로 돌아간 것만 같았다. 메이 숙모와 피터는 지난 일을 회상하며 즐거워했고, 엠파이어 스테이트 빌딩 꼭대기에서 함께 시간을 보내기도 했다. 거기서 메이 숙모는 몇 년 전부터 피터의 비밀을 알고 있었다고 털어놓았다.[6] 그녀는 피터가 스파이더맨인 것을 알고 걱정했지만 동시에 그를 자랑스러워했다. 이 고백은 피터의 마음을 가볍게 해주었지만, 메이 숙모는 많이 지쳐 보였다. 두 사람은 집으로 그만 돌아가기로 했다. 말할 수 없는 비밀이 존재했던 숙모와 조카 사이에 이제 새로운 유대감이 생겨났다.

하지만 그게 메이 숙모가 마음먹고 한 고백이었다는 것을 피터는 몰랐다. 다시 열이 펄펄 났지만 그녀는 더 이상 싸우려 하지 않았다.[7] 그만 세상을 떠날 때가 왔고, 그녀도 이를 알고 있었다. 비록 피터는 아직 준비가 안 됐지만 그녀는 준비가 돼 있었다. 피터는 숙모의 손을 잡고 어릴 적 그녀가 읽어주던 책 이야기를 조용히 들려줬다. 숙모는 잠들었고 피터와 메리 제인은 그녀의 죽음을 슬퍼했다.[8]

창밖에서는 또 다른 사람이 메이 숙모의 죽음을 슬퍼하고 있었다. 파커의 가족에게서 멀리 떠나겠다고 약속했던 이였다. 빨간색과 파란색 스파이더 코스튬을 입은 그는 메이 숙모의 침상 곁에 있을 수 있는 자격을 가진 사람들만큼이나 그녀의 죽음을 마음속 깊이 슬퍼하고 있었다.[9]

장례식 날은 추웠다. 피터와 메리 제인은 친한 친구들과 함께 서서 감정을 억누르고 있었다.[10] 메이 숙모의 관이 땅속으로 내려갔고, 얼마 지나지 않아 조문객들은 뿔뿔이 흩어져 각자의 일상으로 돌아갔다. 피터와 메리 제인은 마지막까지 남아 있었다. 아무 말도 오가지 않았다. 말없이 서로를 위로하던 두 사람도 결국 묘지를 떠났다.

그리고 또 다른 조용한 조문객이 찾아왔다. 벤 라일리는 '숙모'에게 작별 인사도 할 수 없었지만, 자신의 삶에 큰 영향을 끼친 그녀에게 꼭 애도를 표해야만 했다. 벤은 묘비 앞에 장미 한 송이를 바치고 눈물을 흘렸다. 죽은 메이 숙모뿐만 아니라 진정으로 살아보지 못한 자신의 삶에 대한 애도의 눈물이었다.[11]

"출발. 날아가자.
'오른쪽에서 두 번째,
그리고 아침이
올 때까지 쭉
직진하는 거야.'"
— 피터 파커

IDENTITY CRISIS

정체성의 위기

"이 새로운 정체성은 우리에게 새로
시작할 기회를 줬어.
우리 삶을 돌려준 거라고!"

— 호넷으로서의 스파이더맨

부활한 노먼 오스본은 자신이 그린 고블린이 아니었다는 것을 입증하며
혐의를 벗었다. 게다가 스파이더맨을 함정에 빠뜨린 후, 그의 머리에
5백만 달러의 현상금을 걸었다. 수많은 현상금 사냥꾼의 목표물이 된
피터 파커는 새로운 정체성을 만들어야만 했다.

다중 인격

피터 파커는 다른 히어로들도 일시적으로 여러 개의 정체성을 사용했다는
것을 깨달았다. 하지만 결국은 다 탄로가 났다는 것도 알았다. 피터는
불리함을 극복하기 위해 하나 이상의 정체성을 사용하기로 한다. 그리고
동시에 여러 개의 페르소나를 오가면 힘들 거라는 생각에 각각의 정체성에
자신의 진짜 성격과 능력을 조금씩 반영했다.

리코세

동네 중고품 할인점의 의류 코너를 둘러보던 메리 제인은 등에 'R'
이라는 글자가 크게 박힌 가죽 재킷을 발견했다. 그리고 이 문양을
바탕으로 남편을 위한 새로운 코스튬을 디자인했다. 피터는 거미
같은 민첩함으로 '리코세'라는 초인적인 운동선수를 연기했다.

리코세는 때때로 대결 중에도
쉴 새 없이 농담을 늘어놓는
성가신 히어로였다.

메리 제인의 열정적인 도움이 없었다면
스파이더맨은 새로운 정체성을 만들지
못했을 것이다.

더스크

스파이더맨은 몇 주 전에 네거티브 존이라는 다른 차원을 방문했다가 새로운 코스튬을 얻었다. 그림자에 흡수되어 자신의 모습을 감출 수 있는 코스튬이었다. 피터는 이 어두운 페르소나에 '더스크'라는 이름을 붙였다. 수수께끼 같은 존재인 더스크의 유틸리티 벨트에는 가스와 연기, 섬광 수류탄이 구비되어 있다.

더스크가 된 스파이더맨은 범죄를 저지르는 용병인 척하면서 지하 세계를 염탐했다.

프로디지(피터)는 강한 도덕관념을 내세웠다.

그림자에 스며드는 능력은 더스크를 무시무시한 밤의 괴물로 만들어줬다.

프로디지

전적으로 메리 제인의 머리와 손에서 탄생한 '프로디지'는 완벽에 가까운 코스튬 히어로였다. 초인적인 힘과 방탄 슈트로 무장한 프로디지는 두 건물의 옥상 사이를 한 번에 건너뛸 수 있었다.

러프하우스 같은 빌런에게서 시민들을 구해내는 프로디지는 피터가 어릴 적에 보던 코믹북에 등장하는 전형적인 히어로였다. 프로디지는 미디어의 사랑을 받으며 스파이더맨은 누려보지 못한 존경과 명성을 얻었다.

호넷

피터는 오랜 친구이자 전자공학 분야의 천재 발명가인 호비 브라운을 찾아갔다. '프라울러'라고도 불리는 친구였다. 호비는 스파이더맨의 새로운 정체성인 호넷의 활동을 위해 최신 발명품인 인공두뇌로 조종하는 제트팩을 선물했다.

제트팩은 장착하기엔 너무 무거웠지만, 스파이더맨에게는 가뿐했다.

이 '새로운' 히어로가 스파이더맨은 더 이상 필요 없다는 말을 공식적으로 내뱉자, 호넷 코스튬 속의 사람이 누군지 몰랐던 휴먼 토치가 그에게 대항하러 나섰다.

호넷의 비행 속도는 최고 시속 80km까지 나온다.

슬링어스

몇 개월 후, 피터 파커가 스파이더맨의 무죄를 입증하고 네 개의 히어로 역할을 그만두자 누군가가 이를 재활용했다. 오래전 블랙 마블이라는 코스튬 히어로로 활동했던 댄 라이언스였다. 그는 네 명의 젊은 문제아를 모아 그들에게 스파이더맨이 쓰던 정체성과 능력을 부여하며 슬링어스라는 새로운 히어로 팀을 결성했다.

"그 얼빠진 인간은 그냥 놔줘, 스콜피온! 우리 사이엔 아직 해야 할 일이 남아 있잖아!"

— 가짜 스파이더맨

피터 앞에 나타난 스콜피온은 업그레이드된 능력에 걸맞은 새로운 모습을 하고 있었다.

너무 이른 은퇴

피터 파커는 스파이더맨 생활을 청산했다. 하지만 스파이더맨은 아직 피터를 보내줄 수가 없었다. 그린 고블린과의 마지막 대결 후, 스파이더맨은 거미줄을 접고 진짜 삶에 집중하기로 했다. 하지만 트라이콥 연구 재단의 입사 면접을 보고 있는 피터 앞에 슈퍼 빌런 스콜피온이 나타난 데 이어, 난데없이 새로운 스파이더맨까지 출현했다.

A NEW CHAPTER

새로운 챕터

최근에 스파이더맨의 삶은 혼란의 도가니였다. 끊임없이 누군가가 죽고 부활했으며 당황스러운 일들이 반복됐다. 이제 삶을 다시 정상으로 돌려놓을 때가 되었다. 인생의 새로운 챕터를 시작할 때가 된 것이다.

돌아온 메이 숙모

메이 숙모의 죽음은 사실이 아니었다. 노먼 오스본이 피터 파커의 삶을 우롱하려는 거대한 계획의 일환으로 진짜 메이 숙모를 납치하고 대역 배우를 고용해 연기하게 했던 것이다. 피터가 본 건 사랑하는 숙모가 아니라 배우가 죽어가는 모습이었고, 숙모를 되찾은 피터는 기쁨에 젖었다.

스파이더맨이 은퇴한 동안, 새로운 스파이더맨이 나타나 활동하고 있었다. 피터는 이 초능력자가 누군지 감도 못 잡았지만, 빌런인 샤드락에게 당하는 모습을 보고는 구하러 뛰어든다. 알고 보니 이 풋내기 스파이더맨은 10대 여자아이였다.

투철한 사명감

은퇴 생활이 적성에 맞기는 했지만 결국 피터는 책임감을 느끼고 자신의 사명을 다하기 위해 돌아온다. 돌아온 스파이더맨은 레인저와 샤드락, 캡틴 파워 같은 새로운 빌런들과 맞서 싸운다.

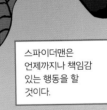

스파이더맨은 언제까지나 책임감 있는 행동을 할 것이다.

폭력배와 강도, 슈퍼 빌런에게서 무고한 사람들을 지키기 위해 피터가 돌아왔다.

피터가 샤드락을 물리치기 위해 다시 스파이더맨의 모습으로 나타나자, 그의 대역은 자신의 원래 정체를 드러내며 새로운 스파이더 우먼이 된다. 10대 소녀였던 매티 프랭클린은 곧 독자적인 히어로로 활동을 시작한다.

새로운 환경

아직도 가끔 예전 집에 들르기는 하지만 피터와 메리 제인은 맨해튼에 있는 고급 콘도로 이사했다. 메리 제인이 모델 일로 번 돈이 있었기에 가능한 일이었다. 메이 숙모도 이 젊은 부부의 넓은 펜트하우스로 함께 옮겨갔다.

〈어메이징 스파이더맨〉은 1998년 11월을 끝으로 폐간됐지만, 1999년 1월에 새롭게 다시 시작됐다. 2000년대에 들어가기에 앞서 프랜차이즈 시리즈를 리부팅하고 스토리를 일관되게 재정비함으로써, 스파이더맨은 밀레니엄 시대의 독자들을 겨냥한 새로운 모습으로 변신했다.

THE
2000s
AND BEYOND...
2000년대 그리고 그 후…

과거의 연속성에서 잠시 거리를 두기 위해, 〈어메이징 스파이더맨〉은 1990년대가 끝나기 직전에 새롭게 다시 시작했다. 하지만 30번째 코믹북이 발표된 2001년이 돼서야 스파이더맨이 가고자 하는 새로운 방향이 확실해졌다. 작가 J. 마이클 스트라진스키가 피터 파커의 삶을 완전히 장악했고, 새로운 편집장 조 퀘사다의 지도 아래 이 캐릭터를 새로운 방향으로 대담하게 끌고 갔다. 이를 위해 5~6개 코믹북에 걸친 이야기를 만들자 이를 대형 페이퍼백으로 재포장할 수 있었고, 덕분에 판매가 급증했다. 또한 작가 브라이언 마이클 벤디스의 도움으로 재구성된 피터 파커의 10대 버전 〈얼티밋 스파이더맨〉이 공전의 히트를 기록하며, 스파이더맨은 다시 한 번 꼭 읽어야만 하는 코믹북이 되었다. 코믹북의 일련번호는 금방 오리지널 시리즈의 번호(#1)로 돌아갔고, 스파이더맨은 2008년에 '브랜드 뉴 데이'라는 스토리라인으로 다시 작은 리부팅을 거쳤다. 하지만 700호에서 피터 파커는 닥터 옥토퍼스가 분한 슈피리어 스파이더맨으로 대체됐다. 〈어메이징 스파이더맨〉은 이때 잠시 멈췄다가 피터가 다시 돌아오면 세 번째 시리즈로 리부팅됐다. 현재는 〈어메이징 스파이더맨〉의 네 번째 시리즈가 이어지면서 대담한 모험을 쏟아내고 있다.

뒤 페이지 *어메이징 스파이더맨* #632 (2010. 5)

스파이더맨의 삶은 그동안 많은 변화를 겪었지만,
그의 문제들은 거의 그대로 남아 있다. 그중 하나는
카트 코너스 박사와 그의 또 다른 자아인 잔인한
리자드다.

EZEKIEL 이지킬

기이하고 신비로운 백만장자이면서 스파이더맨과 놀랄 만큼 비슷한 능력을 지닌 이지킬은 피터 파커의 인생에 갑자기 나타나 모든 것을 바꾸었다. 토템과 동물의 힘을 지닌 전사들에 관한 이야기로 피터가 여태껏 알아온 삶을 완전히 다른 측면에서 보게 해준 것이다.

ORIGIN

이지킬의 개인사는 많은 부분이 베일에 싸여 있다. 이 수수께끼 같은 남자의 과거에 관해 알려진 사실은 그가 직접 이야기한 것뿐인데, 그마저도 사적인 이익을 위해 조작된 거짓일 가능성이 있다. 처음 스파이더맨 앞에 나타났을 때, 그는 피터 파커의 스파이더 파워가 단순히 실험 사고로 인한 부작용이 아니었다고 말해줬다. 이지킬에 따르면 동물의 힘을 지닌 용사들은 오래전부터 이어져 왔으며, 피터는 가장 최근에 임명된 용사였다. 그러면서 이지킬은 토템의 능력을 갖춘 이들을 먹어치우는 포식자 몰런을 조심하라고 경고했다. 스파이더맨과 이지킬이 마침내 몰런과 싸우게 되자, 억지 같았던 그의 이야기가 설득력을 얻게 됐다.

이지킬이 위기의 순간마다 스파이더맨 앞에 나타났고, 두 사람은 우정을 쌓는 듯 보였다. 하지만 호의적인 것만 같았던 이지킬은 진짜 목적을 숨기고 있었다. 그는 고대 유혈 의식에서 피터와 비슷한 스파이더 파워를 얻었다. 하지만 진정한 스파이더 전사는 단 한 명만 살아남을 수 있다는 사실을 알고 자신이 살기 위해 피터를 희생 제물로 바치려 했다.

이지킬은 남미에서 유혈 의식을 통해 스파이더 파워를 얻었다. 그리고 진정한 스파이더 전사를 제거하지 않으면 자신이 죽게 된다는 경고를 받았다.

이지킬에게는 스파이더맨을 위해 특별히 지은 아다만티움으로 둘러싸인 방이 있었다. 필요할 경우 몰런에게서 몇 개월간 안전하게 피신할 수 있는 장소였다. 하지만 피터는 이지킬의 제안을 거절하고 정면 대결을 선택했다.

스파이더맨을 남미로 유인한 이지킬은 그를 가까스로 제압했다. 그리고 신적인 존재를 불러서 피터가 희생시켜도 좋은 가짜 스파이더 전사라고 속였다.

이지킬도 스파이더맨처럼 사물 표면에 달라붙을 수 있는 능력이 있다.

이지킬은 피터가 자신을 믿게 하고는 그를 이용했다.

자기 대신 피터를 스파이더 신에게 바쳐야 할 때가 왔지만 이지킬은 도저히 그럴 수가 없었다. 피터가 자신을 희생하면서까지 선한 일을 위해 능력을 써온 사실을 깨달은 것이다. 이지킬은 진정한 스파이더 전사를 살리기 위해 스파이더 신을 공격하고 스스로를 희생했다.

KEY DATA

첫 등장
어메이징 스파이더맨
(두 번째 시리즈) #30 (2001. 6)

본명
이지킬 심즈

소속
없음

힘/초능력
이지킬은 강화된 힘과 스피드, 반사 신경, 민첩성, 치유력을 지녔지만 스파이더맨보다는 약하다. 사물 표면에 달라붙을 수 있고 '스파이더 센스'로 위험을 예측할 수도 있다. 비슷한 능력을 지닌 덕분에 스파이더맨의 스파이더 센스를 피할 수 있다.

이지킬과 피터는 스승과 제자 관계를 형성했다. 이지킬 덕분에 피터는 존재하는지도 몰랐던 자기 힘의 다른 측면을 보게 됐다.

MORLUN 몰런

몰런은 사냥감들을 추적해 잡아먹으면서 몇백 년을 살아왔다.

타고난 포식자인 몰런은 동물에서 비롯된 힘을 지닌 사람들을 먹어치우기 위해 존재한다. 스파이더맨처럼 거미의 능력을 지닌 사람에게 몰런이란 존재는 극도로 위험하다.

ORIGIN

이지킬과의 첫 만남 직후, 스파이더맨은 자신과 대등한 힘을 지닌 몰런이라는 에너지 뱀파이어와 마주했다. 스파이더맨의 새 멘토인 이지킬처럼 몰런의 과거도 밝혀진 게 없었지만, 그는 적어도 동물의 힘을 소유한 자는 아니었다. 오히려 그런 이들을 먹어치우는 자였다. 초능력을 가진 희생자의 생명을 흡수함으로써 수 세기를 살아온 무시무시한 존재였다. 그런 몰런이 스파이더맨이라는 먹잇감을 노리고 뉴욕으로 온 것이다. 그리고 스파이더맨의 주의를 끌어 결투하려고 일부러 도시에 혼란을 일으키기 시작했다. 스파이더맨은 몰런이 이제껏 만나온 상대와는 비교가 안 되게 강하며, 그와 직접 맞붙어봤자 헛수고라는 것을 깨달았다. 그래서 몰런을 원자력발전소로 유인해 위험한 방사선으로 힘을 약화시켰다. 그 후 몰런에게 지속적인 학대를 받아온 하인 덱스가 그에게 총을 쐈고, 몰런은 죽은 것으로 보였다.

살인 자체를 음미하는 몰런. 스파이더맨과 싸움을 앞두고 최대한 시간을 들여 만반의 준비를 했다.

몰런은 보기보다 훨씬 힘이 세다. 한때 헐크나 토르에 비견될 만한 강력한 힘을 소유하기도 했다.

몰런은 초인적인 존재의 에너지를 빨아먹어야만 살 수 있다. 특히 동물에서 온 힘을 지닌 초인들을 노린다. 하지만 먹이를 못 먹는 날이 길어질수록 힘은 약해진다.

스파이더맨은 자신의 주인이었던 몰런을 총으로 쏴 죽인 하인 덱스를 도망가게 해준다. 몰런이 덱스에게 가한 고통을 생각하면 살인이 아닌 자기방어에 가깝다고 여긴 것이다.

최근에는 그의 가족인 인헤리터즈와 함께 다시 나타났다. 스파이더맨은 이 치명적인 포식자 집단 때문에 다양한 차원과 시간을 오가야 했다.

KEY DATA

첫 등장
어메이징 스파이더맨
(두 번째 시리즈) #30 (2001. 6)

별칭
없음

소속
인헤리터즈

힘/초능력
몰런은 동물의 힘을 지닌 존재들로부터 빨아들인 강력한 힘을 소유하고 있다. 적절한 에너지원만 공급받으면 수 세기 동안 살 수 있고, 초인들을 살짝 만지기만 해도 그들을 추적할 수 있다.

THE NEW AVENGERS 뉴 어벤져스

일렉트로가 뉴욕 최고의 보안을 뽐안을 뚫고 래프트 교도소의 죄수들을 탈옥시키자 스파이더맨은 이 폭동을 진압하기 위해 다른 히어로들과 힘을 합했다. 이것이 운명적인 모임이라고 생각한 캡틴 아메리카는 새로운 슈퍼 히어로 팀인 뉴 어벤져스를 결성했다.

스파이더맨과 스파이더우먼, 캡틴 아메리카, 아이언맨, 그리고 루크 케이지로 구성된 뉴 어벤져스는 첫 공식 임무를 위해 선사시대의 '세비지 랜드'로 향했고, 그곳에서 울버린을 새 멤버로 받아들였다. 파워하우스인 센트리와 수수께끼 같은 로닌도 곧이어 팀에 합류했다. 뉴 어벤져스는 일본에서 범죄 조직을 소탕하고 캐나다에서 위협을 해결하며 오리지널 팀 못지않게 강하다는 사실을 여러 차례로 금세 증명했다.

스파이더우먼
제시카 드루는 오랜 세월 히어로 활동을 해왔지만, 공식적으로 뉴 어벤져스에 합류한 것은 이번이 처음이었다. 그녀는 테라 집단인 하이드라의 요원으로 자원했지만 자신이 진정한 히어로라는 사실을 여러 차례로 증명해왔다.

스파이더맨
피터 파커는 수년 전부터 범죄와의 전쟁에 헌신해왔음에도 불구하고 고작 예비 어벤져스 자격만 얻은 상태였다. 그런 그였기에 캡틴 아메리카에게 개인적인 연락까지 받은 이상 이 팀에 합류할 기회를 놓칠 수 없었다.

센트리
'백만 개의 폭발하는 태양'에 맞먹는 힘을 소유한 센트리도 뉴 어벤져스의 멤버가 됐다. 센트리는 다중인격 장애와 싸움 없이 싸우며 정신이 혼란한 가운데도 정상적인 모습을 찾으려고 노력하고 있다.

루크 케이지
뉴 어벤져스의 핵심 멤버인 루크 케이지는 두꺼운 근육과 타르처럼 행동 안에 자신의 본성을 숨기고 있다. 한때 동료 히어로였던 제시카 존스와의 사이에서 딸이 태어난 후 제시카와 결혼하기로 올리며 낭만적인 면모를 내비쳤다.

160

울버린

울버린은 자신이 외로운 늑대라고 끊임없이 주장해왔었다. 하지만 뛰어난 무언의 능력과 날카로운 아다만티움 발톱을 이용해 수년간 엑스맨 멤버로 활동했으며, 그 후에 뉴 어벤져스에도 합류했다.

캡틴 아메리카

2차 세계대전 당시 슈퍼솔저 활성을 주입받고 냉동되어 현재로 온 캡틴 아메리카는 단순한 인간을 넘어선 존재다. 히어로 세계에서 모난 후에 지구는 향상을 변화하는 외계 종족 스크럴의 침공을 받았고, 정부는 북부를 신들의 세계인 아스가드를 포함했다. 이에 뉴 어벤져스는 정당하고 합법적인 활동을 위해 재결성되었다. 루크 케이지의 지하 아래 캡틴 아메리카가 전격적인 지원을 받은 새로운 뉴 어벤져스에는 전직 쉴드 요원이자 오랫동안 어벤져스 멤버였던 미즈 마블과 웨스트 코스트 어벤져스의 모킹버드 그리고 판타스틱 포의 프로 브루 씽이 새로이 합류했다.

아이언맨

마돈지 않는 은행 제국를 가졌으며, 아이언맨으로서 거의 모든 시간을 뉴 어벤져스에 한신해 온 토니 스타크가 새로운 어벤져스에 합류하는 것은 당연한 일이었다. 그는 어벤져스가 지구의 안전에 얼마나 중요한 역할을 했는지 강조하는 캡틴 아메리카에게 바로 설득당했다.

로닌

완전히 죽은 것으로 보였으나 부활한 활을 쏘는 영웅, 호크아이도 뉴 어벤져스에 가입했다. 그는 데어데블과 가까웠던 자경단원 엘렉트라에서 신분을 물려받은 이 유니폼을 입는 두 번째 히어로 로닌이 됐다.

새로워진 뉴 어벤져스

상대적으로 젊은 여러 차례 역경을 극복했지만, 스파이더맨을 비롯한 뉴 어벤져스 멤버들이 가는 길은 순탄치가 않았다. 슈퍼 히어로 시빌 워에서 아이언맨이 정부의 편에 서자 나머지 멤버들은 지하로 숨어 들어가 싸웠다. 하지만 세상은 눈에 보일 마크 그룹을 제압하려 했고, 이 전쟁이 모난 후에 지구는 향상을 변화하는 외계 종족 스크럴의 침공을 받았고, 정부는 북부르 신들의 세계인 아스가드를 포함했다. 이에 뉴 어벤져스는 정당하고 합법적인 활동을 위해 재결성되었다. 루크 케이지의 지하 아래 캡틴 아메리카가 전격적인 지원을 받은 새로운 뉴 어벤져스에는 전직 쉴드 요원이자 오랫동안 어벤져스 멤버였던 미즈 마블과 웨스트 코스트 어벤져스의 모킹버드 그리고 판타스틱 포의 프로 브루 씽이 새로이 합류했다.

뉴 어벤져스는 지구상에서 가장 강력한 빌런들과 전투를 벌였다. 그중에는 악령 놀음은 조직 해머와 하이드라, 에임(A.I.M.) 그리고 핸드의 연합 세력도 있었다.

THE OTHER 다른 이야기

스파이더맨의 죽음

복잡한 뉴욕 거리에서 격렬한 싸움을 벌인 끝에 스파이더맨을 쓰러뜨린 몰런은 그의 생명력을 몽땅 빨아들이려 했다. 하지만 사냥감을 먹어치우기 전에 방해를 받고 만다. 이후 그는 스파이더맨이 위독한 상태로 누워 있는 병원을 찾아갔다. 몰런이 다가가자 피터 파커의 인격 절반을 차지하는 스파이더의 성향이 강해지며 갑자기 그를 공격해서 죽이고 야생 동물처럼 몰런의 에너지를 빨아먹었다. 얼마 후, 피터는 다시 정상으로 돌아갔지만, 결국 메리 제인 왓슨의 품에서 숨을 거뒀다.

피터는 몰런을 이기기 위해 전력을 다했지만, 몰런의 짐승 같은 힘을 이겨내기에는 역부족이었다.

몰런은 결투 후에 만신창이가 되어 쓰러진 스파이더맨을 두고 떠난다. 피터는 가망 없이 간신히 숨만 붙어 있는 상태였다.

스파이더맨의 미래는 밝지 않았다. 불치병에 걸렸다는 사실을 알게 된 피터 파커는 자신의 죽음을 이해해보려 했다. 그는 밤마다 불길한 꿈으로 괴로워했고, 힘은 점점 더 약해졌다. 게다가 죽은 줄로만 알았던 몰런이 또다시 스파이더맨 앞에 나타나자 문제는 더욱 심각해졌다. 스파이더맨은 죽을 운명을 담담히 받아들이고 가족들과 시간을 보낸 후, 몰런과 마지막 결투를 벌이러 갔다. 이것이 스파이더맨의 마지막 모험이 될 수 있다는 것도 잘 알고 있었다. 피터의 가족과 친구들에게는 안된 일이지만 스파이더맨은 이 싸움을 피할 생각이 없었다.

부활

심란한 마음으로 어벤저스 타워에 있는 집으로 돌아온 메리 제인 왓슨은 피터 파커의 몸이 죽은 껍질처럼 쭈그러들어 반으로 갈라져 있는 것을 보고 경악한다. 무언가가 내부에서 부화한 것 같은 모습이었다. 한편 일종의 꿈속에 갇혀 있던 피터는 뉴욕의 한 다리 아래로 찾아가고, 거기서 거대한 고치 안에 들어간다. 피터가 꿈속에서 만난 거미의 말을 받아들여, 외면해왔던 거미인 진정한 자기 자신을 인정하자, 현실 세계에서 그를 감싸고 있던 고치가 찢어지며 열리기 시작했다. 마치 자연적인 출생 장면처럼 피가 터져 나와 강물 아래로 떨어졌고, 곧이어 피터의 형태가 나타났다. 피터는 물속으로 떨어졌다가 극적으로 솟아올랐다. 이전의 부상은 흔적도 없이 사라진, 새로운 사람으로 다시 태어난 것이다. 어벤저스 타워로 돌아온 피터는 메리 제인과 메이 숙모의 품에 안긴다. 슈퍼 히어로 동료들에게 수많은 과학적 테스트를 받은 후 스파이더맨으로 복귀한 피터는 곧 새로운 사실을 깨달았다. 그것은 단순한 부활이 아니었다. 고치를 빠져나온 피터의 몸은 진화했다.

> **"진화하지 않으면 죽는 거야."**

다시 살아 있는 자들의 세상으로 돌아온 스파이더맨은 자신의 반쪽인 스파이더의 정체성과 예전보다 더 조화를 잘 이루게 됐다는 사실을 깨달았다. 팔에 난 털까지도 진짜 거미처럼 더 민감해져서 주변을 인식하는 능력이 크게 향상되었다. 감각기관이 강화됐을 뿐만 아니라 벽을 타는 능력까지 발달해서 이제는 등으로도 사물의 표면에 달라붙을 수 있었다.

독침

부활 후에 스파이더맨은 또 다른 놀라운 능력을 발견했다. 위험에 직면하면 본능처럼 손목에서 독침이 튀어나오는 것이었다. 하지만 이 능력은 최근에 여러 사건을 겪으며 사라진 것으로 보인다.

THE IRON SPIDER

아이언 스파이더

죽음에서 돌아온 피터 파커의 오리지널 코스튬이
너덜너덜해진 것을 본 뉴 어벤저스 팀 동료 토니 스타크는
이를 가져가서 직접 새로운 유니폼을 만들어준다. 자신의
아이언맨 슈트에 사용된 정교한 나노 기술로, 범죄와의
전쟁을 치르는 스파이더맨에게 필요한 새로운 코스튬을
개발한 것이다.

그가 보이는가…

토니 스타크가 만든 코스튬의 가장 실용적인
기능 중 하나는 다양한 배경에 어우러져서
상대방이 스파이더맨을 못 보게 만드는 것이다.
스텔스 기술에 이미 익숙한 스파이더맨은 이
코스튬으로 자신의 능력을 한 단계 끌어올렸다.

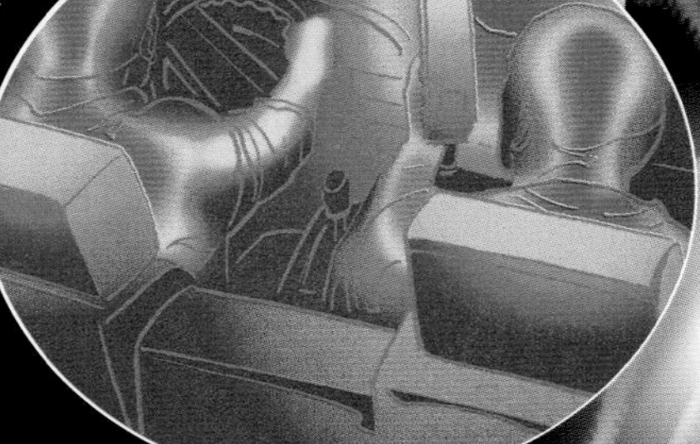

스파이더맨의 새로운
코스튬에는 시력을
강화하는 렌즈가
장착되어 적외선과
자외선까지 포착할
수 있다. 이러한
기능은 범죄자들을
미행하거나 그들의
위치를 정확히
찾아낼 때 유용하다.

신속한 변신

스파이더맨은 새 코스튬에 아주 쉽게 적응했다. 이제 예전에는 할
수 없었던 다양한 기술을 이용해 범죄자들과 싸울 수 있었다. 또한
눈에 보이지 않게 사라지는 신기술로
공공장소에서도 계속 코스튬을 입은
상태로 다닐 수 있었다. 이 코스튬은
생각만으로 조종할 수 있어 반응 속도가
매우 빠르며, 나노 기술 덕분에 아이언
스파이더의 모습에서 평상복 차림으로,
혹은 전통적인 빨간색과 파란색
코스튬이나 검은색 유니폼으로도
순식간에 바꿀 수 있다.

"내가 이 기회에 아주 약간…
개선을 해봤어."
— 토니 스타크

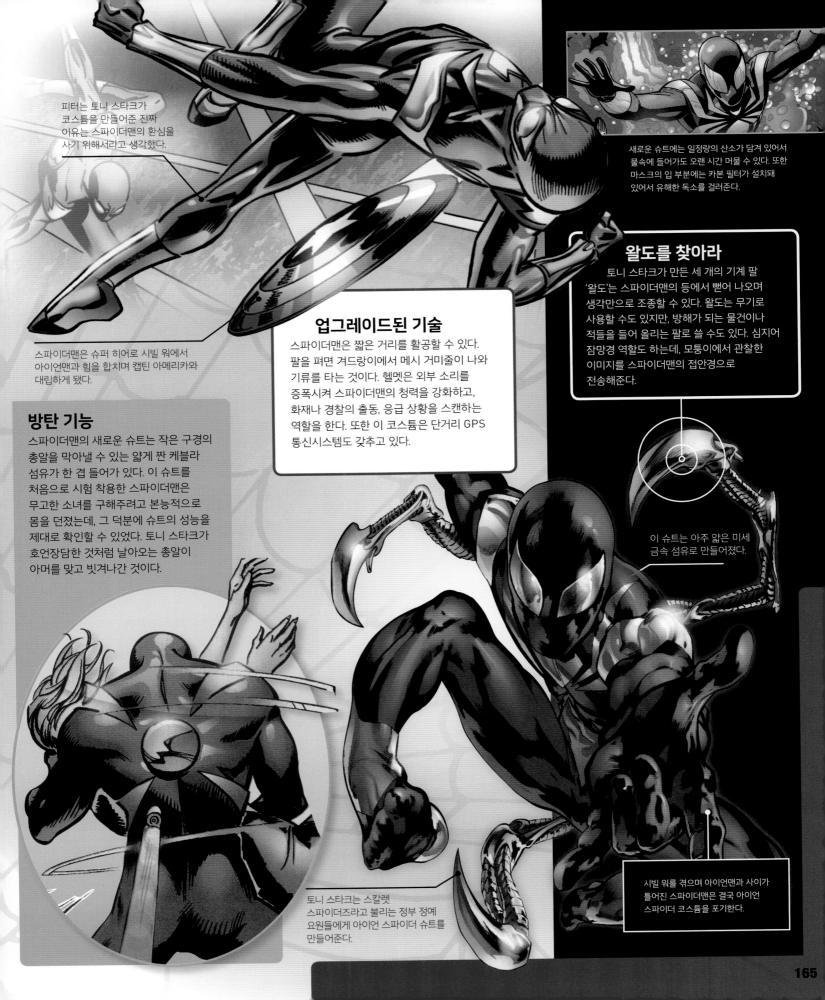

피터는 토니 스타크가
코스튬을 만들어준 진짜
이유는 스파이더맨의 환심을
사기 위해서라고 생각했다.

새로운 슈트에는 일정량의 산소가 담겨 있어서
물속에 들어가도 오랜 시간 머물 수 있다. 또한
마스크의 입 부분에는 카본 필터가 설치돼
있어서 유해한 독소를 걸러준다.

왈도를 찾아라

토니 스타크가 만든 세 개의 기계 팔
'왈도'는 스파이더맨의 등에서 뻗어 나오며
생각만으로 조종할 수 있다. 왈도는 무기로
사용할 수도 있지만, 방해가 되는 물건이나
적들을 들어 올리는 팔로 쓸 수도 있다. 심지어
잠망경 역할도 하는데, 모퉁이에서 관찰한
이미지를 스파이더맨의 접안경으로
전송해준다.

업그레이드된 기술

스파이더맨은 짧은 거리를 활공할 수 있다.
팔을 펴면 겨드랑이에서 메시 거미줄이 나와
기류를 타는 것이다. 헬멧은 외부 소리를
증폭시켜 스파이더맨의 청력을 강화하고,
화재나 경찰의 출동, 응급 상황을 스캔하는
역할을 한다. 또한 이 코스튬은 단거리 GPS
통신시스템도 갖추고 있다.

스파이더맨은 슈퍼 히어로 시빌 워에서
아이언맨과 힘을 합치며 캡틴 아메리카와
대립하게 됐다.

방탄 기능

스파이더맨의 새로운 슈트는 작은 구경의
총알을 막아낼 수 있는 얇게 짠 케블라
섬유가 한 겹 들어가 있다. 이 슈트를
처음으로 시험 착용한 스파이더맨은
무고한 소녀를 구해주려고 본능적으로
몸을 던졌는데, 그 덕분에 슈트의 성능을
제대로 확인할 수 있었다. 토니 스타크가
호언장담한 것처럼 날아오는 총알이
아머를 맞고 빗겨나간 것이다.

이 슈트는 아주 얇은 미세
금속 섬유로 만들어졌다.

토니 스타크는 스칼렛
스파이더즈라고 불리는 정부 정예
요원들에게 아이언 스파이더 슈트를
만들어준다.

시빌 워를 겪으며 아이언맨과 사이가
틀어진 스파이더맨은 결국 아이언
스파이더 코스튬을 포기한다.

CIVIL WAR 시빌 워

형제가 서로에게 등을 돌렸고, 가까웠던 친구들은 적이 되었다. 초인등록법안의 통과는 이 세상을 지축까지 뒤흔들었고 오늘날까지도 완전히 봉합되지 않은 분열을 일으켰다. 우리의 다정한 이웃, 벽 타기 전문가 스파이더맨의 세상도 이로 인해 모든 것이 변해버렸다.

스탬포드의 비극

뉴 워리어즈라는 젊은 슈퍼 히어로 팀이 나이트로를 비롯한 슈퍼 빌런들과 전투를 벌였는데, 싸움 도중에 일어난 폭발 사고로 학교 건물이 파괴되며 수백 명의 무고한 생명을 앗아갔다. 정부는 사건을 무마하기 위해 서둘러 초인등록법안을 의회에 상정했다.

요란하게 홍보된 기자회견장에서 스파이더맨은 오리지널 코스튬을 입은 채 청중 앞에 섰다. 그가 마스크를 벗어 자신의 정체를 세상에 알리자 대중은 충격과 놀라움을 금치 못했다.

법률의 제정

초인등록법에 의하면 모든 히어로와 자경단원들은 의무적으로 정부에 신분과 급여 명세를 등록해야 했다. 이 법을 지지하는 아이언맨은 스파이더맨에게 공개 석상에서 이를 홍보해달라고 부탁했다. 스파이더맨이 자신의 정체를 세상에 드러내자 피터의 친구들과 J. 조나 제임슨은 어안이 벙벙해졌고, 피터는 순식간에 유명해졌다.

저항군

모든 사람이 초인등록법을 지지하지는 않았다. 캡틴 아메리카는 이 법이 프라이버시와 시민의 권리를 침해한다고 생각했다. 법안이 통과되자 전설적인 히어로인 캡틴 아메리카조차 신념을 굽히지 않았다는 이유로 도망자가 됐다. 아이언맨과 다른 등록된 히어로들에게 쫓기는 신세가 되자 캡틴 아메리카는 지하로 들어가 그와 뜻을 같이하는 사람들과 힘을 합쳤다.

자신의 멘토인 아이언맨의 편에 서기는 했지만 스파이더맨은 신분을 등록하고 대중 앞에 나섰던 것을 후회하기 시작했다. 파파라치와 앙심을 품은 슈퍼 빌런들이 피터의 가족을 쫓아다녔던 것이다. 사랑하는 이들을 지키려던 의도는 오히려 역효과를 낳았고, 프라이버시가 얼마나 중요한 것이었는지 깨닫게 됐다. 그러던 중 히어로인 골리앗이 전투 중에 아이언맨의 군대에 의해 사망하자 스파이더맨도 더는 참을 수가 없었다. 그는 아이언맨을 버리고 캡틴 아메리카의 반란군에 합류했다.

> **"이 법은 우리를 갈라놓을 거야."**
> — 캡틴 아메리카

누가 선한 사람인가?

아이언맨은 자신의 대의를 위해 슈퍼 빌런들까지 고용했다. 캡틴 아메리카의 지하 저항군이었던 스파이더맨은 베놈 같은 사악한 범죄자나 울버린의 치명적인 천적 레이디 데스스트라이크 등과 맞서 싸우게 됐다. 아이언맨은 자신의 뜻을 관철하기 위해 무슨 짓이든 할 것처럼 보였다.

살벌한 유혈 사태가 잠잠해질 무렵 캡틴 아메리카는 전쟁으로 황폐해진 주변을 둘러봤다. 그리고 진정한 영웅답게 싸움을 포기하고 아이언맨에게 자기 자신을 넘겼다.

네거티브 존

아이언맨과 그의 무리들이 미등록 히어로와 빌런들을 네거티브 존이라는 다른 차원의 교도소에 구금시키자 싸움은 점점 더 확대됐다. 캡틴 아메리카 진영이 상대의 본거지를 습격해 정부에 등록된 히어로들과 직접 마주하자 잔인한 전투가 시작됐다.

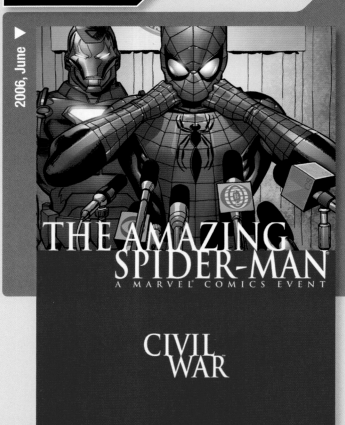

THE AMAZING SPIDER-MAN
A MARVEL COMICS EVENT

CIVIL WAR

THE AMAZING SPIDER-MAN

어메이징 스파이더맨

#533

> "제 이름은 피터 파커입니다. 열다섯 살 때부터 스파이더맨으로 활동해왔습니다."
>
> — 피터 파커

편집장
조 퀘사다

표지아티스트
론 가니

작가
J. 마이클 스트라진스키

원화가
론 가니

선화인
빌 라인홀드

채색가
맷 밀라

레터러
코리 프티

주요 캐릭터: 스파이더맨, 아이언맨, 메리 제인 왓슨-파커, 메이 파커 숙모

보조 캐릭터: J. 조나 제임슨, 조 로버트슨, 미스터 판타스틱, 인비저블 우먼, 피어스 맥퍼슨, 플래시 톰슨, 스파이더맨의 적 중 일부, 여러 슈퍼 히어로

주요 장소: 워싱턴 D.C.의 기자회견장, 데일리 뷰글 사무실, 백스터 빌딩, 스타크 타워, 이름 모를 비행장

BACKGROUND

작가 J. 마이클 스트라진스키는 꼭 필요한 시기에 스파이더맨 프랜차이즈의 새 판을 짰다. 존 번의 개편 이후 몇 년이 지나 서서히 정체기에 들어서고 있었기 때문이다. 마이클과 전설적인 아티스트 존 로미타 주니어가 뛰어든 〈어메이징 스파이더맨〉 두 번째 시리즈의 30호에서 스파이더맨은 팔에 총을 맞았다. 이로 인해 스파이더맨의 기원을 조사하게 되면서 새로운 미스터리가 추가됐다.

스파이더맨 앞에 강력한 천적의 후손이 나타났고, 심지어 그웬 스테이시도 모습을 드러냈다. 그는 또한 '디 아더' 스토리에서 새로운 능력을 얻고, 아이언맨인 토니 스타크가 만들어준 새로운 아머 코스튬도 생긴다. 이러한 주제들을 놓고 팬들은 갑론을박을 펼쳤지만, 마블은 원하는 바를 성취했다. 사람들이 다시 스파이더맨에 관해 이야기하기 시작한 것이다.

그런 다음 시빌 워가 발발했다. 최고의 히어로들이 두 진영으로 나뉘었고, 스파이더맨은 결정을 내려야만 했다. 그리고 이 결정은 더 큰 논란을 몰고 왔다.

THE STORY

스파이더맨이 자신의 정체를 세상에 드러낸다. 이 충격적인 사실에 그의 친구와 가족, 숙적, 동지 들은 각자 다르게 반응한다.

슈퍼 히어로 커뮤니티가 분열됐지만 스파이더맨은 자신의 편을 정했다. 얼굴을 감추고 활동하는 히어로와 자경단원은 미국 정부에 신분과 자신의 능력을 등록해야 한다는 초인등록법이 생겼다. 심상치 않은 위협을 느낀 히어로들은 이 법안의 합헌성을 놓고 끝없는 논쟁을 이어갔다. 하지만 피터 파커는 자신의 가족을 최우선에 두고 결정을 내려야 했다. 당시의 피터는 멘토인 토니 스타크의 편에서 법안을 지지할 수밖에 없었다.

몇 달 전 파커가의 집이 스파이더맨의 사악한 천적에 의해 파괴된 후로 토니가 스파이더맨을 데려와 보살펴주고 있었던 것이다. 아이언맨에게 은혜를 입은 스파이더맨은 토니 스타크의 부탁을 들어주기 위해 기꺼이 나섰다. 워싱턴 D.C.에서 열린 떠들썩한 기자회견에 나가 대중 앞에서 마스크를 벗은 것이다. 피터는 자신의 정체를 드러내며 초인등록법에 대한 지지를 호소했다.[1]

그리고 모든 것이 변했다. 인터넷상에서는 3천만 명이 동시에 피터 파커의 이름을 검색했다. 데일리 뷰글 신문사에 있던 J. 조나 제임슨은 충격에 사로잡혔다.[2] 제임슨은 정직하고 올바른 젊은이라고 여겨온 피터에게 속았다며 커피잔을 집어 던졌다.

한편, 피터의 마음속에서도 대중들 못지않은 갈등이 일었다. 늘 메리 제인과 메이 숙모의 안전을 위해 노력해온 만큼 옳은 선택을 했다고 믿었지만, 이로 인해 두 사람이 불편해질 수도 있었다. 피터는 시위대와 지지자들이 뒤섞인 거리를 지나,[3] 토니 소유의 리무진을 타고 집으로 돌아갈 비행기를 타기 위해 공항으로 향했다.

피터에게 가장 큰 힘이 되는 사람은 물론 메리 제인이었다. 리무진 안에서 메리 제인과 통화를 하던 중에 판타스틱 포의 리드 리처즈에게 전화가 걸려왔다.[4] 리드와 그의 부인 수 그리고 메이 숙모까지 동시에 말을 쏟아내자 피터는 두 개의 전화를 거미줄로 칭칭 감아두고 공항에 도착할 때까지 조용히 혼자 생각을 정리했다.

하지만 그리운 집으로 돌아가는 일도 뜻처럼 쉽지는 않았다. 먼저 변호사들이 다가와 온갖 어려운 단어를 써가며 데일리 뷰글사가 그를 허위 진술과 사기, 계약 위반으로 고소했다고 알려줬다.[5] 그다음으로는 집이 있는 스타크 타워를 빽빽이 둘러싼 취재진 사이를 뚫고 들어가야만 했다. 게다가 이 전 과정은 TV를 통해 전 세계로 고스란히 중계됐다. 집에서 TV를 시청하고 있던 플래시 톰슨은 뉴스가 어떤 식으로든 날조됐다고 생각했다.[6] 뉴욕 한구석에서는 벌쳐와 닥터 옥토퍼스 같은 빌런들이 복수를 계획하기 시작했다.[7]

하지만 뉴욕으로 돌아온 피터를 가장 놀라게 한 것은 토니가 또 다른 기자회견을 통해 발표한 작은 반전이었다. 토니는 온 세상을 향해 초인 등록 기한이 이제 지났다고 선언했다.[8] 따라서 법을 따르지 않은 사람들은 예외 없이 즉각 추적해 체포하겠다고 했다. 또 지하 저항군을 섬멸할 특공대가 조직됐으며, 스파이더맨도 그중 한 명이라고 발표했다. 깜짝 놀란 피터는 바람을 쐬러 타워 밖으로 나갔지만 또다시 취재진의 맹렬한 질문 공세를 받았고,[9] 이번에는 암살 시도까지 당했다. 총을 든 범인을 가까스로 막았지만,[10] 캡틴 아메리카의 광신도인 그는 피터가 자신의 손을 다치게 했다며 고소하겠다고 위협했다.[11] 좋든 싫든 슈퍼 히어로들 간의 전쟁은 이미 시작됐고, 피터 파커도 그 안으로 끌려들어 갔다.[12]

"네가 전쟁에서 상대할 사람들한테 지금 너를 소개하는 게 낫겠어. 내일이면 하나씩 죽어 나갈 테니까."
— 아이언맨

ONE MORE DAY

마지막 하루

그것은 메리 제인과 피터의 사랑을 시험하는 최고의 관문이었다. 이 시험에 통과하면 두 사람은 승리의 깃발을 휘날릴 수 있었다. 아이러니하게도 서로를 향한 사랑을 증명한 대가는 남은 평생을 떨어져 지내야 하는 것이었다. 그들에게 남은 시간은 단 하루. 이 시간이 지나면 두 사람이 지금껏 쌓아온 관계가 어둠의 힘에 의해 산산이 부서진다.

"아주 조금만 더… 제발. 피터. 내 말대로 해줘."
— 메리 제인

피터는 남들의 주목을 피하려고 숙모를 메이 모건이라는 이름으로 입원시켰다.

메이 숙모

시빌 워를 초래한 일련의 사건들로 피터 파커의 신원이 공개됐다. 피터는 법을 거역하고 지하 저항군에 합류해 슈퍼 히어로들의 권리를 위해 싸우느라 도망자 신세가 됐다. 피터는 주의를 끌지 않으려고 가족들을 변두리 모텔에 숨겼다. 아이언맨과 그의 군대는 피터 가족을 못 찾았지만 범죄 조직의 보스 킹핀은 달랐다. 킹핀이 보낸 암살자가 스파이더맨을 죽이러 찾아왔다. 하지만 총알이 표적을 빗나가 메이 숙모를 맞혔다. 겨우 목숨만 부지한 채 병원 침대에 누운 메이 숙모는 살아날 가망이 없어 보였다. 유일한 위안은 아이언맨인 토니 스타크가 병원비를 내줬다는 것이었다. 피터는 범법자지만 메이 숙모는 아무런 죄도 없는 희생자라는 것이 토니의 생각이었다.

닥터 스트레인지는 스파이더맨의 정체를 사람들의 기억에서 지웠다.

> ## "네 결혼 생활을 내놔."
> — 메피스토

메피스토

스파이더맨은 닥터 스트레인지를 비롯해 거의 모든 이들에게 메이 숙모를 살려달라고 부탁했지만 방법이 없었다. 무슨 수를 쓰든 어머니와도 같았던 숙모는 결국 죽음을 맞이할 것이고, 이건 모두 그의 잘못이었다. 하지만 그때 악마가 찾아왔다. 메피스토는 피터 파커가 처한 상황에 큰 관심을 보였다. 그는 인간의 운명이 복잡하게 얽혀 있으며, 한 사람의 운명에 아주 작은 변화만 가해도 결과는 엄청나게 달라진다는 사실을 잘 알고 있었다. 메피스토는 메이 숙모의 건강을 되돌려놓을 수 있었지만, 거기에는 대가가 따랐다. 메피스토는 피터와 메리 제인의 관계를 끊어버리고 그들의 결혼을 없었던 것으로 만들고 싶어 했다. 다른 선택의 여지가 없었던 피터와 메리 제인은 악마의 제안을 받아들였다. 두 사람은 함께한 지난 세월을 추억하며 마지막 남은 하루를 보냈다. 메피스토가 그들을 둘러싼 세상을 바꾸는 동안, 메리 제인은 무엇이 어떻게 바뀌든 두 사람은 반드시 서로를 다시 찾을 거라며 피터를 안심시켰다.

닥터 스트레인지

병원 의사들이 메이 숙모를 치료할 방법이 없다고 하자 피터는 다른 종류의 의사를 찾아갔다. 마법 비술의 대가인 닥터 스트레인지였다. 비록 메이 숙모를 치료할 수는 없었지만, 닥터 스트레인지는 피터가 전 세계의 히어로와 빌런 들을 찾아다니며 도움을 요청할 수 있게 해줬다. 나중에 피터는 닥터 스트레인지를 다시 찾는데, 이번에는 모든 사람이 스파이더맨의 진짜 신분을 잊게 해달라고 부탁했다. 가족들이 다시 위험에 처하지 않게 하려면 이 방법밖에 없었다

새로운 현실

메피스토가 만들어낸 새로운 현실에서 메리 제인 왓슨과 피터 파커는 결혼한 적 없는, 연인으로 남아 있었다. 총을 맞은 메이 숙모는 회복했고, 닥터 스트레인지는 스파이더맨의 부탁으로 모든 이들이 그의 진짜 신분을 잊게 했지만, 유일하게 메리 제인의 기억만은 남겨뒀다. 하지만 메리 제인은 스파이더맨 때문에 위험에

BRAND NEW DAY

브랜드 뉴 데이

스파이더맨의
삶에는 신비한
일이 수없이 많이
일어났다. 하지만
그건 피터 파커에게 꼭
좋은 일만은 아니었다.
최근에 불가사의한 동물의
영혼이나 다른 세상에서 온
악마에게 시달린 스파이더맨은
평범한 삶으로 돌아갈 준비가 돼
있었다. 하지만 피터에게 그것은
일상의 고단함과 생사를 건
싸움을 의미했다. 다정한
이웃 스파이더맨의 힘은
그대로였다. 그의 책임감도
그대로였다. 하지만 완전히 새로운
날이 시작됐다.

새로운 현실에서
스파이더맨은
자연적으로 거미줄을
생산할 수 없었기 때문에
다시 인공 거미줄 용액을
만들어야 했다.

메이 숙모

메이 숙모의 건강 문제는 마침내 완전히
해결됐다. 킹핀이 보낸 저격수의 총에 맞았지만
말끔히 회복한 메이 숙모는 새로 얻은 삶을
최대한 열심히 살겠다고 마음먹은 듯 무료
급식소에서 자원봉사를 시작했다. 때로는 조카
피터 파커를 걱정하느라 시간을 보내기도 한다.
그가 스파이더맨이라는 사실은 이제 기억 못
하지만 말이다.

새로운 삶에서 피터는
자신이 제일 잘하는
일을 다시 시작했다.
사진기자로 돌아간
것이다.

데일리 뷰글

어벤저스 타워에 살며 토니 스타크와
일하던 화려한 과거를 뒤로 한 채,
피터는 본래의 생활로 돌아왔다.
숙모의 집으로 다시 들어갔고,
사진기자로 재취업하려고
노력했다. 한편, 데일리 뷰글의 사장
J. 조나 제임슨이 심장마비로 쓰러지자
부인 말라는 남편에게 스트레스만 주는
신문사를 팔아버렸다.

피터 파커는 칼리 쿠퍼와 해리 오스본을 비롯한 여러 친구들에게 둘러싸여 새 삶을 시작했다. 그리고 비록 재정은 파산 상태에 가까웠지만 메이 숙모의 집을 나와 경찰관 빈 곤잘레스의 집으로 들어갔다. 빈은 칼리가 피터에게 관심이 있는 줄도 모르고 그녀의 환심을 사기 위해 피터를 룸메이트로 들였다.

칼리 쿠퍼
피터는 해리 오스본을 통해 법의학자 칼리 쿠퍼를 만났다. 첫눈에 그녀를 좋아하게 됐지만, 그 감정이 어느 정도인지 깨닫는 데는 시간이 조금 걸렸다.

해리 오스본
모두가 죽은 줄만 알았던 해리 오스본은 사실 아버지 노먼의 치밀한 계획에 따라 유럽에서 지내고 있었다. 뉴욕에 돌아온 해리는 커피숍 체인의 사장이 되었다.

잭팟
맨해튼에서 활동하는 새로운 슈퍼 히어로 잭팟은 정부에 정식으로 등록된 히어로였다. 그녀는 메리 제인 왓슨과 흡사한 외모로 스파이더맨의 마음을 혼란스럽게 했다.

한편…
피터 파커가 삶을 재정비하기 위해 애쓰는 동안 스파이더맨도 여러 문제에 직면했다. 시빌 워 이후로 많은 자경단원이 무법자로 간주되어 언제든 체포될 수 있었다. 피터도 같은 처지였다. 새로 데뷔한 잭팟 같은 히어로들은 아무 걱정 없이 범죄와 싸울 수 있었지만, 자신이 주요 체포 대상이라는 것을 아는 스파이더맨은 수시로 등 뒤를 확인해야 했다.
건강을 회복한 J. 조나 제임슨이 뉴욕 시장으로 당선되며 사태는 더욱 심각해졌다.
〈데일리 뷰글〉에서 손을 뗀 제임슨이 정치에 입문해서 새로운 권력을 얻자 스파이더맨을 잡을 전담팀을 구성한 것이다. 하지만 다행히도 피터는 늘 그들보다 한발 앞서 현장에서 빠져나갔다. 비싼 첨단 기술로 무장한 전담팀이 대중 앞에서 스파이더맨을 놓치며 망신당하는 일이 반복되자 제임슨은 스파이더맨을 향한 끈질긴 전쟁을 끝낼 수밖에 없었다.

"우린 만난 적이 있어. 지금과는 다른 삶에서."
— 메리 제인

메리 제인은…
싱글로 돌아간 피터와 메리 제인은 둘 다 힘든 적응 기간을 보냈다. 피터가 거의 항상 혼자 지낸 데 비해 메리 제인은 바비 카라는 배우와 관계를 맺었다. 하지만 결국에는 피터와 그 친구 무리로 돌아와 홀로서기를 시작했다.

THREATS 새로운 위협

자기 자신에 대해 자각하고 다시금 목표를 세운 스파이더맨은 새로운 날을 살아가기 시작했다. 하지만 '파커가의 불운'은 그를 떠나지 않았다. 얼마 안 가 새로운 슈퍼 빌런들이 맨해튼 전역을 점령한 것이다. 스파이더맨의 새로운 현실은 수많은 적이 추가되고 나서야 완전한 형태를 갖추게 됐다.

스크루볼

인터넷 센세이션

블로그를 통해 라이브 방송을 하는 사상 초유의 슈퍼 빌런으로, 직접 범행을 저지르는 현장을 웹캠으로 찍어서 수백만 건의 조회 수를 올리고 있다. 자신의 행동 하나하나를 생방송하는 그녀는 스파이더맨과의 첫 만남에서 조회 수가 급증하자 그 후로는 스파이더맨과 마주칠 기회를 놓치려 하지 않았다. 인터넷 방송계의 스타가 되고 싶은 욕망이 강력한 스크루볼은 솜씨 좋은 도둑이면서 체조와 공중 곡예에도 능해서 끊임없이 스파이더맨을 움직이게 하고, 그 모습을 카메라로 촬영했다.

로즈

범죄의 유산

유전자 치료법을 연구하던 세라 에럿이 실수로 자기 자신에게 바이러스를 주입했을 때, 상사인 필립 헤이스 박사는 그 실험 사고 때문에 재정 적자로 허덕이게 됐다. 초능력을 얻은 세라는 잭팟이 되었지만, 헤이스 박사는 금전 문제를 해결하기 위해 로즈라는 이름의 새로운 범죄자로 전락했다. 그리고 부메랑이라는 빌런을 고용해 세라의 남편을 살해하며 잭팟에게 메시지를 남겼다.

미스터 네거티브

이중인격자

낮에 보는 마틴 리는 훌륭한 자선 사업가이자 메이 숙모가 일하는 무료 급식소의 설립자였다. 하지만 닫힌 문 뒤에서는 차이나타운의 지하 범죄 조직을 주무르는 새로운 보스였다. 미스터 네거티브는 자신의 초능력과 '이너 데몬즈'라는 부하들을 이용해 범죄 제국을 건설했지만, 결국 스파이더맨과 자경단원인 2대 레이스에게 발각되고 말았다.

메너스

헌신적인 딸

피터의 친구이자 해리 오스본의 약혼녀인 릴리 홀리스터는 아버지를 시장으로 당선시키기 위해 한때 노먼 오스본이 사용하던 장비와 고블린 혈청을 이용해 슈퍼 빌런 메너스로 변신했다. 메너스가 된 그녀는 아버지의 선거 유세장을 공포로 몰아넣어 유권자들의 동정과 지지를 샀다. 하지만 스파이더맨에게 패하면서 그녀의 이중생활이 드러났고, 이로 인해 아버지의 정치 인생까지 끝장나게 됐다. 릴리는 나중에 해리의 둘째 아들을 낳고 수배를 피해 도망쳤다.

짐승이 된 중독자

마약을 얻기 위해서라면 뭐든 할 만큼 심한 약물중독자였던 프릭은 메이 숙모가 일하던 노숙자 쉼터에서 기부금 상자를 훔치며 처음 범행을 저질렀다. 범인을 추적해낸 스파이더맨은 거미줄로 그를 옥상에 묶어두지만, 옷을 벗어놓고 몸만 빠져나와 달아났다. 계속 도망치던 그는 유리로 된 선루프를 통해 아래로 떨어졌는데, 우연히도 그곳은 커트 코너스 박사의 실험실이었다. 주사기에 담긴 액체를 마약으로 알고 주사한 그는 프릭이라는 괴물 같은 존재가 돼버렸다.

분노의 질주

어떤 차량과도 하나가 되어 원하는 대로 운전할 수 있는 신기한 능력의 소유자 오버드라이브는 스파이더맨과 여러 차례 추격전을 벌였다. 오버드라이브가 한 번만 만져도 그 차는 새로 개조한 것처럼 불가능에 가까운 묘기 주행을 펼친다. 한번은 장난을 치다가 범죄 조직의 보스 미스터 네거티브와 얽히게 됐지만, 아무것도 모르는 부하들이 그를 자동차 트렁크에 가두자 재빠르게 머리를 굴려 빠져나왔다. 그 차를 조종해 현장에서 멀리 도망친 것이다.

무서운 종이 인형

페이퍼돌은 종이 인형이라는 뜻의 이름처럼 몸을 종잇장처럼 극단적으로 납작하게 만들 수 있으며, 손가락 끝은 아주 날카로워서 스파이더맨의 거미줄을 가닥가닥 자를 수도 있다. 할리우드 배우 바비 카의 스토커로, 그의 경력에 해가 된다고 생각하는 이들을 모두 죽여 왔다. 페이퍼돌이 당시 바비의 여자 친구인 메리 제인 왓슨을 노렸을 때, 스파이더맨이 달려들어 자신의 옛 애인을 구해냈다. 그리고 수영장에 빠져서 입체감을 되찾은 페이퍼돌이 다시 공기를 머금기 전에 제압했다.

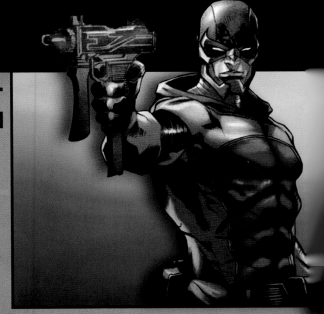

잘못된 비난

피터 파커 클론인 벤 라일리의 고용주였던 데이먼 라이더 박사는 자기 자신에게 공룡 DNA를 주입한 후 완전히 이성을 잃고 아내와 자녀를 살해했다. 그는 사악한 랩터의 이름과 코스튬을 받아들였고, 합당한 이유도 없이 자기 가족들의 죽음을 벤의 탓으로 돌렸다. 심지어 벤의 오랜 적인 케인을 조종해서 자신의 '복수'에 이용하기도 했다. 피터를 그의 클론으로 오해한 랩터는 무고한 피터를 여러 차례 공격했고, 결국 스파이더맨이 나서서 법의 심판을 받게 했다.

IRON PATRIOT
아이언 패트리어트

시빌 워가 끝나자 스파이더맨은 이제 발런이 되었고, 노먼 오스본은 히어로가 될 준비를 하고 있었었다. 돈과 권력을 등에 업은 노먼은 숙적인 스파이더맨을 꼼짝달싹 못하게 만반의 태세를 갖췄다.

해머로 내려치다

굵직한 사건들이 연이어 벌어지는 가운데, 억만장자이자 샌더블즈라는 정부 기관의 수장인 노먼 오스본은 지구를 침공한 외계 군단의 여왕을 살해했다. 그는 그렇게 미국이 사랑하는 영웅이 됐다. 정부는 노먼에게 넘겨주었고, 그룹 쉴드라는 군단을 노먼에게 넘겨주었고, 그룹 쉴드라는 평화를 유지 기구의 직장 자리에 앉혔다. 노먼은 이 기관의 이름을 즉시 해머로 바꿔버리고, 그린 고블린 시절에 맞서 싸웠던 히어로들을 잡아들이겠다는 개인적인 야심을 분출하기 시작했다. 이를 위해 노먼은 자기 자신을 히어로로 탈바꿈시켰다. 아이언맨의 기술을 활용해서 캡틴 아메리카와 아이언맨에게서서 영감을 받은 전투복을 만들고 '아이언 패트리어트'가 될 것이다. 게다가 배트인 맥 가건 등으로 구성된 자기만의 가짜 어벤저스도 만들었다. 심지어 맥 가건이 진짜 스파이더맨이라고 정부를 속이기도 했다. 새로운 탐카지 갖춘 노먼은 캡틴 아메리카의 지하 저항군을 물리치러 나섰다. 하지만 그러는 중에도 침착하고 냉정한 태도의 이면에는 그린 고블린의 광기가 이글거리고 있었었다.

"양 떼가 히어로를 닮기기에 내가 선물해줬어.
그 그들의 선한 목자야…"
— 노먼 오스본

해리 오스본은 평생 자신을 학대한 아버지에게
마침내 저항한다. 결투 끝에 아버지를 잡지만
죽이지는 않는다.

아메리칸 선

노먼 오스본은 아들인 해리도 자신의
가에 끌어들이기로 작정했다. 그는
해리의 전 약혼녀로 임신 상태인 릴리
홀리스터를 게임의 말로 사용했고, 릴리
배 속 아이가 자신의 아이라고 확신한
해리는 아메리칸 선이라는 정체성을
받아들였다. 하지만 해리는 스파이더맨을
잡은 노먼이 그를 죽이려 하자 해리는
아버지에게서 진정한 괴물의 모습을
봤다. 결국 해리는 아메리칸 선 아머를
입고 아버지와 결투를 벌여 승리했다.
하지만 아버지와 같은 악인이 되지 않기
위해 노먼의 목숨을 끊지 않았다. 아들 없이
부자의 연을 끊고 떠나갔다. 대신
남겨진 노먼은 릴리의 마음을 사고,
그녀의 아들을 키워 자신의 뒤틀린 왕위를
물려주기로 한다.

노먼 오스본이 국가 안보에 위협이 된다며
정부군을 이끌고 아스가르드를 습격한다.
온 세상은 그가 얼마나 부도덕하고 정신 나간
사람인지 알게 됐고, 결국 그는 투옥됐고,
초인등록법은 폐지되었다. 그리고 그 직전에
스파이더맨은 노먼에게 진 빚을 갚을 수 있었다.

시련의 연속

빌런들은 예고 없이 불쑥불쑥 나타났다. 일렉트로나 리저드 같은 오래된 천적들은 힘이 업그레이드됐고, 벌쳐와 라이노 등은 무시무시한 새로운 인물로 바뀌었다. 계속해서 호된 시련을 겪으며 스파이더맨은 급속히 힘을 소진하고 있었다.

THE GRIM HUNT 그림 헌트

크레이븐 더 헌터는 이미 수년 전에 스스로 목숨을 끊었다. 하지만 그의 가족들은 포악한 크라비노프의 유산을 쉽게 포기할 수가 없었다. 어둠 속에서 스파이더맨을 지켜보던 그들은 서서히 그를 죽일 계획을 세우기 시작했다.

> "그들이 우릴 사냥하고 있어…. 스파이더를 사냥하고 있다고."
> — 케인

피투성이에 목숨만 겨우 붙어 있는 케인이 간신히 피터 파커의 아파트에 도착했다. 그리고 피터에게 다가올 위험을 경고했다.

거미들과의 전쟁

스파이더맨은 새끼 고양이처럼 약해져 있었다. 오랜 적들과의 계속되는 싸움과 연이어 일어나는 전투에 지쳐버린 것이다. 신종플루에 걸려 침대에 누워 있던 그는 자신의 클론인 케인이 죽기 직전의 모습으로 나타나자 깜짝 놀란다. 케인은 누군가가 '스파이더'를 사냥하고 있다고 경고한다. 이후 근처에서 폭발 소리가 났고 재빨리 출동한 스파이더맨은 아라크네가 크레이븐의 자녀인 아나와 알리요샤에게 쫓기고 있는 것을 본다. 스파이더맨이 겨우 아라크네를 구해내고, 두 사람은 아라크네가 생각해낸 가장 가까운 안전 가옥으로 피신한다. 한때 스파이더 우먼이었던 매티 프랭클린이 살던 지저분한 아파트였다. 그리고 그곳에서 스파이더 파워를 지닌 멘토이자 죽었다가 부활한 것이 분명한 이지킬과 마주친다. 이지킬은 오래전에 예언된 헌터와 스파이더 사이의 전쟁에 관해 얘기해준다. 크레이븐 가족의 다음 목표물은 아라냐였다. 아라크네와 스파이더맨이 아라냐를 찾아내지만, 크레이븐 가족에게 제압당하고, 아라크네와 아라냐는 납치된다. 이지킬과 스파이더맨은 크레이븐 가족을 쫓아 뉴욕 북부로 향하지만 이것은 함정이었다. 이지킬은 사실 진짜가 아니라 크레이븐의 이복동생인 카멜레온이 변장한 것이었다.

스파이더맨은 죽은 이지킬도 '스파이더'이기에 신비한 힘에 의해 이 싸움에 말려들었다고 생각했지만, 그는 사실 변장한 카멜레온이었다.

크레이븐 가족은 매티 프랭클린과 마담 웹을 납치했다. 크레이븐의 부인인 사샤가 매티의 가슴을 찔러 그 피로 비밀 의식을 치르자 크레이븐의 아들인 블라디미르, 즉 그림 헌터가 부활했다.

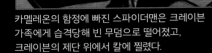

카멜레온의 함정에 빠진 스파이더맨은 크레이븐 가족에게 습격당해 빈 무덤으로 떨어졌고, 크레이븐의 제단 위에서 칼에 찔렸다.

다시 살아난 크레이븐

스파이더맨을 패배시키고 스스로 목숨을 끊으며 궁극적인 승리를 거뒀다고 생각했던 크레이븐은 다시 살아나기를 원하지 않았다. 하지만 그에게는 선택의 여지가 없었다. 크레이븐의 사유지로 유인되어 칼에 찔린 스파이더맨은 죽음을 맞이한 것으로 보였고, 그의 피가 연금술을 발동시켜서 크레이븐 더 헌터가 살아 돌아왔다. 크레이븐의 아들 블라디미르는 '불순물이 섞인' 매티 프랭클린의 피로 인해 흉측한 사자 인간 뮤턴트로 부활했지만, 크레이븐은 피터 파커의 피에 흐르는 순수한 거미의 기운을 받아서인지 완벽한 상태였다. 그럼에도 크레이븐은 이 의식이 자연법칙을 거스르는 옳지 않은 행위라는 것을 알았다. 스파이더맨의 시체를 살펴보던 크레이븐은 자신을 부활시킨 존재가 진정한 스파이더가 아니라는 사실을 깨달았다. 그건 스파이더맨의 클론인 케인이었다. 피터가 크레이븐 가족과 싸우다가 빈 무덤 속으로 떨어지자 케인이 스파이더맨을 안전한 곳에 묻어놓고 대신 무덤에 누웠던 것이다.

의식을 되찾은 피터는 땅을 파고 나왔고, 자신의 검은색 코스튬 옆에 놓인 케인의 시체와 '날 찾아와'라고 쓰인 쪽지를 보았다. 스파이더맨은 크레이븐의 뜻대로 그를 찾아가서 그의 가족을 상대로 분노에 찬 결투를 벌였다. 하지만 적은 한 명씩 쓰러뜨릴 수 있었어도, 분노한 사샤 크레이븐의 손에서 마담 웹을 구할 수는 없었다. 마담 웹은 사샤의 손에 죽어가면서 자신의 예지력을 아라크네에게 넘겨줬다. 사태가 정리된 후, 사상자를 세고 있을 때 익숙한 얼굴이 다시 살아 돌아왔다. 죽음도 케인이라는 자연의 힘은 막을 수 없는 것 같았다.

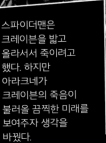

스파이더맨은 크레이븐을 밟고 올라서서 죽이려고 했다. 하지만 아라크네가 크레이븐의 죽음이 불러올 끔찍한 미래를 보여주자 생각을 바꿨다.

부활한 크레이븐은 화가 나서 견딜 수가 없었다. 부인인 사샤가 자신의 업적을 웃음거리로 만들었다고 생각한 것이다.

알리요샤 크레이븐

사샤 크레이븐

아나 크레이븐

블라디미르 크레이븐

크레이븐 가족

세르게이 크라비노프는 가문의 명성을 되찾기가 쉽지 않겠다고 판단했다. 스파이더맨에게 패배한 크레이븐과 가족들은 원시의 땅인 새비지 랜드로 도망쳤다. 그곳에서 크레이븐은 사샤에게 그녀가 자신을 부활시켜서 가문에 먹칠을 했으니, 지금부터 펼쳐질 가족 간의 사냥에서 존재 가치를 증명하라고 했다. 분노한 사샤는 남편에게 소리를 질렀고, 이에 크레이븐은 아무렇지도 않게 아내의 목을 부러뜨려 그녀를 즉사시켰다. 이어서 그는 괴물이 된 자신의 아들 블라디미르까지 죽였고, 제일 강한 자만이 살아남을 거라며 아나가 오빠인 알리요샤를 쫓아 죽이게 했다.

2011, February ▶

SLOTT
MARTIN
VICENTE

65511
RATED A
$3.99US
DIRECT EDITION
MARVEL.COM

THE AMAZING SPIDER-MAN

어메이징 스파이더맨

#655

"약속할게. 지금부터는⋯ 내가 여기에 있는 한 언제 어디서든, 아무도 죽지 않을 거야!"

— 스파이더맨

편집장
액슬 알론소

표지아티스트
마르코스 마틴

작가
댄 슬롯

원화가
마르코스 마틴

선화인
마르코스 마틴

채색가
먼트사 빈센트

레터러
VC의 조
카라마냐

주요 캐릭터: 스파이더맨, J. 조나 제임슨, 말라 제임슨

보조 캐릭터: 조 로버트슨, 마사 로버트슨, 벤 유릭, 랜디 로버트슨, 칼리 쿠퍼, 맥스 모델, J. 조나 제임슨 1세, 메이 제임슨 숙모, 글로리 그랜트, 베티 브랜트, 스파이더맨의 주위에서 죽었던 여러 사람, 유리 와타나베 지서장

주요 장소: J. 조나 제임슨의 집, 피터 파커의 아파트, 데일리 뷰글 사무실, 뉴욕의 세인트 패트릭 성당, 이름 모를 묘지, 뉴욕의 한 은행

BACKGROUND

'브랜드 뉴 데이'는 왔다가 사라졌지만, 그 주제와 개념은 남아서 수정되고 살짝 재구성되며 스파이더맨 유니버스의 토대가 됐다. 이러한 변화 가운데 하나는 사건보다 이야기에 중심을 두는 기조였다. 이 새로운 접근 방식은 조 켈리나 마크 웨이드 같은 재능 있는 유명 작가들의 손에 맡겨졌다. 한편 스파이더맨 편집실은 독특한 스타일 때문에 주류 프로젝트에서는 거의 배제됐던 아티스트들을 고용해서 예술적인 접근을 시도했다. 각각의 이야기에 특이하고 창의적인 느낌을 주기 위해서였다.

그중에서도 수석아티스트는 마르코스 마틴이었다. 단순하면서도 복잡한 스타일을 지닌 마틴은 스파이더맨을 위한 맞춤형 아티스트 같았다. 이를 가장 명백하게 보여주는 것이 〈어메이징 스파이더맨 #655〉로, 마틴은 침울하고 조용한 패널로 구성된 시퀀스와 초현실적인 꿈의 세상으로 자기만의 스타일을 마음껏 펼쳐냈다. 거기에 댄 슬롯의 대본까지 합쳐진 655호는 강력하고 감동적이며, 그 무엇보다 이야기를 앞세운 가장 완벽한 예라고 할 수 있다.

THE STORY

J. 조나 제임슨의 부인 말라의 장례식에서 돌아온 피터 파커는 스파이더맨이 구하지 못했던 수많은 희생자가 모두 나오는 괴로운 꿈을 꾼다.

J. 조나 제임슨의 알람은 아침 7시에 울렸지만, 그런 건 필요하지 않았다. 〈데일리 뷰글〉의 전 발행인인 제임슨은 밤새 한숨도 자지 못했다.[1] 부인이 눕던 자리가 텅 비어 너무 허전한 침대에 그저 멍하니 누워 있을 뿐이었다. 하지만 말라 제임슨은 세상을 떠났고, 그도 이제 자신이 할 일을 해야만 했다. 제임슨은 일어나서 샤워를 하고 면도까지 한 후, 아내의 장례식장으로 향했다.

피터 파커라고 더 나을 것은 없었고, 데일리 뷰글의 다른 직원들도 마찬가지였다. 하지만 어쨌든 그들은 모두 맨해튼의 세인트 패트릭 성당에 모여 슬픈 장례를 모두 지켜봤다.[2] 얼마 후 묘지로 간 제임슨은 땅으로 내려가는 아내의 관을 물끄러미 바라봤다.[3] 피터는 한때 자신의 상사였던 제임슨이 아내의 무덤가에서 멀어져가는 것을 지켜봤다. 하지만 피터의 머릿속은 말라나 상심한 제임슨으로 가득진 않았다. 그날 밤 피터가 혼자 쓸쓸히 잠들자 무의식 속 생각들이 하나둘 드러나기 시작했다.[4]

피터는 강도를 막지 않았다. 그때의 일이 마치 어제 겪은 것처럼 다시 살아났다. 이 무서운 꿈속에서 피터는 벤 삼촌과 대면했고, 이어서 얼굴이 없는 죽은 부모도 나타났다.[5] 설상가상으로 삼촌을 죽인 강도가 그들과 함께 피터가 어린 시절을 보낸 집 부엌에 앉아 있었다.[6] 그러다가 갑자기 말라가 그를 반겼다.

피터가 꿈속에서 말라를 따라간 기괴한 도시는 피터가 아는 죽은 사람들로 바글거렸다.[7] 수십 명이나 모여 있었는데, 전부 스파이더맨이 구하지 못한 사람들이었다. 메이 숙모의 옛 애인인 네이선 루벤스키부터 스칼렛 스파이더 그리고 그웬 스테이시도 있었다. 경찰이었던 진 드월프와 〈데일리 뷰글〉의 기자 프레드릭 포스웰, 사업가인 이지킬도 보였다. 과거에 알았던 사람들이 유령이 되어 출몰하고 있었다. 결국 피터는 무릎을 꿇고 말았다.

갑자기 그는 조지 워싱턴 다리로 돌아가서 죽은 그웬을 안고 있는 그린 고블린을 내려다봤다. 힘없이 축 처진 그웬이 괴물의 팔에 들려 있었다.[8] 그러더니 다시 크레이븐의 죽은 손에 의해 갈라진 땅속으로 끌려갔다.[9] 다음 순간 피터는 한 술집에서 스컬지와 퍼니셔가 슈퍼 빌런들을 무참히 살해하는 장면을 보고 있었다. 그리고 미처 깨닫기도 전에 센트리가 우주 공간을 날아가며 카니지를 반으로 찢어버리는 것을 무기력하게 지켜봤다. 피터는 다시 강도가 그를 지나쳐 도망치려고 하는 방송국 백스테이지로 돌아갔다.

이번에는 그냥 도망가게 놔두지 않을 생각이었다. 피터는 주먹을 들어 올려 강도를 흠씬 두들겨 패줬다. 하지만 그가 때린 건 강도가 아니라 벤 삼촌이었다. 자신을 길러준 남자의 피 묻은 몸을 내려다보며 스파이더맨은 다시는 이런 일이 없을 거라고 맹세했다. 삼촌이 가르쳐준 것처럼 모든 죽음에 책임감을 느끼지는 않을 거라고 말했다. 그러자 뒤에서 말라가 그럼 이제 어떻게 할 것이냐고 물었다.[10] 피터는 식은땀을 흘리며 잠에서 깼다.[11] 그리고 스파이더맨 코스튬을 챙겨 입고 새벽을 맞이하러 근처 옥상으로 갔다[12]. 피터는 자신이 해야 할 일을 알고 있었다. 자신이 여기에 있는 한 누구도 죽게 하지 않겠다고 뉴욕을 향해 약속했다.

그때, 도시 반대쪽의 한 은행에 있던 매서커라는 빌런은 그렇게 생각하지 않았다. 그는 사람의 목숨 따위 안중에 없다는 듯 무고한 사람들을 인질로 잡았다. 그리고 방아쇠를 당기며 스파이더맨의 새로운 맹세를 단숨에 웃음거리로 만들었다.

> "그렇다면 말해봐요….
> 이제 어떻게 할 건가요?"
> — 말라 제임슨

FUTURE FOUNDATION

퓨처 파운데이션

스파이더맨은 활동 초창기부터 판타스틱 포에 합류하고 싶어 했다. 그건 늘 이루지 못한 꿈이었고, 실제로 이루어질 거라고 생각도 못 했다. 하지만 휴먼 토치가 전투 중에 사망한 것으로 알려진 후, 스파이더맨은 퓨처 파운데이션(FF)이라는 이름으로 진화한 이 팀으로부터 마침내 가입 요청을 받았다.

휴먼 토치로 유명한 자니 스톰은 악명 높은 네거티브 존에서 건너온 다른 차원의 외계인들과 마지막 결전을 치르다가 죽은 것으로 보였다. 홀로그램으로 남긴 유언에서 자니는 가족과도 같은 오랜 친구 피터가 팀에서 자신의 자리를 대신하길 바랐다.

씽

벤자민 그림은 판타스틱 포에서 중추적인 역할을 해왔다. 우주 광선에 노출되어 바위처럼 단단한 피부와 두꺼운 근육에 갇히게 된 그는 언젠가 이 괴물 같은 외모에서 벗어날 날이 올 거라는 희망을 놓지 않고 있다. 하지만 그때까지는 새로운 외모와 능력을 최대로 발휘하며 원래 자기 피부처럼 편하게 생각하려 했다. 스파이더맨과 함께 어벤저스로도 활동하는 씽은 피터 파커가 항상 의지할 수 있는 큰 형 같은 존재다. 그는 스파이더맨에게 장난을 치고 가끔은 인신공격성 발언도 하지만 사실은 피터에게 무한한 애정을 품고 있다.

인비저블 우먼

본명인 수 리처즈로도 잘 알려진 인비저블 우먼은 판타스틱 포에서 가장 강력한 멤버라 할 수 있다. 강한 장력을 발사하고 남의 눈에 안 띄게 투명하게 변할 수 있다. 오랜 연습 끝에 자신의 능력을 갈고닦은 수는 이를 이용해 투명하고 단단한 물체를 만들어 공격 무기로 사용하기도 한다. 리드 리처즈의 부인이자 휴먼 토치의 누나인 수는 집안에서 가장이자 이성의 목소리 역할을 담당한다. 남편이 자기만의 생각에 빠져 있을 때 현실을 직시하게 해주는 것도 바로 그녀다. 또한 스파이더맨을 비롯한 다른 팀원들이 싸움을 벌이면 그들을 말리고 타이르는 누나 역할도 한다.

스파이더맨

스파이더맨은 퓨처 파운데이션의 히어로들과 팀을 이루면서 3세대 불안정 분자로 만들어진 슈트를 입었다. 주인의 생각을 읽고 반응하는 슈트였지만, 그래도 스파이더맨은 빨간색과 파란색으로 된 자신의 코스튬이 더 좋았다. 팀이 멤버를 네 명 이상으로 늘리자, 정식 멤버가 됐다는 특별한 자긍심이 조금 사그라지기는 했지만, 스파이더맨은 퓨처 파운데이션에서의 임무를 진지하게 수행했고, 전투에 나설 때마다 최선을 다해 싸웠다. 판타스틱 포와 수십 차례 손발을 맞춰본 그였기에, 팀은 조화롭게 움직이며 전투마다 손쉽게 승리를 거뒀다.

퓨처 파운데이션의 본부에 처음 찾아간 스파이더맨이 이 팀의 예전 코스튬을 입고 갔다. 하지만 그는 곧 새로 흰색과 검은색으로 된 유니폼을 건네받았다.

팀에 합류한 후 처음 떠난 모험에서 스파이더맨은 우리 안에 존재하는 마이크로버스라는 차원에서 슈퍼 에고인 리빙 아톰과 대결한다.

판타스틱 스파이더맨

스파이더맨에게는 모든 것이 새로웠다. 뉴욕 길거리에서 일어나는 범죄와 익숙한 적들에게서 벗어나 퓨처 파운데이션에 합류하며 상상도 못 했던 환상적인 모험을 하게 됐다. 물론 과거에도 판타스틱 포와 힘을 합쳤던 적이 있었지만, 그들이 이렇게까지 놀라운 삶을 살며 매일 기괴한 적을 상대하는지는 미처 몰랐었다.

신비한 장소에서 외부 차원의 적들과 싸우는 것은 이 팀에 예사로 일어나는 일이었고, 멤버들에게는 일상과도 같았다

퓨처 파운데이션은 심지어 서기 3,141,592,653년으로 건너가 미래의 퓨처 파운데이션 우주 본부를 방문했다. 피터는 그곳에서 '고대' 컴퓨터를 다루는 기술을 선보였다.

이제 퓨처 파운데이션에서의 이상한 모험에 익숙해졌다고 생각했을 때, 스파이더맨은 팀원들과 함께 카리브 해의 열대 섬에서 좀비 해적단과 시니스터 식스 전원을 한꺼번에 상대하게 됐다. 하지만 알고 보니 전부 미스테리오와 카멜레온이 만들어낸 로봇과 환상 들이었다.

밸러리아 리처즈

1남 1녀를 둔 수와 리드 리처즈 부부의 딸 밸러리아는 아버지만큼이나 총명했다. 그래서 아버지인 미스터 판타스틱의 자랑이기도 하지만 동시에 골칫거리기도 했다. 기회만 되면 늘 반대 의견을 내세우는 밸러리아의 반항적인 행동과 자신감은 판타스틱 포의 가장 큰 숙적인 닥터 둠조차도 놀라게 했다. 리드가 걱정할 일이 하나 더 늘어난 것이다.

미스터 판타스틱

팀의 리더이자 브레인인 리드 리처즈는 천재적인 지능의 소유자이며, 신체가 아주 유연해서 놀라울 정도로 길게 늘어나거나 비틀어질 수 있다. 평생 판타스틱 포를 위해 헌신해 왔지만 그보다 가족을 최우선으로 생각한다. 그래서 가족들을 팀으로 끌어들여 세계 평화를 위해 함께 싸우고 있다. 아내와 아이들에게 헌신적인 리드의 유일한 단점은 일에 너무 몰두하다 보니 시간 가는 줄 모른다는 것이다. 하지만 그럴 때마다 부인인 수 리처즈가 진짜 중요한 게 무엇인지 일깨워주곤 한다. 그는 스파이더맨이라는 또 다른 '브레인'이 팀에 합류하자 함께 과학 이론에 관해 토론하며 즐겁게 지냈다.

가족이 되다

스파이더맨은 퓨처 파운데이션의 멤버로서 몸뿐만 아니라 머리도 많이 사용했다. 스파이더 파워도 유용하게 써먹었지만 리더인 미스터 판타스틱에게 영감을 주고 올바른 방향을 제시해주는 발판 역할을 함으로써 팀에 크게 기여했다. 농담을 좋아하는 스파이더맨의 밝은 성격은 팀원들에게 잃어버린 가족인 휴먼 토치를 생각나게 했다. 퓨처 파운데이션에서 지낸 시간은 벽 타기 전문가 스파이더맨에게 소중한 추억이 됐다.

프랭클린 리처즈

미래에 가장 강력한 뮤턴트가 될 거라는 예언을 듣고 태어난 리드와 수 리처즈의 아들은 평범한 소년으로서의 삶에 더 관심을 보였다. 우주 전체의 현실을 비틀 수 있는 엄청난 능력을 지녔지만 프랭클린은 매일 겪는 모험에 동요하지 않고 보통 아이들과 다를 바 없이 지냈다. 프랭클린은 삼촌인 자니 스톰이 죽은 후로 스파이더맨을 동경해왔다.

ALTERNATE REALITIES 대체 현실

멀티버스에는 무한히 많은 지구가 있으며,
각각의 지구에는 자체적인 타임라인이 있다.
무한히 많은 대체 현실과 미래에는 그만큼
무한히 많은 스파이더맨이 존재한다.

2099

평행 미래인 2099년에 사는 미겔 오하라는 세계적인 기업
알케맥스의 생명공학 파트에서 일하는 유전공학자였다.
그는 최고의 슈퍼 스파이를 탄생시키기 위해 인간의 수행
능력을 향상시키는 연구를 하고 있었다. 오리지널
스파이더맨의 전설에 감명을 받은 미겔은 피험자의 DNA
를 조작해서 거미처럼 몸집에 비해 월등한 힘과 스피드,
민첩성을 부여하는 법을 고안해냈다.
미겔의 상사는 이 방법을 인간 모르모트에게 시험해보라고
명령했다. 하지만 실험 결과를 보는 게 거북했던 미겔은
사직서를 내려고 했다. 상사는 그를 붙잡기 위해
송별회에서 '랩처'라는 중독성 강하고 비싼 마약을 탄 술을
먹였다. 랩처로 인해 유전자 수준까지 중독이 된 미겔은
이를 치료하기 위해 자신의 DNA를 복원할 실험을
감행했다. 하지만 마지막 순간에 미겔을 질투하던 동료가
배열 순서를 바꿔놓았고, 미겔은 스파이더맨의 유전자
배열을 따르게 됐다. 스파이더 파워를 지닌 미겔의 DNA는
그를 차세대 스파이더맨으로 바꿔놓았다.

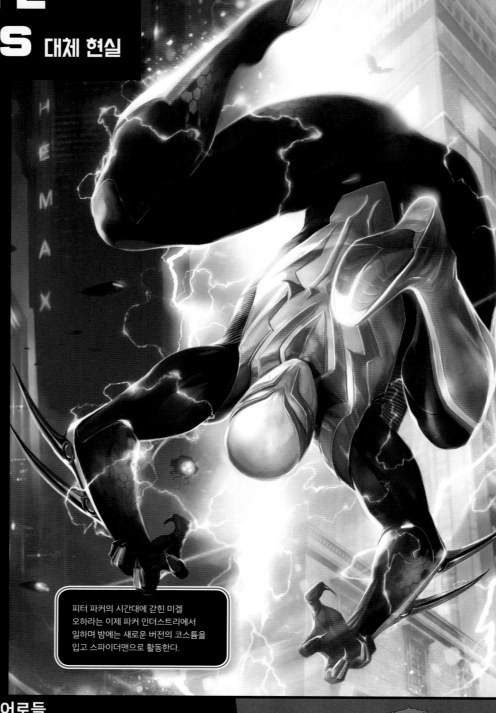

피터 파커의 시간대에 갇힌 미겔
오하라는 이제 파커 인더스트리에서
일하며 밤에는 새로운 버전의 코스튬을
입고 스파이더맨으로 활동한다.

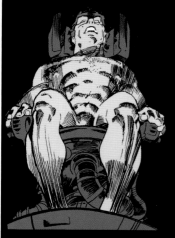

미겔은 랩처 중독에서 벗어나기 위해
기꺼이 자신의 생명을 건 실험을 했다.

용감한 새 히어로들

2099년의 뉴욕에는 많은 변화가 있었다. 각국 정부는
다국적 기업들에게 지구의 통치권을 넘겨줬다. 직업과
돈이 있는 사람들은 이너 시티의 상층부에 살며 회사법을
집행하는 사설 경찰인 '퍼블릭 아이'의 보호를 받았다.
이 불공정한 세상과 싸우기 위해 코스튬을 입고 위험
속으로 뛰어든 히어로는 스파이더맨만이 아니었다. 그중
한 명인 래비지는 한때 환경미화원이었지만 초인적인
힘을 얻으면서 외모도 짐승같이 변한 히어로였다. 이
시대에는 이곳 버전의 퍼니셔와 닥터 둠, 판타스틱 포가
있었고, 가상현실의 고스트 라이더도 존재했다. 심지어
새로운 엑스맨 팀까지 있었다.

HOUSE
OF M

하우스 오브 M

한때 어벤저스 멤버였던 스칼렛 위치는 슬픔으로 이성을 잃어갔고, 자신과 같은 뮤턴트들이 증오와 두려움의 대상인 소수자로 살아가지 않도록 세상을 다시 만들어버렸다. 이렇게 탄생한 새로운 현실에서는 뮤턴트가 지배하는 계층이었으며, 피터 파커는 유명한 프로 레슬러이자 그웬 스테이시의 남편으로 언론에 자주 등장하는 스타였다. 스파이더맨도 그 나름대로 유명 인사였다. 이는 피터가 감히 꿈도 꾸지 못한 완벽한 삶이었고, 그조차 마음속 깊은 곳에서는 이게 현실일 리가 없다고 생각했다.

자신이 누리는 행복한 삶이 무언가 잘못되었다고 생각한 피터는 점점 미쳐가기 시작한다. 심지어 사악한 그린 고블린의 코스튬을 입기도 했다. 하지만 다행히 얼마 후 울버린이 이끄는 무법자 집단에 합류해 스칼렛 위치와 사악한 통치자 매그니토를 공격하면서 세상을 다시 정상으로 복구시켰다.

2211년에 활동하는 스파이더맨은 아직 저지르지도 않은 죄목으로 딸 로빈을 체포해야만 했다. 하지만 감옥을 탈출한 로빈은 미치광이가 되어 처음으로 홉고블린이라는 정체성을 받아들였다.

2211

또 다른 대체 우주의 미래에서 스파이더맨의 전통은 2099년보다 더 오랫동안 지속되고 있었다. 2211년의 맥스 본 박사가 스파이더맨의 역할을 받아들인 것이다. 오늘날의 닥터 옥토퍼스와 비슷하게 두 쌍의 인공 팔을 무기로 사용하는 맥스는 시간 여행이 가능한 경찰들로 구성된 '타임스피너스'라는 기관을 이끌고 있었다. 이 진보적인 경찰관 일에 헌신하던 맥스는 자신의 딸과 맞서 싸워야만 하는 상황에 부닥쳤다. 모든 타임라인에 존재하는 다양한 버전의 스파이더맨을 모조리 죽이려 하는 홉고블린이 자신의 딸이었던 것이다. 시간 여행을 하며 피터 파커뿐 아니라 2099년의 스파이더맨까지 노리는 딸 때문에 2211년의 스파이더맨은 여러 차례 지금의 현실로 건너와야 했다.

스파이더버스 사건에서 맥스 본은 스파이더맨의 군대에 편입해서 차원을 넘나드는 인헤리터즈와의 전쟁에 참전했다.

SPIDER-WOMAN 스파이더 우먼

또 다른 타임라인에서 스파이더맨과 메리 제인 왓슨은 행복한 결혼 생활을 유지하고 있었고, 그들의 딸 메이가 히어로의 전통을 이어받아 스파이더걸이 되었다. 이제 스파이더 우먼으로 성장한 그녀는 훌륭한 유전자와 함께 큰 책임감을 물려받았다는 것을 증명해 보였다.

학창 시절 책벌레였던 아버지와 달리 메이는 학교 농구부의 스타였다.

ORIGIN

피터 파커와 메리 제인 왓슨의 결혼식이 무사히 치뤄졌다면 펼쳐졌을 미래에서, 두 사람 사이에 메이 '메이데이' 파커라는 딸이 태어났다. 현재 스파이더맨의 현실과는 달리, 피터와 메리 제인의 딸은 클론 사가의 폐허 속에서 살아남았을 뿐 아니라 멋지고 훌륭한 아가씨로 성장했다. 이 세상에서 피터는 그린 고블린과의 마지막 결전에서 오른쪽 다리를 잃었고, 그린 고블린은 생명을 잃었다. 피터는 뉴욕 경찰국의 법의학자가 되어 위험한 현장에 출동하지 않고서도 범죄와의 전쟁에 기여하게 됐다. 피터의 가족은 포리스트힐스에 있는 메이 숙모의 집으로 들어갔고, 메이는 자기 아버지가 한때 이웃사촌처럼 친근하고 다정한 히어로였다는 사실을 모른 채 자랐다.

메이의 힘이 처음으로 발현된 건 고등학교에 들어간 10대 무렵이었다. 마침 해리 오스본의 아들이자 노먼 오스본의 손자인 노미 오스본이 가업을 이어받아 새로운 그린 고블린이 된 직후였다. 그는 피터가 다시 스파이더맨이 되게 하려고 자극했다. 아버지와 할아버지를 죽음으로 몰아간 스파이더맨을 자기 손으로 죽이고 싶었던 것이다. 이 소식을 들은 메리 제인은 메이를 다락방으로 데리고 가서 피터의 과거에 관해 이야기해줬다. 파커 가문의 피를 물려받은 메이는 '삼촌'인 벤 라일리의 예전 코스튬을 꺼내 입었다. 피터 파커의 클론이었던 벤이 잠시 스파이더맨으로 활동할 때 입던 의상이었다. 그렇게 스파이더걸이 탄생했다. 그린 고블린과 싸워 피터를 구해낸 메이는 피터의 반대로 스파이더걸로 활동하지 않겠다고 맹세했다. 벤 삼촌의 코스튬까지 태우며 다시는 슈퍼 히어로로 나서지 않겠다고 약속했지만, 이 약속은 그리 오래 가지 않았다.

자신의 뒤를 잇겠다는 딸의 고집을 꺾지 못한 피터는 결국 메이가 스파이더걸이 되는 것을 허락했다. 그녀가 영웅이 될 운명이라는 사실을 부정할 수 없었던 것이다.

아버지와 비슷한 스파이더 파워를 지닌 메이는 평상복 차림으로 길거리에서 이 능력을 연마했고, 영웅적인 그린 고블린으로 활동했던 필 유릭과 함께 공부도 했다. 자경단원 생활을 그리워하던 필은 기쁜 마음으로 어린 히어로를 도왔다.

메이의 현실에는 '판타스틱 파이브'가 있었다. 멤버는 휴먼 토치와 그의 부인 미즈 판타스틱, 리드 리처즈의 두뇌, 사이-로드 그리고 씽이었다.

노미 오스본의 원래 목표는 피터를 제거하는 것이었지만, 메이가 그를 설득해서 범행을 포기하게 했다. 두 사람은 절친한 친구가 되어 파커와 오스본가 사이의 오랜 불화를 말끔하게 청산했다.

아버지에 비하면 절반밖에 안 되는 초능력을 지녔지만, 곡예와 민첩성에 있어서는 스파이더 우먼이 한 수 위다. 이러한 능력은 기술적으로 진화한 미래의 적들과 싸울 때 유용하게 쓰였다.

코스튬 겉에 착용하는 메이의 웹슈터는 벤 라일리의 디자인을 바탕으로 한 것이다.

거미줄은 메이에게 필수적인 무기로, 전투에서 그녀의 이점을 발휘하기에 충분했다.

스파이더버스 사건에서 스파이더걸은 인헤리터즈의 습격으로 아버지를 잃었다. 그녀는 어린 동생 벤자민의 생명을 구한 후 아버지의 코스튬을 입고 스파이더 우먼이 되어 지구-982를 지킨다.

스파이더걸은 자신과 닮은 사물을 밀어내거나, '자기화' 시켜서 어디에든 닿는 순간 달라붙게 한다.

미래의 얼굴들

스파이더걸은 그린 고블린을 비롯해 스파이더맨에게 익숙한 과거의 천적들을 많이 상대했다. 베놈 심비오트는 물론이고 케인이라는 악당과도 대결을 펼쳤다. 하지만 피터 파커의 적들과 싸우지 않을 때는 자신만의 강력한 천적 리스트를 만들어갔다. 그중에는 사물을 비물질로 만들어버리는 킬러 미스터 노바디와 전직 록 그룹 매니저이자 전기력을 지닌 킬러와트, 그리고 8번 공을 살인 무기로 쓰는 미치광이 빌런 크레이지 에이트 등이 있었다. 스파이더걸을 돕는 미래의 히어로 중 한 명인 J. 조나 제임슨의 손자 잭은 '버즈'라는 이름의 히어로로 활동하고 있었다.

KEY DATA

첫 등장
왓 이프? (두 번째 시리즈) #105 (1998. 2)

본명
메이 '메이데이' 파커

소속
어벤저스, 뉴 워리어즈, 웹 워리어즈

힘/초능력
아버지처럼 메이도 사물의 표면에 달라붙을 수 있으며, 초인적인 힘과 체력, 스피드, 지구력, 민첩성, 반사 신경 그리고 내구력을 지녔으며, 위험을 미리 감지하는 스파이더 센스도 있다. 하지만 아버지와 다르게 자신에게 붙어 있는 사람이나 사물을 강제로 밀어낼 수 있다. 또한 사물에 독특한 접착력을 지닌 '자성'을 부여할 수도 있다.

ULTIMATE SPIDER-MAN
얼티밋 스파이더맨

마블 유니버스와 비슷한 다른 차원에서 다른 세대의 스파이더맨이 태어났다. 보다 화려하고 현대적인 감각을 지닌 이 다른 버전의 10대 피터 파커는 오스본 인더스트리가 개발한 혁신적인 약물인 오즈를 주입한 거미에 물렸다. 그 결과는 오리지널 스파이더맨이 거미에 물렸을 때와 똑같았다. 얼티밋 유니버스에도 거미줄을 타는 히어로가 탄생한 것이다.

피터 파커

얼티밋 피터 파커는 플래시 톰슨과 그 일당에게 놀림을 당하며 하루하루 두려움에 떠는 볼품없는 열다섯 살 소년이었다. 그러나 거미에 물려 스파이더 파워가 생긴 후 점점 자신감이 생기면서 자기 목소리를 내기 시작했다. 그의 가장 큰 자랑거리는 절친한 친구이자 만남과 이별을 반복하는 여자 친구 메리 제인 왓슨이었다.

모범생인 피터는 메이 숙모와 벤 삼촌과는 각별한 사이였다. 그렇기에 사랑하는 삼촌이 강도에게 살해되자 큰 충격을 받았다.

메리 제인 왓슨

저널리즘에 관심이 많고 성숙한 메리 제인 왓슨이 영리한 피터 파커에게 마음을 빼앗긴 것은 당연한 일이었다. 마블 유니버스에서와 달리 얼티밋 버전에서 피터는 스파이더맨 활동을 처음 시작할 때부터 그녀에게 자신의 정체를 밝혔다. 두 사람은 갈등을 겪기도 하지만 메리 제인은 피터를 향한 사랑을 멈춘 적이 없었다.

노먼 오스본

노먼 오스본은 냉혹한 사업가였다. 그가 운영하는 오스본 인더스트리는 과학 연구 분야에서 매우 선구적인 기업이었으며, 엄청난 자본력을 바탕으로 우수한 과학자들을 다수 확보하고 있었다. 학교에서 오스본 인더스트리로 견학을 온 피터 파커가 실험 중이던 거미에 물리자 피터의 가족들이 소송을 걸까 두려웠던 회사 변호사는 노먼에게 사고의 책임을 인정하라고 조언했다. 하지만 노먼은 더 위험한 게임을 제안해 변호사들을 놀라게 한다. 피터의 치료비를 회사에서 지불하고 그를 면밀히 감시하라고 지시한 것이다.

스파이더맨의 탄생

거미에게 한 번 물린 것만으로 피터 파커는 스파이더맨이 됐다. 피터는 새로 생긴 스파이더 파워에 만족하지 않고 불의의 사고로 사망한 아버지가 물려준 연구 성과를 바탕으로 거미줄까지 제작했다. 그러던 중 벤 삼촌이 살해되자 피터는 범죄와의 싸움에 전념하면서 서서히 새로운 역할에 적응해갔다. 그리고 스파이더맨으로 변신한 자신의 모습을 사진으로 찍어 〈데일리 뷰글〉에 보냈다. 비록 바라던 대로 수석 사진기자가 되지는 못했지만, 신문사 웹사이트 일을 맡게 됐다. 그리고 신문사의 정보망을 이용해 뉴욕의 범죄자들을 연구하며 스파이더맨 활동에 박차를 가했다.

처음 거미에 물린 직후에는 몸이 안 좋았지만, 곧 새로운 힘 덕분에 어느 때보다 혈기가 왕성해졌다.

피터 파커를 잡아라

노먼 오스본은 '사과'의 의미로 피터를 다시 회사에 초대했다. 그리고 이때 채취한 피터의 혈액 샘플로 그가 거미에 물려 엄청난 힘을 얻게 됐다는 것을 알게 됐다. 오즈 혈청을 자기 자신에게도 주사한 노먼은 사악한 괴물이 되어 오스본 인더스트리 건물을 부숴버렸고, 자신의 집까지 불태웠다. 노먼은 피터를 찾아가고, 두 사람은 스파이더맨과 그린 고블린으로 첫 결투를 벌였다. 하지만 이는 앞으로 이어질 수많은 결투의 시작에 불과했다.

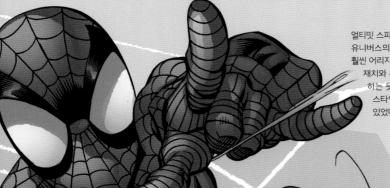

얼티밋 스파이더맨은 마블 유니버스의 스파이더맨보다 훨씬 어리지만, 그의 특징인 재치와 유머, 곡예를 하는 듯한 싸움 스타일은 그대로 닮아 있었다.

킹핀

벤 삼촌을 총으로 쏜 범인을 찾던 피터는 뉴욕의 범죄는 대부분 킹핀의 주도하에 일어난다는 사실을 알게 된다. 따라서 범죄 조직의 보스인 킹핀이 자연히 그의 첫 목표물이 됐다. 결코 만만한 상대는 아니었지만 스파이더맨이 그의 범행 증거를 찾아내자 킹핀은 어쩔 수 없이 해외로 도주했다.

아이스맨과 휴먼 토치

범죄와의 전쟁을 이어가며 스파이더맨은 마음이 맞는 몇몇 슈퍼 히어로들과 진정한 우정을 쌓아갔다. 그중에는 누구나 들으면 알 만한 인기 히어로 팀 판타스틱 포의 휴먼 토치과 그다지 유명하지 않은 뮤턴트 팀 엑스맨의 아이스맨이 있다. 전 세계를 뒤흔든 '얼티메이텀'이라는 비극적인 사건 후 메이 숙모가 두 사람을 집에 들이며 휴먼 토치와 아이스맨은 한때 피터와 룸메이트로 지내기도 했다.

그웬 스테이시

피터에 대한 자신의 감정에 확신이 없었던 그웬은 결국 그와 결별했다.

세상 물정에 밝은 그웬 스테이시가 미드타운 고등학교로 전학을 오자, 메리 제인은 피터 파커가 그녀에게 관심을 보인다는 것을 알아봤다. 게다가 아버지인 조지 스테이시 지서장이 살해된 후 메이 숙모가 그웬을 집으로 들이자 메리 제인의 질투는 더 심해졌다. 얼마 후, 피터와 리저드의 DNA를 합쳐서 탄생한 뱀파이어 괴물 카니지가 스파이더맨을 찾아왔다가 아무것도 모르는 그웬 스테이시를 잡아먹는 일이 발생했다. 피터가 또 한 번의 비극적인 죽음을 겪은 것이다. 나중에 카니지가 실물과 똑같이 복제한 그웬이 돌아오자 피터는 그녀를 반갑게 맞아들였고, 두 사람은 한동안 연인으로 지냈다.

해리 오스본

해리 오스본은 학교에서 제일 잘나가는 축에 속했지만 피터에게 늘 친절했다. 하지만 신비로운 존재인 미스터 쇼가 해리의 잠재된 힘을 풀어주자 그는 홉고블린으로 변해서 자신의 의지와 상관없이 아버지의 이중생활에 이용되었다. 스파이더맨이 첫 대결에서 홉고블린을 물리쳤지만, 해리는 나중에 그린 고블린과 홉고블린이 격돌했을 때 자신의 아버지에게 죽임을 당했다.

키티 프라이드

피터 파커가 메리 제인과 잠시 헤어졌을 때, 엑스맨의 키티 프라이드가 갑자기 연락을 해왔다. 두 사람은 데이트를 하다가 바로 눈이 맞았다. 피터는 초능력을 지닌 키티라면 위험에 처하지는 않았을지 걱정할 필요가 없으니 관계를 지속하기가 쉬울 것 같다고 생각했다. 하지만 피터의 클론이 메리 제인에게 오즈 혈청을 주입해 그녀를 죽일 뻔하자 진짜 피터가 달려가서 메리 제인을 구해냈다. 두 사람은 키스하며 감정을 되살렸고, 피터는 키티와의 관계를 정리했다. 키티는 얼마 후 피터의 학교 동창이면서 그를 괴롭히던 케니 '콩' 맥팔렌과 사귀기 시작했다.

ULTIMATE TALES
얼티밋 테일즈

얼티밋 유니버스의 피터 파커도 마블 유니버스의 피터만큼이나 고된 삶을 살고 있었다. 하지만 얼티메이텀 사건과 그린 고블린의 탈옥으로 스파이더맨의 세상은 영원히 바뀌고 만다.

얼티메이텀

뮤턴트인 매그니토는 인류가 그만 사라져야 한다고 생각했다. 그가 지구 자기장을 여태껏 시도한 적 없는 최대 강도로 조작하자 뉴욕에 최악의 홍수가 일어났고 그밖의 재해도 잇따랐다. 이것이 바로 얼티메이텀 사건이다. 수많은 히어로가 목숨을 잃었지만, 얼티밋 유니버스의 슈퍼 히어로들이 매그니토의 은신처를 습격해 지구에 가한 피해를 되돌리게 했다. 이 혼란 속에 스파이더맨이 실종됐고, 다들 그가 죽었다고 믿었다. 데일리 뷰글의 사장 J. 조나 제임슨은 젊은 나이에 죽은 스파이더맨을 기리며 애끓는 사망 기사까지 썼다. 피터의 영웅다운 면을 가까이서 직접 본 이후로 마음을 돌렸던 것이다. 하지만 다행히도 피터는 살아 있었고, 앞으로도 싸움을 이어갈 생각이었다.

얼티밋 유니버스의 히어로들은 문제의 근원을 직접 상대하기 위해 매그니토의 요새에 맹공을 가했다. 울버린이 분노를 폭발하며 매그니토의 가슴을 찔렀고, 뮤턴트인 그에게 치명상을 입히려고 자신의 목숨을 희생했다. 자신의 잘못을 깨달은 매그니토는 결국 사이클롭스에게 살해되기 전에 세상을 원래대로 돌려놨다.

폐허가 된 맨해튼에서 피터의 마스크를 발견한 메리 제인은 최악의 상황이 벌어졌다고 오해했다.

시니스터 스파이더맨

얼티밋 유니버스에서 닉 퓨리가 이끄는 정부 기관 쉴드는 초능력 히어로 커뮤니티를 부지런히 감시하고 있었다. 슈퍼 솔저들을 직접 고용할 필요성을 느낀 닉은 쉴드 본부인 트라이스켈리온에 히어로들로 구성된 '얼티미츠' 팀을 만들었다. 전 세계에서 가장 위험한 악당들을 잡아 가둔 교도소도 이 본부 안에 있었다. 하지만 슈퍼 빌런인 닥터 옥토퍼스가 이 감옥 문을 열어 동료 빌런인 그린 고블린과 샌드맨, 일렉트로, 크레이븐을 탈출시키자 스파이더맨과 얼티밋 유니버스의 히어로들은 머리를 맞댔다.
그린 고블린은 피터에게 자신의 빌런 팀에 합류해 백악관 습격을 돕지 않으면 메이 숙모를 죽이겠다고 협박했다. 어쩔 수 없이 시니스터 식스의 여섯 번째 멤버가 된 스파이더맨은 이들을 도와 미국 대통령을 공격하지만, 캡틴 아메리카가 메이 숙모를 정부에서 안전하게 보호하고 있다며 그를 안심시켰다. 이제 마음 놓고 싸울 수 있게 된 스파이더맨은 얼티미츠와 힘을 합해 빌런들을 물리쳤다.

스파이더맨의 죽음

피터 파커를 사랑하는 사람들은 언젠가 이 날이 올 것을 늘 마음속으로 생각하고 있었다. 처음 자경단원 일을 시작했을 때부터 매일 생사를 오가는 싸움을 벌인 스파이더맨에게 이런 운명은 불가피한 것이었다. 스파이더맨이라 해도 영원히 살 수는 없겠지만, 지금까지는 여러 번의 죽을 위기를 잘 넘겨왔다. 하지만 또다시 감옥을 탈출한 그린 고블린이 슈퍼 히어로들과 접전을 벌일 때, 스파이더맨은 캡틴 아메리카를 구하려다가 복부에 치명상을 입었다. 피를 흘리며 서서히 죽어가면서도 그는 고블린에게서 메이 숙모를 구해냈고, 진정한 영웅답게 적을 완전히 물리친 후 장렬한 죽음을 맞이했다.

자신의 품 안에서 사망한 피터를 본 메리 제인은 조용히 슬퍼하는 대신 스파이더맨의 죽음에 책임이 있는 사람들에게 비난을 퍼부었다.

새로운 스파이더맨

피터 파커가 죽기 11개월 전, 노먼 오스본은 피터에게 스파이더 파워를 일으킨 것과 똑같은 사고를 재현하려고 오즈 화학식을 연구하고 있었다. 하지만 실험용으로 쓰던 42번 거미가 상자에서 나와 오스본 인더스트리에 침입한 도둑의 가방 안으로 들어갔다. 이 도둑은 애런 모랄레스로, 그에게는 자율형 공립학교 학생인 마일즈 모랄레스라는 똑똑한 조카가 있었다. 삼촌 집에 놀러온 마일즈는 거미에 물리고, 벽에 달라붙거나 몸을 위장해서 안 보이게 만드는 이상한 능력들이 발현되기 시작했다. 화염 속에서 어린 소녀와 강아지를 구해내기도 했지만 마일즈는 슈퍼 히어로가 되지 않고 평범한 삶을 이어가려 했다. 하지만 스파이더맨이 살해됐다는 소식을 듣자 큰 힘에는 큰 책임감이 필요하다는 것을 깨달았고, 얼마 후 새로운 스파이더맨으로 활동을 시작했다.

캥거루와의 싸움

새로운 스파이더맨이 처음으로 상대한 슈퍼 빌런 중 한 명은 캥거루였는데, 이름이 주는 느낌보다는 훨씬 강한 빌런이었다. 마일즈는 적을 물리치는 것이 얼마나 힘든 일인지 직접 경험하고는 놀라워했다. 하지만 더 신경 쓰이는 건 사람들이 자신의 코스튬을 촌스럽게 본다는 사실이었다. 그래서 그는 바로 코스튬을 바꿔버렸다.

새로운 힘과 능력에 적응하는 데 시간이 걸리긴 했지만, 마일즈 모랄레스는 스파이더맨으로 인정받게 됐다. 하지만 자신의 세상이 곧 사라질 운명이라는 것은 모르고 있었다.

SPIDER-ISLAND
스파이더 아일랜드

스파이더맨과 스파이더 우먼만으로 가득한 뉴욕을 상상해보라. 스파이더맨의 오랜 천적이 맨해튼을 스파이더 아일랜드 바이러스에 감염시키자 그런 일이 현실에서 벌어졌다. 수천 명의 시민이 우리 친구 스파이더맨과 같은 능력을 얻었지만, 그의 책임감까지 물려받지는 못했다. 뉴욕이 직면한 사상 최악의 위기였다. 이 상황을 해결하기 위해 스파이더맨은 '어메이징한 친구들'의 도움이 필요했다.

"토니를 위해, 그들 모두를 위해 스파이더 아일랜드를 원래대로 되돌려야만 해."
— 에이전트 베놈(플래시 톰슨)

재칼은 치명적인 바이러스를 이용해 케인을 무시무시한 타란툴라로 변신시킨 후, 스파이더 파워를 지닌 자신의 빌런 군단에 그를 투입했다.

바이러스에 감염된 평범한 뉴욕 시민들은 거미의 놀라운 능력을 얻게 됐지만 책임감이라고는 전혀 없었고, 새로운 능력을 어떻게 써야 하는지도 훈련받지 못했다.

바이러스 감염

클론 사가를 일으켰던 마일즈 워런 교수, 즉 재칼이 돌아왔다. 이번에는 뉴욕 시민들을 자신의 모르모트로 활용할 새로운 실험 계획을 꾸미고 있었다. 이미 맨해튼 전역에 빈대를 풀어 시민들을 괴롭히고 있던 재칼은 수천 마리의 빈대에 괴상한 바이러스를 주입했다. 이 빈대에 물린 뉴욕 시민들은 재칼의 숙적인 스파이더맨과 흡사한 능력을 갖게 됐다. 그것도 모자라 재칼은 최근에 부활한 케인을 야만적인 타란툴라로 만드는 돌연변이 실험까지 감행했다. 하지만 스파이더 바이러스는 재칼 혼자 만들어낸 것이 아니었다. 베일에 싸인 후원자가 그의 광폭한 행보를 지원하면서 이 미친 과학자가 자신만의 군대를 만들도록 자유롭게 내버려 뒀다.

멋진 시민 피터 파커

스파이더 아일랜드 바이러스에서 안전한 사람은 거의
없었다. 피터 파커의 여자 친구 칼리 쿠퍼까지 거미의
능력을 얻게 됐다. 다행히 메이 숙모는 새로운 남편인
제임슨과 보스턴으로 이사를 해서 이러한 혼란을 피할 수
있었다. 하지만 피터가 그 일로 위안을 얻은 건
잠시뿐이었다. 끊임없이 음모를 꾸며내는 재칼 때문에
뉴욕이 수천 명의 훈련받지 않은 초인들의 전쟁터로
변해버린 것이다.

재칼은 스파이더 파워를 지닌 갱들을 수백 명 모은 다음,
스파이더맨 코스튬을 입혀 브라이언트 공원에서 마음껏
즐기게 했다. 어벤저스조차 속수무책인 상황에서 피터는
전세를 역전해야 한다고 생각했다. 텔레비전 뉴스에
출연한 그는 스파이더 파워가 생긴 시민들에게
범죄자들과 맞서 싸워달라고 호소했다. 이 작전은
먹혀들었고, 결국 히어로들이 승리를 거두며 전쟁을 끝낼
수 있었다.

도시 전체가 혼란에 빠졌지만 피터는 평생 꿈꿔왔던
현실을 살고 있었다. 사람들 앞에서 칼리와 함께 자유롭게
거미줄을 탔지만 아무도 그에게 신경 쓰지 않았다. 하지만
스파이더 아일랜드를 이대로 내버려 두기엔 너무
위험했기에 재칼을 추적하며 치료약을 찾기 시작했다.

아드리아나 소리아는 제정신이 아닌 위험인물로, 자신이 통치할 새로운 세상을 만드는
데 집착했고, 결국 무시무시한 스파이더퀸으로 변신했다.

여왕의 귀환

피터의 여자 친구 칼리 쿠퍼를 비롯해 스파이더 파워를 지닌
시민들은 새로운 팔과 눈, 송곳니가 자라나며 더욱 끔찍한
거미의 모습으로 진화하기 시작했다. 스파이더 아일랜드
바이러스의 치료약을 구하는 일이 더 시급해졌다.
뉴욕이 거미 괴물들로 뒤덮이고 있을 때, 이 모든
일을 기획한 배후 조종자이자 스파이더맨을
잠시 거미 괴물로 만들었던 장본인이 모습을
드러냈다. 바로 퀸이었다.

맨해튼 전역에 스파이더 바이러스를 살포한
아드리아나 소리아, 즉 퀸은 센트럴파크의
벨베데레 성에 거처를 마련했다.

왕위를 되찾은 여왕

스파이더맨은 호라이즌 연구소의 미스터 판타스틱이 개발한 해독제로 케인의
돌연변이를 치료해 원래의 모습으로 되돌려놓았다. 이 과정에서 스파이더맨도
잃어버렸던 스파이더 센스를 되찾았다. 한편, 퀸은 캡틴 아메리카와 에이전트
베놈과 싸우던 도중 괴물 같은 모습을 한 스파이더퀸으로 변신했다. 스파이더맨의
스텔스 코스튬을 입은 케인이 달려들어 그녀를 살해하면서 이제 퀸이 가한 모든
위협이 사라진 것으로 보였다.

전투가 끝난 후, 뉴욕 시민들은 미스터 판타스틱의 백신 덕분에 스파이더
아일랜드 바이러스에서 치유될 수 있었다. 혼란을 틈타 재칼이 달아났고, 스칼렛
스파이더로 새 삶을 시작하고 싶었던 케인도 뉴욕을 떠났다. 거의 모든 것이
정상으로 돌아간 후에 집으로 돌아간 피터에게는 마지막으로 놀랄 일이 남아
있었다. 그가 진짜 스파이더맨이라는 사실을 칼리 쿠퍼가 유추해낸 것이었다.
자신을 속인 피터를 용서할 수 없었던 칼리는 결별을 통보했다. 도시 전체가 축제
분위기였지만, 스파이더맨만은 끈질긴 파커 가의 불운에 시달려야 했다.

2012, December

THE AMAZING SPIDER-MAN

어메이징 스파이더맨

#700

"이게 뭔지는 몰라도 더는 안 통해! 이건 이제 내 삶이라고!"

— 스파이더맨 몸속의 닥터 옥토퍼스

주요 캐릭터: 스파이더맨(닥터 옥토퍼스), 닥터 옥토퍼스(스파이더맨), 트랩스터, 스콜피온, 하이드로맨

보조 캐릭터: 메리 제인 왓슨, 피터 파커의 죽은 가족과 친구 유령들, J. 조나 제임슨, 글로리 그랜트, 칼리 쿠퍼, 메이 숙모, J. 조나 제임슨 1세, 맥스 모델과 호라이즌 연구소 팀, 로비 로버트슨, 노라 윈터스, 필 유릭

주요 장소: 피터 파커의 아파트, JFK 공항, 닥터 옥토퍼스의 은신처, 피터의 무의식, 래프트, 뉴욕 경찰 제18 관할서, 스파이더맨의 비밀 안전 가옥

BACKGROUND

어메이징 스파이더맨 700호 발간을 기념해서 작가 댄 슬롯과 마블은 아무도 상상하지 못할 결정을 내렸다. 타이틀 발간을 중단하고 피터 파커의 인생을 마감하자는 것이었다!

최근 몇 개월간 스파이더맨은 닥터 옥토퍼스와 난투를 벌여왔다. 죽음을 앞둔 닥터 옥토퍼스는 지구온난화를 심화시켜 세상 사람들을 저승으로 다 함께 데려갈 계획이었다. 스파이더맨이 이 음모를 막았지만, 닥터 옥토퍼스에게는 다른 계획이 있었다. 그는 자신의 정신을 피터 파커의 몸으로 옮기고 피터의 정신은 자신의 병약한 몸속에 가둬버렸다. 피터는 살아남기 위한 마지막 몸부림으로 닥터 옥토퍼스의 동료 범죄자들을 이용해 감옥을 탈출하고, 오랜 적과의 마지막 대결을 펼치러 간다.

이번 호에는 다양한 특집을 추가했다. J.M. 드매티스가 쓴 대체 미래 이야기와 마이클 블룸버그 뉴욕 시장의 '스파이더맨의 날' 공식 선언문, 젠 벤 미터가 쓰고 스테파니 뷰세마가 그림을 그린 블랙캣 이야기 등이 지면을 장식했다. 또한 스티브 딧코, 마르코스 마틴, 움베르토 라모스, 에드거 델가도, 조 퀘사다, 대니 미키, 모리 할로웰, 올리비에 크와펠, 저스틴 폰서 등이 그린 표지와 '어메이징 스파이더맨' 시리즈의 표지 700개도 감상할 수 있다.

편집장
액슬 알론소

표지아티스트
미스터 가르신

작가
댄 슬롯

원화가
주세페 카문콜리

선화인
살 뷰세마

채색가
안토니오 파벨라

레터러
VC의 크리스 엘리오풀로스

THE STORY

이번 호에서 스파이더맨이 죽는다! 어메이징 스파이더맨의 700번째 발행호에서 스파이더맨은 가장 위험하고 끈질긴 적 중 한 명인 닥터 옥토퍼스와 대결한다. 거기서 끝이 아니라 둘 중 한 명만이 살아서 돌아간다. 그런데 이번 싸움의 승자는 히어로가 아니다.

닥터 옥토퍼스의 죽어가는 육체에 갇힌 피터 파커는 이렇게 끝나버리는 것 같았다. 피터의 몸을 가진 닥터 옥토퍼스가 메리 제인과 만나며 즐겁게 지내는 동안,[1] 피터는 몇 시간 후면 다가올 죽음을 기다리고 있었다. 하지만 싸워보지도 않고 포기하는 건 피터의 스타일이 아니었다. 그는 탈옥을 도와줄 트랩스터와 하이드로맨, 스콜피온을 고용했다.[2] 자신의 몸을 되찾아 닥터 옥토퍼스가 다시는 사악한 계획을 못 세우도록 끝장낼 생각이었다.

하지만 닥터 옥토퍼스는 그의 적을 잘 알고 있었다. 그는 스파이더맨을 피하고자 피터 파커의 이름으로 벨기에행 비행기를 예약했다.[3] 한편, 피터의 정신은 잠시 현실 세계를 떠나 마치 포리스트힐스처럼 꾸며진 이상적인 다른 세상의 차원으로 가서 유령이 된 가족과 친구들을 만났다.[4] 꿈처럼 평화로운 상태에서 다시 현실로 돌아온 피터는 살아야겠다는 마음이 어느 때보다 강해졌다. 그러자 곧 계획이 떠올랐다.

닥터 옥토퍼스가 골드 옥토봇으로 두 사람의 정신을 바꿨다는 것을 깨달은 피터는 닥터 옥토퍼스의 기술을 이용해 죽어가는 몸에 힘을 더하고는 경찰의 증거물 압류 창고에 잠입한다.[5] 그러다가 옛 애인인 칼리 쿠퍼에게 제지를 당하자,[6] 자신이 사실은 피터인데 빌런의 몸에 갇혔다고 설명한다. 하지만 전혀 먹혀들지 않자 옥토봇을 가지고 도망친다.

한편, 닥터 옥토퍼스는 J. 조나 제임슨의 열정적인 연설에 감동해서 뉴욕으로 돌아왔다. 그리고 스파이더맨의 자격으로 피터의 친한 친구들을 어벤저스 타워에 있는 '안전 가옥'으로 불러 모은다.[7] 진짜 스파이더맨도 그곳에 찾아가고, 둘은 마지막 싸움을 벌인다.[8]

고층 건물 꼭대기에서 접전을 벌이던 두 사람은 밑으로 떨어지고,[9] 진짜 스파이더맨은 이때 다시 프로그래밍된 골드 옥토봇을 닥터 옥토퍼스의 정신에 연결하려고 했다. 하지만 이런 공격을 대비한 닥터 옥토퍼스 때문에 실패하고 만다.[10] 두 사람은 건물 아래 인도로 떨어지고, 피터는 죽어가면서 자신의 모든 추억을 닥터 옥토퍼스의 정신에 풀어놓았다. 지구상에서의 마지막 행동이었다.

이 추억들을 통해 닥터 옥토퍼스는 피터가 '어메이징 스파이더맨'이 되기까지 겪은 사랑과 비극들을 받아들였다.[11] 그리고 피터가 그동안 지고 온 엄청난 책임감을 비로소 이해하게 됐다. 피터는 닥터 옥토퍼스의 몸 안에 갇혀 생을 마감한 것으로 보였고,[12] 스파이더맨의 모습으로 의기양양하게 서 있던 닥터 옥토퍼스는 스파이더맨의 영웅적인 유산을 이어갈 뿐 아니라 그보다 더 나은 슈피리어 스파이더맨이 되겠다고 맹세했다.

"약속해줘.
그들을 안전하게 지켜주겠다고."
— 피터 파커가 닥터 옥토퍼스의 몸 안에서 죽어가며

SUPERIOR SPIDER-MAN 슈피리어 스파이더맨

피터 파커는 죽었고, 설상가상으로 악명 높은 닥터 옥토퍼스가 그의 자리를 꿰찼다. 피터의 몸을 통제하고 있는 오토 옥타비우스의 뇌는 피터의 삶에서 몇 가지 변화와 '개선'을 모색하고 있었다. 하지만 피터가 되는 일에는 대가가 따랐다. 닥터 옥토퍼스조차 무시할 수 없는 투철한 책임 의식이 남아 있었던 것이다.

슈피리어 스파이더맨은 전투 중에 부메랑을 죽이려고 하다가 스스로 멈춰 섰다. 피터 파커의 인격이 슈피리어 스파이더맨의 정신 속에 남아 그의 잔인한 본능에 대항하고 있었다.

시니스터 대 슈피리어

닥터 옥토퍼스에게 자신의 우월성을 세상에 증명하는 것보다 기쁜 일은 없었다. 피터 파커와 스파이더맨으로 살 기회가 주어지자 그는 최근에 죽은 자신의 경쟁자를 모든 면에서 뛰어넘고 싶었다. 그래서 제일 먼저 스파이더맨 슈트에 손을 댔다. 조금 더 어두운 색으로 바꾸고 손끝에 발톱을 단 것이다. 덕분에 조금 더 무자비한 용사가 된 그는 시니스터 식스를 확실하게 물리칠 수 있었다. 이때의 시니스터 식스는 부메랑과 쇼커, 스피드 데몬, 새로운 여자 비틀, (빅 휠을 운전하는) 오버 드라이브, 그리고 리빙 브레인이라는 초기형 로봇이었다. 자신만만해진 슈피리어 스파이더맨은 이때 잡은 리빙 브레인을 피터 파커로서 호라이즌 연구소에서 일할 때 로봇 노예로 부리기로 했다.

피터 파커 2.0?

피터 파커가 된 닥터 옥토퍼스는 피터의 삶을 빼앗으려고 최선을 다했다. 그는 메리 제인과의 관계를 다시 회복하려 했고, 호라이즌 연구소에서 피터가 하던 연구를 이어갔다. 하지만 피터의 인격과 기억으로 구성된 존재가 그의 마음 한구석에 여전히 숨어 있었다. 피터는 닥터 옥토퍼스의 양심으로 작용하며 그의 폭력적인 성향을 무너뜨리려 했다. 피터에게는 다행스럽게도 그의 행동이 예전과 다르다는 것을 느낀 메리 제인이 결국 닥터 옥토퍼스와의 관계를 끝내버렸다.

피터의 신통치 않은 경력 때문에 좌절한 닥터 옥토퍼스는 엠파이어 주립대학교에 다시 입학해서 피터의 이름으로 박사 학위를 땄다. 또한 사랑스럽고 총명한 애나 마리아 마르코니를 만나 연인 관계가 되었다. 스파이더맨으로서는 자경단원인 카디악이 하트 클리닉 (피스트 노숙자 센터의 공간을 이용해 새롭게 꾸민 병원)에서 하는 불법적인 실험을 도왔다. 심지어는 피터가 호라이즌 연구소를 떠나 새로운 회사인 파커 인더스트리를 설립하게 했다. 피터 파커의 삶은 성공을 향해 승승장구하고 있었지만 스파이더맨은 전혀 다른 방향으로 가고 있었다.

피터 파커로서 파커 인더스트리의 회장이 된 닥터 옥토퍼스는 허세 부리기를 좋아해서 직원들 앞에서 자기 자랑을 끝없이 늘어놓곤 했다.

피터는 잠시도 쉬지 않고 닥터 옥토퍼스에게 말을 걸었다. 이런 말은 대개 닥터 옥토퍼스의 귀까지 닿지 못했지만 가끔 피터의 말이 통해서 그의 마음을 바꾸기도 했다.

피터 파커의 유령

닥터 옥토퍼스가 자신의 의식 뒤에서 서성대는 피터의 존재를 눈치채기까지는 시간이 조금 걸렸다. 피터는 줄곧 자기 몸의 통제권을 되찾으려 했지만 별 소득은 없었다. 닥터 옥토퍼스의 폭력적인 본능을 억제하는 게 그가 할 수 있는 전부였다.

어벤저스 동료들이 자기 일에 참견하는 데 지친 스파이더맨은 씩씩거리면서 어벤저스 타워 창문을 뚫고 나와 팀을 탈퇴하겠다는 의사를 강력하게 표출했다.

팀플레이가 불가능한 존재

스파이더맨이 된 닥터 옥토퍼스의 폭력적인 성향은 금세 드러났다. 그는 친구들을 쌀쌀맞게 대했고 어벤저스 팀원들을 자신보다 열등한 존재로 취급했다. 어벤저스는 스파이더맨의 육체와 정신을 검사해서 그들이 수년간 알고 지낸 동료가 맞는지 확인하려 했지만, 닥터 옥토퍼스는 이 시험을 무사히 통과했다. 그럼에도 그가 내놓는 폭력적인 전술이 팀원들의 반대에 휩싸이자 스파이더맨은 결국 팀을 떠났다. 잠시 루크 케이지의 마이티 어벤저스에 합류하기도 했지만 결과는 똑같았다.

> ### "닥터 옥토퍼스는 죽었어. 슈피리어 스파이더맨이여, 영원하라!"
> — 오토 옥타비누스

열등한 스파이더맨

히어로가 된다는 것이 어떤 의미인지 닥터 옥토퍼스는 알지 못했다. 그는 시니스터 식스와 무자비한 싸움을 벌인 후, 벌처에게 치명상을 입히고 매서커를 살해했다. 적들을 잔인하게 처치해 범죄자들을 공포에 떨게 했으며, 스파이더봇 군대를 구성해서 도시 곳곳을 감시하고 문제가 생기면 경보를 울리도록 했다. 자기 안에 있던 피터 파커의 일부도 깨끗이 제거한 것으로 보였다. 또한 버려진 래프트 교도소를 거처로 삼아 스파이더 아일랜드라고 이름 짓고 부하들을 거느렸다. 검은색과 빨간색 슈트를 입고 길게 늘어나는 로봇 다리를 휘두르는 슈피리어 스파이더맨은 뉴욕의 주요 범죄 조직을 모두 소탕했다. 하지만 사실

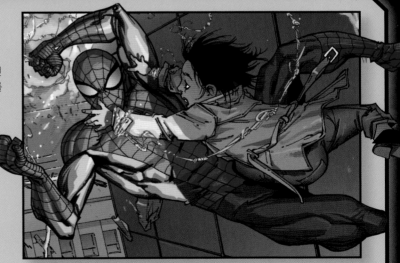

피터는 그린 고블린과 싸워 애나 마리아를 구하기 전에 스파이더맨이 정상으로 돌아왔다는 것을 세상에 알리기 위해 오리지널 코스튬으로 갈아입었다.

그린 고블린이 돌아와 지하에 숨어 살고 있었다. 노먼 오스본은 고블린 군대를 모아 스파이더맨의 자만심을 자신에게 유리하게 이용했다. 고블린 마스크를 쓰거나 로고를 붙인 사람은 인식하지 못하도록 스파이더봇을 새로 프로그래밍한 것이다. 그린 고블린은 마침내 메네스와 홉고블린 필 유릭, 칼리 쿠퍼(노먼이 몬스터라는 빌런으로 변신시켰다) 등과 함께 뉴욕 일대를 강타해서 멈출 수 없는 혼란을 몰고 왔다. 하지만 그린 고블린이 애나 마리아를 납치하자, 닥터 옥토퍼스는 의식 속에 남아 있던 피터 파커의 작은 파편이 자신의 몸을 되찾는 것을 허용하고 피터가 자기보다 더 나은 히어로라고 인정했다. 그는 자기 자신을 죽여서 진짜 스파이더맨이 그린 고블린을 상대하게 한다. 오리지널 코스튬으로 갈아입은 스파이더맨은 애나를 구해내고, 칼리를 원래 모습으로 거의 복구시키며, 그린 고블린을 물리쳐 또다시 도망가게 한다. 다시 돌아온 진짜 스파이더맨은 닥터 옥토퍼스가 닦아놓은 길을 따라 새로운 시대를 향해 발걸음을 내디뎠다.

Parker Industries 파커 인더스트리

파커 인더스트리는 피터 파커가 이룬 가장 큰 업적이지만, 이 회사를 세운 건 그가 아니었다. 피터와 정신을 뒤바꿔 잠시 슈피리어 스파이더로 활동하던 닥터 옥토퍼스가 피터를 호라이즌 연구소에서 퇴사하게 했다. 그리고 피터 파커의 이름으로 투자자를 모아서 (그중에는 메이 숙모와 J. 조나 제임슨 1세도 있었다) 파커 인더스트리를 설립한 것이다.

실제 창립자는 아니지만 피터는 스파이더맨으로 복귀한 후에 파커 인더스트리를 세계적인 기술력을 갖춘 기업으로 발전시켰다. 가장 강력했던 적 덕분에 피터 파커는 또 다른 '큰 힘'을 얻었고, 세계에서 가장 영향력 있는 발명가이자 CEO로서 더 큰 책임감을 느끼게 됐다.

파커 인더스트리의 최대 성공작은 '웹웨어'라는 웨어러블 휴대전화 장치로, 지구 어디에서나 합리적인 가격으로 인터넷에 접속해 무제한 데이터를 이용할 수 있다.

파커 인더스트리 뉴욕 지사
피터 파커는 판타스틱 포의 본부로 쓰이던 백스터 빌딩에 파커 인더스트리의 뉴욕 지사를 설립했다.

이 웹슈터는 기존의 거미줄뿐 아니라 거품이나 Z 메탈 등의 다양한 거미줄을 발사할 수 있다.

스파이더맨의 렌즈에 빛이 들어오며 시각 기능이 크게 향상됐다.

이제 음성 명령으로 웹슈터의 카트리지를 갈아 끼울 수 있다.

기존의 천 소재 코스튬은 튼튼하고 신축성 있는 아머로 교체됐다.

회사의 마스코트
스파이더맨은 파커 인더스트리에서 피터의 공식적인 경호원으로 일하면서 회사 발명품에 자신의 브랜드를 빌려주고 있다. 덕분에 뛰어난 방어 기능과 다양한 거미줄로 무장한 최첨단 아머 코스튬을 최근에 새로 얻었다. 이제 어떤 위협이든 감당할 준비가 된 자신만한 스파이더맨이 된 것이다.

해리 라이먼
해리 오스본은 어머니의 처녀 시절 성으로 개명하고 파커 인더스트리 뉴욕 지부의 사장이 됐다. 새로운 직업과 이름 덕분에 악명 높은 범죄자인 아버지의 과거로부터 멀어질 수 있었다.

민 웨이
피터 파커의 개인 비서로, 피터가 회사 일에 집중할 수 있도록 최선을 다해 돕는다. 하지만 피터는 그녀의 조언을 모른 척하고 몰래 스파이더맨 활동을 지속하려고 최선을 다한다.

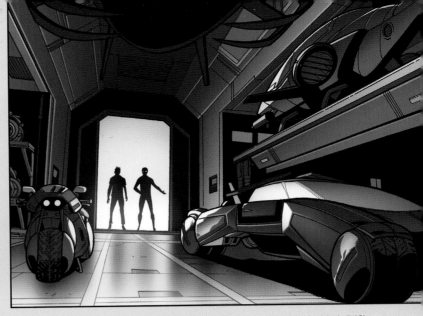

피터는 스파이더맨과 공식적으로 제휴한 대기업 회장 자격으로 스파이더맨 관련 기술을 마음껏 개발할 수 있었다. 그는 중력을 거스르는 새로운 스파이더 모빌과 스파이더 스키머, 스파이더 콥터, 스파이더 사이클까지 각종 고성능 이동 수단을 발명하고 발전시켰다.

모킹버드
파커 인더스트리와 평화 유지 기구 '쉴드'의 공식 연락책인 바비 모스는 다재다능한 히어로 모킹버드로 활동하고 있다. 그녀는 스파이더맨의 진짜 정체를 아는 몇 안 되는 사람 중 하나다.

맥스 모델
호라이즌 연구소의 소장인 맥스 모델은 남편인 헥터 바에즈와 함께 샌프란시스코에 있는 파커 인스티튜트 포 테크놀로지를 책임지게 됐다. 피터는 두 사람의 결혼을 축하하며 이 연구소의 이름을 호라이즌 유니버시티로 바꿨다.

클레이튼 콜
피터는 한때 슈퍼 빌런이었던 클래시(클레이튼 콜)에게 건설적인 삶을 살 새로운 기회를 줬다. 클레이튼은 천재적인 두뇌와 음파 기술에 관한 전문성을 바탕으로 파커 인더스트리 뉴욕 지사에서 일하게 됐다.

사자니 재프리
파커 인더스트리의 창립 투자자 중 한 명인 사자니는 종종 회사 운영 방향을 두고 피터와 충돌했다. 사자니가 블랙캣과 고스트와 공모해 회사를 방해했다는 것을 알게 된 피터는 그녀의 지분을 매수해버렸다.

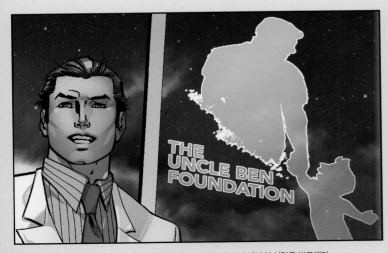

파커 인더스트리가 세계적인 성공을 거둔 직후 피터는 엉클 벤 자선 재단의 설립를 발표했다. 피터에게 힘에 따르는 책임감을 가르쳐준 삼촌을 기리는 이 재단은 전 세계의 불우한 이웃을 돕고 삶의 질을 향상시키는 것을 목표로 하고 있다.

애나 마리아 마르코니
닥터 옥토퍼스는 피터 파커로 살던 시기에 애나 마리아 마르코니와 사랑에 빠져서 그녀를 자신의 회사로 영입했다. 이제 진짜 피터가 돌아왔고 그가 스파이더맨이라는 것을 아는 애나는 파커 인더스트리의 런던 지사를 맡고 있다.

호비 브라운
피터 파커는 프라울러인 호비 브라운을 스파이더맨의 대역으로 채용했다. 피터가 출장을 가서 뉴욕이 비어버릴 때나 피터와 스파이더맨이 동시에 모습을 드러내야 할 때면 호비가 대신 스파이더맨이 됐다.

SPIDER-VERSE
스파이더버스

① 스파이더 펑크
② 슈피리어 스파이더맨
③ 스파이더 그웬
④ 스파이더맨(피터 파커)
⑤ 스파이더 햄
⑥ 스파이더 UK
⑦ 스파이더맨(마일즈 모랄레스)
⑧ 스파이더걸(메이데이 파커)
⑨ 스파이더 몽키
⑩ 스칼렛 스파이더(케인 파커)

스파이더맨이 상대한 빌런 중에 스파이더 토템의 생명력을 빨아먹는 몰런만큼 치명적인 적은 없었다. 스파이더맨에게 패했던 몰런이 이번에는 가족을 이끌고 돌아왔다. 스파이더맨뿐만 아니라 모든 차원의 스파이더 토템들에게 위기가 찾아온 것이다.

> ### "이게 다 뭐야? 무슨 스파이더 박람회야?"
> — 스파이더맨

전쟁에 말려들다

스파이더맨의 천적인 뱀파이어 몰런은 여러 차원에서 스파이더 토템으로 활동하는 스파이더들에게 입맛을 다시고 있었다. 스파이더맨은 자신의 세계에 있는 스파이더 토템이 자기 혼자가 아니라는 것을 곧 알게 됐다. 최근에 만난 실크도 책벌레 피터를 스파이더맨이라는 히어로로 바꿔놓은 바로 그 방사능 거미에게 물려 스파이더 파워를 지니고 있었다. 같은 거미의 성질 때문에 서로에게 끌린 두 사람은 뉴욕의 한 장소로 이끌려 가는데, 그곳에는 스파이더 우먼과 스파이더걸, 그리고 피터 파커의 시대로 건너온 2099년의 스파이더맨 등이 모여 있었다.

서로 거미줄처럼 얽혀 있는 이들은 또 다른 현실에서 온 슈퍼 히어로 스파이더 UK를 만나게 됐다. 그는 몰런과 그의 가족에 맞서 싸울 팀원을 모으고 있었다. 스파이더맨 세상(지구-616)의 히어로들은 미래에서 온 스파이더걸(메이데이 파커), 말하는 돼지 히어로 스파이더 햄 등과 함께 스파이더 UK를 따라 차원 간 포털을 통해 알 수 없는 세계로 넘어갔다.

영국인 스파이더맨을 만난 것도 놀라웠지만 만화 같은 돼지 히어로 스파이더 햄은 스파이더맨을 더욱 당혹스럽게 했다.

인헤리터즈는 미쳐도 한참 미친 맹수 사냥꾼들이었다. 이들은 그저 재미를 위해 여러 차원을 돌아다니며 스파이더들을 죽였다.

인헤리터즈

스파이더맨을 비롯한 멀티버스의 여러 스파이더들이 지구-13에 모였고, 피터는 몰런이 인헤리터즈라는 포식자 가족 중 한 사람에 불과하다는 것을 알게 됐다. 죽은 후에도 복제를 통해 살아날 수 있는 인헤리터즈는 생명과 운명이라는 거대한 거미줄 속에서 시간을 조종하는 마스터 위버라는 존재를 잡아놓고 있었다. 그리고 위버의 영상을 참고로 해서 자신들의 배를 채워줄 스파이더 토템을 찾아 차원을 건너왔다. 이들을 이끄는 지도자는 가장인 솔루스였다. 몰런은 솔루스의 총애를 받는 아들이었고, 솔루스의 기대에 못 미쳐 추방된 칸이라는 아들은 언젠가 다시 가족들에게 받아들여지기만을 바라며 스파이더들을 잡아먹기 위해 여러 차원을 옮겨 다니고 있었다.

하지만 인헤리터즈가 원하는 건 단순히 스파이더들의 생명력만은 아니었다. 룸월드라고 하는 지구-001에 기반을 둔 이들은 자신들에게 위대한 힘을 줄 세 명의 토템을 찾아 스파이더들의 탄생을 원천 봉쇄하려 했다. 이 세 토템은 디 아더(그들이 스파이더맨의 클론 케인에게 붙인 이름), 브라이드(그들이 실크를 부르는 이름), 그리고 사이언(스파이더걸 메이데이 파커의 어린 남동생 벤자민 파커)이었다.

웹 워리어즈

스파이더들과 인헤리터즈 사이에 격렬한 전쟁이 펼쳐졌다. 히어로들이 인헤리터즈의 복제 능력을 손상시키자 케인이 솔루스를 살해했고, 인헤리터즈는 케인과 실크, 벤자민 파커를 포로로 잡았다. 스파이더맨은 수십 개의 현실에서 온 스파이더들을 이끌고 룸월드를 공격했고, 추방된 인헤리터즈인 칸까지 이들에게 합세했다. 슈피리어 스파이더맨이 마스터 위버를 살해해서 이들의 계획을 무산시킨 후, 스파이더들은 인헤리터즈를 방사능 세계인 지구-3145로 쫓아낼 수 있었다. 기묘하게 왜곡된 시간 속에서 마스터 위버가 사실은 미래의 자신이었다는 것을 깨달은 칸은 새로운 마스터 위버가 된다. 그의 도움으로 스파이더들은 각자의 시간과 차원으로 돌아가고, 스파이더 UK와 스파이더걸 아냐 코라존은 남아서 스파이더버스를 지키는 새로운 슈퍼 히어로 팀인 웹 워리어즈를 만들었다.

피터는 스파이더 토템들을 하나로 모으며 자연스럽게 그들을 이끌었다. 그는 과거에 몰런을 물리쳐본 얼마 안 되는 경험자에 속했다.

슈피리어 스파이더맨의 귀환

이번에 함께한 팀원 중에는 스파이더맨(마일즈 모랄레스)나 스칼렛 스파이더(케인) 같은 익숙한 얼굴들도 있었지만, 분홍색과 검은색 코스튬을 입은 스파이더 우먼(그웬 스테이시)과 피터 파커의 몸에 들어간 닥터 옥토퍼스인 슈피리어 스파이더맨도 있었다. 피터 파커에게 몸을 돌려주기 전에 닥터 옥토퍼스는 잠시 시간 여행을 한 적이 있었다. 그래서 스파이더맨의 현재에서 발생한 스파이더버스 사건이 슈피리어 스파이더맨에게는 과거의 일이 됐던 것이다.

스파이더맨과 닥터 옥토퍼스는 보자마자 서로 치고받기 시작했지만, 스파이더맨은 자신이 더 우세하다는 것을 증명해 보였다.

SILK 실크

고등학생이던 책벌레 피터 파커가 과학 박람회에 가서 방사능에 노출된 거미에 물렸던 날, 그 일을 겪은 건 피터만이 아니었다. 같은 과학 박람회에서 견학 중이던 신디 문이라는 학생도 피터를 문 그 거미에 물려서 놀라운 능력을 얻게 됐다.

실크는 처음에 완전히 거미줄로만 만들어진 코스튬을 입었다. 하지만 팩트 채널의 동료가 그녀의 패션 감각을 조롱하자 새로운 의상으로 바꿨다.

ORIGIN

피터처럼 신디 문도 곧바로 스파이더 센스를 비롯한 능력들이 발현됐다. 피터와 다르게 신디는 손끝에서 자연 발생한 거미줄을 쏠 수 있었다. 하지만 통제가 안 됐기에 얼마 안 가 그녀의 부모님도 이 능력을 알게 되었다. 그러던 어느 날, 스파이더 파워를 지닌 부유한 사업가 이지킬 심즈가 찾아오자 신디의 가족들은 깜짝 놀랐다. 그는 신디가 능력을 잘 활용할 수 있도록 훈련시켰고, 다가오는 위험에 대해 경고도 해줬다. 뱀파이어 몰런과 그의 가족인 무시무시한 인헤리터즈가 스파이더 파워를 지닌 '스파이더 토템'들을 호시탐탐 노리고 있다는 것이었다. 신디는 위험을 피하려고 자발적으로 이지킬의 벙커 중 하나로 들어가 스스로를 가뒀다.

13년 후, 스파이더맨이 신디가 갇힌 벙커를 찾아내 그녀를 풀어줬다. 신디는 실크라는 신분을 만들어내고 스파이더맨과 가깝게 지내면서 자신의 힘을 좋은 일에 쓰겠다고 맹세했다. 그녀는 스파이더맨을 도와 일렉트로와 블랙캣을 물리쳤고, 자신이 스스로 감금됐을 때 어딘가로 이사한 부모님을 찾기 위해 뉴스 전문 방송국인 팩트 채널에 입사했다. 하지만 벙커에서 나온 실크를 감지한 몰런이 그녀를 추적했다. 몰런과 인헤리터즈가 스파이더버스 '가족'의 손에 패한 후, 실크는 쉴드의 비밀 요원이 되어 슈퍼 빌런 블랙캣의 범죄 조직을 조사하는 한편 실종된 자신의 가족도 계속 찾아다닌다.

스파이더맨은 워처의 눈이 여러 히어로에게 우주적 능력을 주었을 때 실크의 존재를 처음 감지했다. 피터는 재빨리 벙커를 찾아 실크를 자유롭게 풀어줬다.

벙커에서 나온 실크는 가족에 관한 정보를 얻기 위해 팩트 채널에 인턴으로 취직했다. 그녀가 감금돼 있던 십여 년 사이에 가족이 감쪽같이 사라진 것이다.

실크의 스파이더 센스 (일명 '실크 센스')는 스파이더맨보다도 강하다.

실크는 손가락을 이용해 거미줄을 아주 빠른 속도로 뽑아낼 수 있다.

실크와 스파이더맨은 만나자마자 서로에게 제어할 수 없는 끌림을 느꼈다. 나중에 신디는 이것이 스파이더 토템과 삶의 거미줄이 서로 연결돼 있어서 생기는 감정이라는 것을 알았다.

KEY DATA

첫 등장
어메이징 스파이더맨 #1 (2014. 6)

본명
신디 문

소속
없음

힘/초능력
초인적인 힘. 강화된 스피드와 반사 신경, 내구력, 지구력을 가졌다. 사물 표면에 달라붙을 수 있다. 위험을 사전에 감지하는 '실크 센스'가 있으며 스파이더맨의 위치를 감지할 수 있다. 손끝에서 거미줄을 생산할 수 있고 거미줄에 발톱을 달 수도 있다.

> **"내가 이런 모습일 때는 실크라고 불러!"**
> — 신디 문

SPIDER-GWEN 스파이더 그웬

스파이더맨의 세상과 다른 차원에서는 방사능 거미에 물린 사람이 피터 파커가 아닌 그웬 스테이시였다. 그웬은 그 세상의 스파이더 우먼이 되어 자신의 힘을 선한 일에 사용하고 있었다.

> 코스튬에 떼어낼 수 있는 후드가 달렸다.

이 스파이더 우먼의 가장 눈에 띄는 특징은 독특한 코스튬이다. 다른 차원의 스파이더맨과 스파이더 우먼들이 입는 파란색과 빨간색이 섞인 코스튬 대신 그웬 스테이시는 코스튬에 진분홍과 녹청색을 사용했다.

이 세상의 그웬 스테이시는 그린 고블린의 손에 죽지 않았다. 여기서 방사능 거미에 물린 사람은 피터가 아닌 그웬이었다.

스파이더 우먼은 멀티버스를 지키기 위해 차원을 넘나드는 웹 워리어즈와 여러 번 힘을 합쳤다.

ORIGIN

지구-65의 그웬 스테이시는 바쁜 삶을 살아가고 있었다. 미드타운 고등학교 학생인 그웬은 친구인 메리 제인 왓슨, 글로리 그랜트, 베티 브랜트와 함께 결성한 '메리 제인스'라는 록밴드에서 대부분의 시간을 보냈다. 그녀는 이 팀에서 드럼을 맡고 있었다. 하지만 그웬이 방사능 거미에 물려 스파이더 파워를 얻게 된 것을 밴드 동료들은 몰랐다. 그녀는 슈퍼 히어로인 스파이더 우먼으로 활동했는데, 경찰 지서장인 그녀의 아버지 조지 스테이시는 이 거미 히어로를 굉장히 싫어했다.

그웬은 학교에서 괴롭힘을 당하는 책벌레 피터 파커를 보호해줬는데, 피터가 자신을 공격하는 학생들에게 깊은 앙심을 품고 있다는 사실은 까맣게 몰랐다. 과학 천재인 피터는 스파이더 우먼처럼 특별해지고 싶어서 혈청을 개발했다. 하지만 이 혈청 때문에 소름 끼치게 끔찍한 리저드로 변해버렸고, 그 모습으로 스파이더 우먼과 대결하다가 그녀의 품 안에서 죽고 말았다. 피터의 죽음은 미디어 거물인 J. 조나 제임슨 같은 이들의 공분을 샀다. 제임슨은 피터의 죽음을 스파이더 우먼의 책임으로 몰고 가는 여론을 형성했다. 스파이더 우먼은 결국 자신의 아버지에게 체포됐지만, 그웬이 정체를 밝히자 그는 딸을 풀어줬다.

피터의 죽음으로 인한 슬픔을 극복해내며, 그웬은 더욱 책임감 있는 히어로가 되기로 결심하고, 결국 그녀의 동기를 의심하던 대중의 존경을 받게 된다.

지구-65의 스파이더 우먼은 자기 세상의 벌처와 블랙캣, 심지어 사악한 맷 머독과도 대결해 왔다.

10대 소녀인 그웬은 록밴드 메리 제인스에서 드럼 연주자로 활동하며 정당하게 반항심을 표출하고 있다.

조지 지서장은 결국 그웬의 이중생활에 대해 알게 됐다. 딸이 큰 책임감을 느낀다는 것을 깨달은 그는 마지못해 그녀를 축복해준다.

> "히어로가 되는 건 단순히 악당들만 상대하는 일이 아니야. 때로는 자신의 진짜 삶과 마주해야 하지."
> — 그웬 스테이시

KEY DATA

첫 등장
엣지 오브 스파이더버스 #2 (2014. 11)

본명
스파이더 우먼, 그웬 스테이시

소속
웹 워리어즈

힘/초능력
초인적인 힘, 강화된 스피드와 반사 신경, 내구력, 지구력이 있으며, 사물 표면에 달라붙을 수 있다. 위험을 사전에 감지하는 '스파이더 센스'가 있고, 웹슈터를 이용한다.

편집장
액슬 알론소

표지아티스트
알렉스 로스

작가
댄 슬롯

원화가
주세페 카문콜리

선화인
캠 스미스

채색가
마르테 그라시아

레터러
VC의 조 카라마냐

THE AMAZING SPIDER-MAN
어메이징 스파이더맨
#1

> **"우리는 부를 쌓으러 온 것이 아닙니다.
> 미래를 건설하러 왔습니다."**
>
> — 피터 파커

주요 캐릭터: 스파이더맨(피터 파커), 모킹 버드, 레오, 프라울러, 사자니 재프리, 파이시스

보조 캐릭터: 닉 퓨리, 리안 탕, 야오 우 박사, 필립 창, 민 웨이, 맥스 모델, 헥터 바에즈, 벨라 피시백, 그레이디 스크랩스, 우아투 잭슨, 애나 마리아 마르코니, 닥터 옥토퍼스(리빙 브레인 내부)

주요 장소: 중국의 파커 인더스트리 상하이 지사, 캘리포니아 주 샌프란시스코, 영국의 런던

BACKGROUND

2015년 7월, 작가 조너선 히크먼과 아티스트 에사드 리빅은 우주의 대위기로 마블 유니버스를 뒤흔들었다. 9회에 걸친 미니시리즈 '시크릿 워즈'에서 멀티버스가 붕괴되며 거의 대부분의 마블 타이틀이 변화를 겪었다. 스파이더맨 관련 타이틀들도 예외는 아니었고, 어메이징 스파이더맨은 1호부터 다시 시작하게 됐다. 과학과 산업 분야에서 마침내 잠재력을 꽃피운 피터 파커를 주인공으로 하는 이번 호는 짧은 백업 스토리를 맛보기로 보여주며 새로운 스파이더맨 타이틀이 탄생하는 발사대 역할도 했다. '스핀오프' 시리즈로 〈스파이더맨 2099〉, 〈스파이더 우먼〉, 〈카니지〉, 〈스파이더 그웬〉의 새 볼륨이 나왔고 〈실크〉와 〈웹 워리어즈〉, 〈스파이더맨/데드풀〉도 새로운 타이틀로 발표됐다. 피터 파커의 고등학교 시절 모험을 다룬 〈스파이디〉와 시크릿 워즈 사건으로 오리지널 마블 유니버스에 정착하게 된 마일즈 모랄레스의 독자적인 시리즈 〈스파이더맨〉도 새로 라인업에 합류했다. 시크릿 워즈로 인해 마블 유니버스는 다시 태어났고, 그 최전선에는 스파이더맨이 있었다.

THE STORY

피터 파커가 드디어 잠재력을 폭발시키고 있었다. 오리지널 스파이더맨의 웹슈터를 발명했던 그 뛰어난 두뇌를 마침내 유용하게 써먹게 된 것이다.

피터 파커는 전 세계에 지사를 둔 파커 인더스트리의 회장이었다. 불운의 아이콘이었던 그가 유명한 스파이더맨을 '경호원'으로 둔 기업의 간판이 된 것이다.[1] 휴대전화 시계 같은 획기적인 제품이 성공을 거두면서 파커 인더스트리는 거액을 벌어들였고, 피터는 이 돈을 좋은 일에 쓰기로 했다.

하지만 '파커가의 불운'은 우리 친구 스파이더맨에게서 떠날 생각을 하지 않았다. 조디악이라는 범죄 집단의 조직원들이 파커 인더스트리의 상하이 지사에 침입해 회사 보안 서버를 훔쳐간 것이다.[2] 그 어느 때보다 자신의 능력에 자신감이 넘치는 피터는 새로 개발한 스파이더맨 아머 슈트를 입고 현장으로 출동했다. 스파이더맨은 파커 인더스트리와 쉴드를 잇는 연락책인 바비 모스,[3] 즉 모킹버드와 함께 새 스파이더 모빌을 타고[4] 조디악 요원인 레오를 전속력으로 추격했다.[5] 그는 상하이 거리에서 고속 추격전을 벌이면서 중력을 거스르고 다양한 표면에 달라붙는 새 차량의 성능을 시험해볼 수 있었다. 또한 전류를 발생시키는 Z 메탈 거미줄 카트리지도 실전에서 처음 테스트하며 도망치는 레오의 차를 감전시켰다.[6] 그리고 마지막으로 거미줄 거품까지 시험해본 후에 모킹 버드를 도와 레오와 그 일당을 체포했다.

얼마 후, 다시 사업가로 돌아온 피터는 파커 인더스트리에서 기자회견을 열었다. 그리고 마음 깊은 곳에서 우러나온 새 사업 계획을 발표했다. 전 세계의 불우한 이웃을 돕는 엉클 벤 자선 재단을 설립한다는 계획이었다.[7]

하지만 바쁜 피터는 상하이에만 머물러 있을 수가 없었다. 곧바로 샌프란시스코로 날아간 그는 놀랍게도 이미 그 도시를 순찰 중인 스파이더맨을 만났다. 이 의문의 스파이더맨은 사실 피터가 새로 고용한 호비 브라운이었다.[8] 피터가 너무 바빠서 직접 스파이더맨으로 활동할 수 없을 때 한때 프라울러였던 그가 새로운 스파이더맨 슈트를 입고 시민들을 보호하며 세상에 모습을 드러냈던 것이다. 하지만 이번에 샌프란시스코에서는 피터와 호비 모두 히어로 활동은 잠시 쉬고 피터의 예전 상사였던 맥스 모델과 그의 파트너 헥터 바에즈의 결혼식에 참석했다.[9]

결혼식이 끝나고 피로연 장소로 옮겨간 피터는 맥스와 헥터에게 결혼 선물을 줬다. 이미 두 사람을 파커 인스티튜트 포 테크놀로지의 서부 지구 책임자로 앉힌 피터는 이 연구소의 이름을 호라이즌 유니버시티로 바꿨다고 밝혔다. 맥스가 소장으로 있던 호라이즌 연구소를 기념하는 의미였다. 너무나도 감동적인 한때였지만 불행히도 피터 파커가 있는 한 이 순간은 오래갈 수 없었다.

피터의 목숨을 노린 조디악의 파이시스가 별안간 공중 함대를 이끌고 피로연장을 공격해왔고,[10] 호비가 스파이더맨으로서 이들을 상대했다. 하지만 초보 스파이더맨에게 조디악은 버거운 상대였다. 이들은 피터가 차고 있던 웹웨어 시계를 빼앗아갔고,[11] 남겨진 두 명의 스파이더맨은 다음번에 이 빚을 반드시 갚아주겠다고 이를 갈았다.

하지만 파커 인더스트리에서 피터를 기다리고 있는 위협에 비하면 조디악은 아무것도 아니었다. 사악한 천재 닥터 옥토퍼스가[12] 고철덩어리에 불과해 보이는 리빙 브레인 안에서 공격하기 좋은 기회를 노리고 있었는데….

"큰 힘을 가졌다면…
그에 맞는 속도와
저장 공간,
그리고 배터리 수명이
따라와야 해."
— 피터 파커

SPIDER-MEN 스파이더맨

시크릿 워즈의 결과로 얼티밋 유니버스가 파괴되면서 마블 유니버스의 스파이더맨은 두 명이 됐다. 피터 파커는 이제 세계적인 규모로 활동하는 스파이더맨이 됐고, 뉴욕은 젊고 새로운 스파이더맨 마일즈 모랄레스가 지키게 됐다.

스파이더맨 주식회사

웨어러블 모바일 장치인 웹웨어 같은 혁신적인 제품 덕분에 파커 인더스트리는 기술 분야에서 세계 시장을 선도하는 기업으로 우뚝 섰다. 전 세계에 지사를 설립하면서 피터 파커는 스파이더맨을 자신의 개인 경호원으로 '고용'했다. 그는 새로 개발한 스파이더 모빌을 운전할 때 도움이 될 자동차 레이싱과 파커 인더스트리 상하이 지사에서 유용하게 쓸 중국어 회화를 배웠다. 또한 쉴드의 연락책 모킹버드와 함께 새로운 시대에 맞게 진화한 스파이더맨 아머 슈트도 새로 발명했다.

하지만 스파이더맨의 삶은 아무 문제 없이 지나가는 법이 없었다. 새로 조직된 범죄 조직 조디악도 모자라서 상하이의 갱단을 장악하려는 미스터 네거티브까지 오랜만에 상대하게 된 것이다. 다행히 두 가지 위협 모두 무사히 넘겼지만, 어둠 속에서는 재칼이 스파이더맨의 오랜 적들을 불러 모아 새로운 계획을 꾸미고 있었다.

스파이더맨 VS 아이언맨

아이언맨과 스파이더맨의 최근 만남을 목격한 마일즈는 자신이 경험은 적지만 가장 이성적인 슈퍼 히어로라는 것을 알게 됐다. 토니 스타크가 메리 제인을 고용한 일에 화가 난 데다가 기술 경쟁 때문에 예민해진 피터 파커는 결국 폭발했고, 두 히어로는 끝장 승부를 시작했다. 하지만 마일즈가 새로운 빌런인 리젠트에게 납치되자 아이언맨과 스파이더맨은 개인적인 감정을 제쳐놓고 함께 강력한 적을 물리쳤다.

리젠트는 새로운 슈퍼 교도소인 '셀러'에서 소장인 어거스터스 로먼이라는 일반인의 모습으로 정체를 숨기고 있었다. 그가 교도소에 구금된 빌런과 히어로들의 능력을 빼앗고 있다는 사실을 히어로 커뮤니티는 아직 모르고 있었다.

뉴욕의 새로운 스파이더맨

얼티밋 유니버스는 끝이 났지만 마일즈 모랄레스는 살아남았다. 시크릿 워즈에서의 영웅적인 행동에 대한 보상으로 마일즈는 전쟁이 끝난 후 마블 유니버스에서 깨어났다. 자신이 자란 얼티밋 유니버스와는 전혀 다른 세상이었다. 게다가 가족들까지 마치 얼티밋 유니버스가 존재하지 않았던 것처럼 새로운 세상에서 무사히 살아가고 있었다. 마일즈는 슈트를 입고 예전에 하던 모험을 계속했다.
그는 범죄와의 전쟁이 없을 때는 브루클린 비전 아카데미에 다니며 스파이더맨 활동과 학업 사이의 균형을 맞추려 했지만 쉽지 않았다. 룸메이트인 간케 리는 마일즈의 이중생활을 또 다른 룸메이트인 전직 엑스맨 멤버 골드볼에게 가르쳐주며 그를 더 곤란하게 했다.
과잉보호하는 할머니와 걱정 많은 어머니, 그리고 그의 비밀 정체를 아는 아버지를 피해 몰래 스파이더맨 활동을 하며 마일즈는 블랙캣과 해머헤드 등과도 대결을 펼쳤다.

악마 블랙하트에게서 뉴욕을 구해낸 후, 마일즈는 마침내 피터 파커의 지지를 받으며 스파이더맨 활동을 계속하게 됐다.

새롭게 확 달라진 어벤저스

피터 파커가 파커 인더스트리의 바쁜 일정 때문에 슈퍼 히어로 팀 활동을 할 수 없게 되자, 마일즈 모랄레스가 전설적인 팀 어벤저스에서 오리지널 스파이더맨의 빈자리를 대신하게 됐다.
마일즈는 아이언맨을 비롯해 새로운 여성 토르, 인휴먼인 미즈 마블, 노바, 비전, 캡틴 아메리카 샘 윌슨이라는 좋은 동료들과 강력한 팀에서 활동하게 됐다. 하지만 가끔은 팀 동료인 어린 미즈 마블에게 마음을 빼앗겨 혼란스러워하기도 했다.

어메이징한 표지 아트

스파이더맨 하면 떠오르는 가장 유명한 이미지는 아마도 잭 커비가 그린 〈어메이징 판타지 #15 (1962. 8)〉의 표지일 것이다. 이 표지는 너무 유명해서 많은 아티스트들이 오마주로 이용해 비슷한 그림을 그려왔다. 미술 작품에서 컴퓨터 홀로그램까지 수많은 미디어에서 이 그림을 재현했으며, 등장인물도 좀비에서 빌런, 그리고 코미디 센트럴의 스타 스티븐 콜베어까지 다양하게 변주됐다(〈어메이징 스파이더맨 #573〉). 마블은 이 표지를 기념하기 위해 코믹북 소매상들에게 〈어메이징 스파이더맨 #699〉의 변형판 표지에 들어갈 주인공이 될 기회까지 주었다. 여기서 또 하나 주목할 만한 것은 스탠 리가 원하던 역동적인 매력이 없다고 거절당한 스티브 딧코의 〈어메이징 판타지 #15〉(두 번째 줄 왼쪽에서 세 번째) 미출판본 표지다.

AFTERWORD 맺는말

스탠 리는 자신의 히어로에게 기가 막히게 딱 맞는 형용사를 붙여줬다. 처음 등장했을 때부터 지금까지 스파이더맨이 누려온 인기를 고려할 때 그의 경력을 표현할 더 나은 말을 찾기가 힘들 정도로. 스파이더맨은 그야말로 '어메이징'하다.

잠시 멈춰서 스스로에게 물어보라. 최고의 코믹북 히어로 세 명은 누구인가? 답은 뻔하다. 슈퍼맨, 배트맨, 스파이더맨. 세 사람 모두 의심의 여지없이 상징적이며, 놀라울 만큼 유명하고, 각자가 프랜차이즈 스타로 공고히 자리를 잡았다. 치열한 시장 상황을 볼 때 그것만 해도 불가능에 가까운 성과다. 하지만 이 세 캐릭터의 역사를 보면 더욱 인상적인 사실을 발견하게 된다.

슈퍼맨은 1938년에 데뷔했다. 배트맨은 바로 다음 해에 발표했다. 하지만 스파이더맨은 1962년에야 처음 코믹북 세계에 발을 들여놓았다. 거의 25년이나 차이가 난다. 그 25년 동안 인간이 상상할 수 있는 거의 모든 슈퍼 히어로 콘셉트가 다 나왔다. 심지어 DC 코믹스의 '타란툴라'와 퀄리티 코믹스의 '에일리어스 더 스파이더' 같은 거미 히어로들도 있었다.

그럼 왜 스파이더맨만 빛을 보고 나머지 거미 히어로들은 역사의 뒤안길로 사라졌을까? 답은 간단하다. 거미에 관한 이야기가 아니었기 때문이다. 스파이더맨은 사람 이야기였다. 스탠은 거미줄을 타는 슈퍼 히어로에게 새로운 차원을 더해줄 만큼 대담했다. 그가 우리에게 던져준 피터 파커는 온갖 문제와 실수로 가득한 불운한 삶을 살고 있었다. 완벽하게만 보이던 코믹북 세상이 우리의 삶과 비슷해진 것이다. 물론 환상적인 모험들도 겪지만 말이다. 독자들은 어메이징 스파이더맨을 읽으며 피터라는 사람을 알아가는 데서 진정한 재미를 느꼈고, 이에 열광적으로 반응했다.

나 말고도 스파이더맨을 가장 좋아하는 마블 히어로로 꼽는 사람은 많다. 하지만 그 애정 때문에 나는 기쁜 마음으로 이 책을 집필할 수 있었다. 말이 나온 김에 이 프로젝트를 열정적으로 도와준 편집자 로라 길버트, 헬렌 머레이, 알리스테어 두걸, 세픈 리돗과 DK의 디자인 팀에 감사를 전한다. 장시간 사무실에 틀어박혀 읽고 쓰기만 반복한 나를 기다려준 아내 도로시와 두 딸 릴리언과 그웬돌린에게도 고맙다고 말하고 싶다. 또한 스파이더맨에 관한 책을 썼을 뿐 아니라 그 바탕이 된 코믹북을 만든 톰 데팔코의 글이 없었다면 이 책의 분량을 절반밖에 채우지 못했을 것이다.

마지막으로 스파이더맨뿐 아니라 피터 파커를 탄생시킨 스탠에게 감사를 표한다. 사실 스파이더맨에서 제일 중요한 건 스파이더맨이 아니다. 스탠은 다른 동물을 주제로 히어로를 만들 수도 있었다. 이를테면 스파이더맨이 아닌 바다코끼리맨이 될 수도 있었다. 하지만 가면 뒤의 사람이 피터 파커인 한, 결과는 여전히 어메이징했을 것이다.

매슈 K. 매닝
노스캐롤라이나 주 애슈빌에서